Top 10+

Capodopere ale literaturii de pretutindeni
într-o colecţie a celor mai îndrăgite bestselleruri.

Pe copertă: Ernst Ludwig Kirchner (1880-1938), *Amanții* (*Sărutul*), ulei pe pânză, 1930

www.polirom.ro

Editura POLIROM
Iași, B-dul Carol I nr. 4; P.O. BOX 266, 700505
București, Splaiul Unirii nr. 6, bl. B3A, sc. 1, et. 1, sector 4, 040031, O.P. 53, C.P. 15-728

Descrierea CIP a Bibliotecii Naționale a României:
NAUM, GELLU

Zenobia / Gellu Naum. – Iași: Polirom, 2014

ISBN print: 978-973-46-4496-4
ISBN ePub: 978-973-46-4676-0
ISBN PDF: 978-973-46-4677-7

821.135.1-31

Printed in ROMANIA

GELLU NAUM

Zenobia

POLIROM
2014

GELLU NAUM (1915-2001) este unul dintre cei mai importanți suprarealiști europeni. A publicat: *Drumețul incendiar* (1936), *Libertatea de a dormi pe o frunte* (1937), *Vasco da Gama* (1940), *Culoarul somnului* (1944), *Medium* (1945), *Critica mizeriei* (1945), *Teribilul interzis* (1945), *Spectrul longevității: 122 de cadavre* (1946), *Castelul orbilor* (1946), *Éloge de Malombra* (1947), *Filonul* (1952), *Tabăra din munți* (1952), *Athanor* (1968), *Poeme alese* (1970), *Poetizați, poetizați...* (1970), *Copacul-animal* (1971), *Tatăl meu obosit* (1972), *Malul albastru* (1990), *Fața și suprafața urmat de Malul albastru* (1994), *Focul negru* (1995), *Sora fântână* (1995), *Întrebătorul* (1996), *Copacul-animal urmat de Avantajul vertebrelor* (2000), *Ascet la baraca de tir* (2000). Poezia, proza și piesele sale de teatru au fost traduse în engleză (publicate atât în SUA, cât și în Marea Britanie), franceză, germană, spaniolă, maghiară, sârbă și letonă, probând contribuția sa la vitalitatea poeziei românești celei mai largi audiențe internaționale. În 2006 a fost publicat primul volum, *Pohesie*, din ediția de *Opere Gellu Naum* în limba germană la Editura Urs Engeler (traducători și îngrijitori de ediție fiind Oskar Pastior și Ernest Wichner). Distincții literare: Premiul Uniunii Scriitorilor din România pentru poezie (1975), Premiul special al Uniunii Scriitorilor din România pentru întreaga activitate literară (1986), Premiul național de poezie „Mihai Eminescu“ (1992), Premiul Fundației Culturale Române pentru excelență artistică (1995), Premiul european de poezie de la Münster (1999), The American Romanian Academy Arts Award (2000). În anul 2000 a fost propus pentru Premiul Nobel. De același autor, la Editura Polirom au apărut *Despre identic și felurit* (2004), *Opere I. Poezii* (2011) și *Opere II. Proză* (2012).

*Și câți eram vii ne socoteam morți
și umblam amețiți...*

Ioan Dobrescu
cojocar din mahalaua Bateștii
a Bucureștilor
oct. 1813

I
Mlaștinile

1. Prea multe lucruri ne solicită și, dat fiind mecanismul echivoc al solicitării, prea multe cuvinte se îngrămădesc să le cuprindă, să le ascundă în labirintul lor inutil și înșelător – de aceea poate că, pe alocuri, am să spun ce nu trebuia spus; oricum, sunt convins că fiecare va medita mai mult asupra surplusului, lăsând la o parte starea în care plutesc, pe dedesubt, ca un înotător subacvatic, de exemplu.

Dar mai există și vuietul acela și capacitatea fiecăruia de a-l percepe...

2. Așadar, era o dimineață de iulie, neobișnuit de răcoroasă, dacă mă gândesc bine; plouase toată noaptea mărunt și monstruos, cerul mai părea încă un burete violaceu, îmbibat cu apă, eram ud leoarcă dar cel mai mult mă supăra noroiul care se strecurase prin spărturile cizmelor mele de cauciuc, formând, peste ciorapii mei de bumbac, o clisă rece și alunecoasă.

Stătusem câteva ore, înnoroiat de sus până jos și, după cum spuneam, cumplit de ud, lipit de o falie a digului, într-o adâncitură, ascultând-o cum respiră și geme; firește, totul îmi devenise egal, iar la marginea pădurii, unde încercasem mai apoi să mă adăpostesc pe sub copaci, prin tufe, auzisem atâtea foșnete liniștite, indiferente, amestecate în golul tăcerii, încât mă simțeam cuprins parcă într-o uriașă picătură de apă care, ea, gândea și respira pentru noi, așa, ca la început; dar n-aveți grijă, curând voi fi într-o cameră uscată, undeva, la căldură, printre foșnetele liniștitoare și indiferente ale oamenilor și ale lucrurilor care, ei și ele, vor gândi și vor respira pentru mine.

Prin apropiere, pe malul stâng al mlaștinii, se afla casa acoperită de iederă a domnului Sima; pe el îl cunoșteam oarecum, un fel de pensionar, îl interesau virtuțile plantelor medicinale, îl întâlneam uneori pe câmp, culegea flori albastre, ne și salutam, de aceea am bătut la poarta lui – vedeam cum stropii sar din pumnul meu, și nu din lemnul ud al porții – și am strigat:

„Deschideți!".

El a deschis – era uscat –, mi-a zâmbit prietenos și m-a poftit în casă; învelișul de apă a rămas afară – știți, picătura aceea care se întinde peste lume, cuprinzând-o –, noi am intrat mai în interiorul ei, uitând-o, ca de obicei, am deschis o ușă, apoi încă una, domnul Sima a vrut să-mi dea niște zdrențe uscate, ca să mă schimb, ce să-i faci, oamenii, între ei, se ajută, l-am refuzat, era bine, era cald, domnul Sima mi-a spus: „Să mergem în odaia de sus, mai sunt câteva persoane acolo, să bem măcar un ceai împreună...".

„Ce persoane, domnule Sima, de persoane îmi arde mie acum? Sunt mort de oboseală, abia mă țin pe picioare, m-aș culca aici, pe podea, nu mă auzi cum foșnesc?"

„Ceaiul o să-ți facă bine, domnule Naum, e un ceai de plante, foarte sănătos."

„Mă rog, dacă insiști dumneata", și așa mai departe, până când am ajuns în odaia de sus, n-am s-o descriu, am să spun doar că se mai aflau acolo patru persoane, doi bărbați tineri și o fată pe care, firește, am iubit-o de la prima privire, iar pe o masă lungă, făcută din scânduri groase și așezată sub fereastra care dă spre mlaștini, un alt bărbat, mai vârstnic, lungit acolo, pe masă, părea că doarme sau că e mort sau că e o păpușă de ceară. Figura lui mi se părea cunoscută, dar nu știam de unde s-o iau. Când am intrat, a deschis ochii și s-a uitat o clipă la mine, apoi i-a închis din nou și nu s-a mai clintit.

„Dânsul e domnul Naum, e un distins poet, sunt sigur că ați auzit de el“, a socotit necesar să mă prezinte domnul Sima.

„Naum și mai cum?“, a întrebat unul din tineri, n-am să-l descriu, am să spun doar că era mărunt și îndesat și că avea sâni ca de femeie, iar părul cârlionțat i se unea în două puncte, deasupra frunții.

„Naum P. Măta“, i-am răspuns eu, în gând, pentru că trebuia să devin vulgar, pentru că o iubeam nebunește pe fata aceea și mă simțeam, fără voia mea, sublim, așa că trebuia făcut ceva, iar vulgaritatea, sacrilegiul, în genere, echilibrează, uneori; dar am răspuns așa numai în gând, pentru că nu pe tânărul acela voiam să-l echilibrez; iar cu glas tare am adăugat: „Puteți să-mi ziceți cum vreți, nu contează“.

„Atunci am să-ți zic Constantinescu“, a decis el.

Mie îmi era egal, mă uitam la fata aceea, mi se luminaseră ochii de fericire, o iubeam nebunește și îi spuneam în gând: „Vai, ce te mai iubesc!“.

Domnul Sima ne-a turnat ceaiul cu gust de izmă și miros dulceag, în fine, n-am să-l descriu, am să spun doar că noi patru ne-am așezat pe scaune – erau patru scaune în cameră –, iar tânărul acela cu sâni ca de femeie, despre care am aflat mai apoi că se numea Iason (ținea ceașca de ceai în mâna stângă), s-a instalat peste omul mort sau peste păpușa de ceară lungită acolo, părea că nu-l vede.

„Nu-i nimic“, mi-a spus încet domnul Sima, pe când eu mă pregăteam să-i atrag atenția tânărului Iason că nu se cade să stai peste cineva care deschide ochii și te privește atât de expresiv, chiar dacă e mort, chiar dacă e păpușă de ceară, „nu-i nimic, Dragoș o să rabde, îl doare, dar o să rabde, el, care a trecut prin atâtea în viață“ (așadar, cel lungit pe masă purta numele Dragoș) „dumneata spune-i ceva fetei care te privește ca pe mirele mult așteptat“.

„Draga mea“, i-am spus eu atunci, încet, fetei aceleia, „fiindcă nu știu cum te cheamă, am să te numesc Zenobia și trebuie să știi că te iubesc neînchipuit de mult; uite, chiar azi-noapte am visat că un prieten, un fost coleg de școală, nu mai știu, mi-a dăruit o haină brodată, trebuia să asist la nunta lui; ei bine, mireasa, care îți seamănă leit, mă iubea neînchipuit de mult, îmi spunea mereu asta, în ciuda atitudinii mele rezervate; mie, mărturisesc, îmi făcea plăcere, deși respingeam cu hotărâre pornirile ei pasionale; de altfel, cu câteva nopți înainte, în împrejurări aproape similare (cu excepția ceremoniei nupțiale), o altă fată, nu o mireasă, ci una despre care se știa precis că e mormonă, te rog să nu scapi amănuntul acesta, mă iubea și ea neînchipuit de mult și eu mă simțeam nespus de bine, ca în picătura aceea de apă; eram fericit în pelicula ei de dragoste, îți spun drept și te iubesc neînchipuit de mult, aș zice, și așa mai departe; starea aceasta de dragoste pentru tine, totală și cotropitoare, rezumă întreaga mea existență de până acum, nu știu dacă mă înțelegi; iar dacă mă iubești și tu neînchipuit de mult, după cum s-ar părea, poți să faci abstracție de persoana mea fizică atât de incorect îmbrăcată, n-are importanță, nu știu dacă mă înțelegi și te rog să ierți discursul meu de cretin, voiam să spun, și așa mai departe...“.

„E sigur că te iubesc“, mi-a răspuns ea încet, „de altfel, trebuie să știi că, făcând abstracție de circumstanțe, te iubesc neînchipuit de mult, în calitate de mireasă a fostului tău coleg de școală, deși nu sunt mormonă, dar asta nu contează, și așa mai departe...“.

„Constantinescule“, a spus atunci cu glas tare Iason, „ce tot mormăiți voi acolo, ce tot te uiți la nenorocita asta? E o scârbă, am găsit-o în mlaștini, aproape leșinată, pe când veneam încoace, i-am tras atunci și câteva șuturi, ca să mă țină minte, aș fi lăsat-o acolo, să crape în apă, pe trestii, dar a luat-o Petru, de milă“ (așadar, celălalt, mult mai tânăr, aproape un copil, se numea Petru) „și a adus-o încoace“.

„N-am luat-o de milă“, a spus Petru, „ci pentru că o iubesc neînchipuit de mult, deși nici măcar nu știu cum o cheamă“.

„O cheamă Zenobia, dacă vrei să știi“, am spus eu, „și e neînchipuit de frumoasă, așa cum o vezi și aproape leșinată, cum ați adus-o voi pe când veneați din mlaștini, încoace; eu o cunosc mai de mult, dinainte de căsătoria fostului meu coleg de școală, și așa mai departe...“.

„N-are decât s-o cheme cum vrea“, a spus Petru, „poate s-o cheme și Zenobia, dacă așa vrea ea; eu o iubesc neînchipuit de mult de la prima vedere și puțin îmi pasă de numele sau de căsătoriile ei“.

Pentru că Petru se înfierbântase vorbind, poate că și ceaiul cu gust de izmă începuse să-și facă efectul, Iason începu să râdă; iar ca să poată face asta mai în voie, se săltă mai sus, pe masă, poate dinadins, pe stomacul mortului aceluia sau al păpușii de ceară, care gemu, deschise ochii și se uită disperat la domnul Sima.

3. Pe când scriu, pentru că s-ar părea că scriu, regret că nu aveți în față hârtiile pe care sunt înghesuite rândurile acestea de cerneală; dacă le-ați avea, dacă ați închide ochii și v-ați trece ușor vârfurile degetelor peste ploaia de litere negre, sunt sigur că *ați vedea* odaia domnului Sima cu masa de sub fereastra care dă spre mlaștini și cu mortul ei; și ne-ați vedea pe noi, fiecare la locul său, vorbind în gând sau cu glas tare; și ați înțelege că nimic din stările de până acum nu este imaginat, că toate s-au petrecut exact cum le relatez. Odată ajunși aici, v-aș sfătui să vă opriți o clipă și să recapitulați, trecând ușor cu vârfurile celor zece degete de la mâini, cu ochii închiși, peste pagini; scăpați de cuvinte, în pelicula propriei voastre disponibilități, ați afla, poate, lucrurile extrem de importante pe care, oricât aș dori, îmi e cu neputință să vi le comunic.

V-aș sfătui deci să practicați exercițiul acesta de recapitulare ori de câte ori vă încearcă îndoiala cu privire la adevărul spuselor mele; mie, de unde mă aflu, îmi este perfect egal; vi s-ar oferi șansa de a intra acolo unde credeți doar că vă aflați și așa mai departe...

4. Gândind că e momentul să intervină pentru a pune capăt unei situații care amenința să devină din ce în ce mai penibilă, domnul Sima se întoarse spre mortul acela sau spre păpușa întinsă pe masa de sub fereastra care dădea spre mlaștini și îi spuse încet:

„Fii fără grijă, Dragoș, am să fac tot posibilul să te scap“, apoi i se adresă, cu glas tare, lui Iason: „Tinere, te rog să respecți casa în care te afli și să nu mai stai pe masă; în plus, te-aș ruga să încetezi odată cu râsul acesta abject și absolut deplasat. Toți cei de față sunt oaspeții mei și n-am să îngădui nimănui, niciodată, să râdă de ei în prezența mea“.

„Ușurel“, îi răspunse Iason, dându-se jos de pe masă, spre vădita mulțumire a lui Dragoș, care zâmbi, „să n-o luăm nici așa, că doar oameni suntem și cum să nu râd de amărâții ăștia, uită-te numai la ei, uită-te la Constantinescu și la Petru și la javra asta“, Iason își sublinie ultimele cuvinte cu un bocanc bine țintit în pântecul suplu al Zenobiei, eu și Petru am oftat, simțind parcă noi înșine lovitura, domnul Sima schiță un gest de indignare altminteri destul de reținut, doar Dragoș zâmbi, acum nepăsător, „cum să nu râd de ăștia, uită-te numai la ei!“ – și poc! îi mai trase o lovitură de bocanc Zenobiei – „te apucă râsul numai când îi vezi, amărâții dracului...“. Și poc! îmi trase și mie o lovitură de bocanc...

Firește, și vă rog să rețineți amănuntul acesta, oricine s-ar fi așteptat să intervină ceva care să pună capăt dezlănțuirii de brutalitate josnică a lui Iason; se afla acolo, prinsă de o grindă, o bardă bine ascuțită, oricare dintre noi ar fi putut, foarte ușor, să-i crape capul cu ea; sau domnul Sima, care avea în odaia de jos o pușcă, o văzusem eu, ar fi putut să dea fuga s-o aducă și pac! l-ar fi înțepenit pe Iason pentru vecie, noi l-am fi ajutat apoi să-l arunce peste masă, pe deasupra lui Dragoș, pe fereastră, în mlaștini, putea fi sigur de tăcerea și de complicitatea noastră; sau Petru ar fi putut face apel la legăturile lor de prietenie, la anii petrecuți împreună în școli, și așa mai departe; sau Zenobia, oh, dacă ar fi vrut, ar fi putut măcar să țipe; sau Dragoș, adică nu, Dragoș era, poate, mort, așa că n-ar fi putut face nimic, iar eu, care eram mult mai puternic...

5. Odată, pe câmp, deasupra digului proaspăt consolidat după ultimele inundații, era un cer dușmănos, totul în jurul meu era dușmănos, vrăbiile și ciulinii încercau să-mi zgârie ochii, nu mă iubea nimeni, mă aflam într-un cerc de ostilitate dezlănțuită, acolo, în locul acela pustiu, și vântul îmi vâjâia pe la urechi, mă și durea o ureche, cea stângă, aveam nevoie de cineva, neapărată nevoie, ca să scap, să ies din cerc, aveam nevoie de cineva care să mă iubească măcar până trece primejdia, când am dat cu ochii de bolovanul acela de pământ, urât, negru, respingător; firește, bolovanul a atras asupra lui toate blestemele, toată ostilitatea cercului, m-a iubit, s-a ghemuit, s-a înnegrit și mai tare și a plesnit, încordându-se parcă și răbdând chinul, pentru mine, pentru întreaga lume, pentru tot pământul aflat în primejdie; atunci vrăbiile și-au văzut de treabă, au redevenit prietenoase, ciulinii au foșnit cât se poate de plăcut, o mare povară mi s-a ridicat de pe suflet, iar acum, nimeni...

6. Așadar, pentru că Iason, în ochii mei, reprezenta substanța altui cerc și n-aveam de gând să-i absorb ostilitatea, am spus cu glas tare, aproape declamând:

„Trăim și viermuim cu toții în aceeași fragilă peliculă; uite, eu, de pildă, dacă Iason ar fi de acord, dacă Petru ar fi de acord și dacă domnul Sima ar încuviința, pentru că mi se pare că ploaia a stat, aș pleca de aici cu Zenobia, pe care o iubesc neînchipuit de mult; m-aș duce cu ea, așa, până la capătul lumii, adică nu, până ceva mai aproape, la niște locuri pe care le știu eu; astfel s-ar sparge cercul care ne amenință acum și am putea viermui împreună sau despărțiți, printre bolovani negri; iar dumneata, Iason, ai putea să te duci dracului!" – aici, ochii mi s-au îndreptat spre bardă și era cât pe-aci să mă reped, dar m-am abținut pentru că Zenobia, înțelegându-mă destul de bine, s-a ghemuit pe podea și a început să absoarbă.

Firește, domnul Sima s-a grăbit să încuviințeze plecarea noastră, ploaia se oprise de tot, Zenobia, ghemuită pe podea, începuse să se înnegrească, ba chiar, pe alocuri, să plesnească parcă pe sub fâșia de plastic cu care era acoperită, iar eu, privindu-l pe Iason, care găsise că ar fi momentul cel mai potrivit să se pieptene cu un pieptene de os, mic, gălbui, simțeam cum crește în mine dorința de a-i crăpa capul cu barda, când Petru, cuminte și palid, a spus:

„Firește, domnul Sima s-a grăbit să încuviințeze plecarea voastră, Iason se piaptănă, Zenobia s-a ghemuit și s-a înnegrit, are de luptat cu forțe mult mai copleșitoare, dar eu, Petru, cuminte și palid, eu o iubesc și ce mă fac? Am să viermuiesc singur, am să umblu razna prin lume, ca un sicriu, purtând în mine imaginea ei aproape leșinată pe care o iubesc neînchipuit de mult, am să-i vorbesc, în gând, prin păduri și prin gări, am să-i fac patul în mine, s-o culc, în fiecare seară, s-o învelesc în cârpe, voi știți foarte bine câte cârpe poartă în sine fiecare dintre noi și câți dorm înveliți în ele, în fiecare dintre noi, și ea n-o să-mi răspundă niciodată pentru că n-o să mă audă când o să-i spun nani-nani, pentru că acolo, în mine, în cârpele din ea, are să-l învelească pe iubitul ei care o va purta învelită în cârpele din el și o va legăna și îi va spune nani-nani și așa mai departe; iar eu am să plec singur, cuminte și palid, și voi o să mă duceți în voi, nu-i nimic, așa a fost să fie...".

După acest lung discurs tânărul Petru tăcu, apoi deschise ușa și coborî scara, pe când noi, ceilalți, cu excepția lui Iason, care continua să se pieptene, ne-am dus la fereastră și ne-am uitat peste Dragoș, afară, Zenobia s-a ridicat de pe podea și a venit lângă mine, chiar Dragoș, cuprins de o neașteptată curiozitate, s-a uitat peste el însuși, afară; și l-am văzut pentru ultima oară pe cel plecat dintre noi, depărtându-se în mlaștini, cuminte și palid, purtându-se pe sine însuși în brațe, ca pe un sicriu...

„Aici", ne-a strigat el, arătându-și cu degetul întins inima, „aici e Zenobia, *à jamais*, și voi toți, aici am să vă culc și am să vă învelesc, în fiecare seară...".

Apoi s-a pierdut printre balansurile trestiilor, iar Zenobia și-a lipit de umărul meu umărul ei învelit în fâșia de plastic murdară, neplăcută la atingere, cârpele se aflau înăuntru, mă simțeam bine în ele și am plecat amândoi, umăr la umăr, fără să-i aruncăm măcar o privire lui Iason.

Bineînțeles, înainte de a pleca i-am mulțumit domnului Sima pentru ospitalitate și i-am făcut chiar un mic gest de rămas-bun lui Dragoș, care, deschizând o clipă ochii, ne-a zâmbit neînchipuit de prietenos.

7. Am dus-o pe Zenobia în scobitura digului și am viermuit acolo, nu știu cât timp, fără să ne spunem o vorbă, întinși umăr la umăr, cu fețele sprijinite de pământul umed al alveolei aceleia; era o mare dragoste și ne lipiserăm unul de altul, în beznă, iar dincolo de noi se întindea pelicula

care ne cuprinde pe toți, ca o amibă ascunsă în fiecare dintre noi.

După un timp, m-am dus cu Zenobia la pădure – noi nu ne-am despărțit niciodată, vă rog să rețineți amănuntul acesta chiar dacă uneori o să vi se pară altfel – ca să ascultăm foșnetul tufelor și să aflăm vești despre lume; era în zodia bătrânilor îndrăgostiți și i-am văzut plutind pe deasupra noastră pe cei doi bătrâni uriași care, spre toamnă, acoperă cerul; cât au trecut ei, pădurea s-a umplut de gemete și de mormăituri, ai fi putut jura că tună; apoi s-au dus: noi doi le-am mulțumit pentru cele aflate și am ieșit, umăr la umăr, pe câmp.

Peste un timp, ne-am dat seama că splendida toamnă care acoperise lumea se apropia de sfârșit; și, cum, în mlaștini, iernile sunt deosebit de aspre, ne-am pregătit pentru hibernare; am lărgit, cu mâinile noastre, scorbura, am căptușit-o cu crengile care ni se ofereau singure, n-am lăsat decât o ușă și o mică fereastră acoperite cu nuiele împletite, ca să putem deschide la nevoie, am presărat pe jos flori de câmp aproape veștejite, am săpat acolo, înăuntru, o gură de apă și, firește, o mică latrină; zilele se scurgeau lente, soarele devenea tot mai portocaliu.

8. Ajunși aici, vă rog să recapitulați pe când eu, în așteptarea iernii, declamam ore în șir, iar Zenobia mă acompania bătând numai cu două degete într-o mică tobă făcută dintr-o bucată de piele găsită pe apă, uscată la vânt și întinsă peste un ciot de lemn scobit; ciudatele ei ritmuri aminteau clămpănitul berzelor care se pregăteau să plece spre sud.

Despre ceilalți nu mai știam nimic, poate că Petru rătăcea prin mlaștini (ultima trestie dinspre nord spunea că îl zărise trecând în direcția orașului); cât despre Iason, jignit de comportarea lui din timpul scurtei noastre întâlniri, voiam să-l uit.

Din când în când, în decursul rarelor noastre ieșiri din scorbură, alergam cu Zenobia pe câmp, ca să ne dezmorțim; de fapt, eu alergam pentru că ea zbura, lipită de umărul meu.

O dată, când ne-am oprit să respirăm pe o movilă, i-am zărit de departe pe domnul Sima și pe Dragoș, culegeau, pesemne, ultimele flori albastre; i-am salutat de la distanță, eu fluturându-mi mâna dreaptă, Zenobia fluturându-și mâna stângă pentru că umărul meu stâng era lipit de umărul ei drept; domnul Sima și Dragoș ne-au răspuns prin semne prietenești făcute cu ce mână voia fiecare, pentru că ei nu se aflau umăr la umăr.

9. Astfel am dus-o, săptămâni întregi, ca niște cârtițe, în adăpostul nostru, iar pe deasupra se întindea imensul cer care, pesemne, noaptea, se împodobea cu toate stelele lui, desfășurate la nesfârșit; Zenobia își continua șoaptele, vorbea cu umerii mei, cu gura mea, cu genunchii mei – rareori am auzit-o, în perioada aceea, adresându-mi-se mie, direct, ca unui întreg, în afară de clipele când îmi spunea că mă iubește neînchipuit de mult, încă dinainte de a ne fi întâlnit; venise iarna, o iarnă grea, cu viscole și cu troiene de zăpadă, pământul și crengile uscate din scorbură foșneau stins, apa din groapă abia dacă se înfiora când ne apropiam tremurătoarele buze de suprafața ei, numai din când în când se auzea pe afară, din lume, câte un urlet, pesemne viscolul, și așa mai departe, atunci tresăream și strigam: „Cine e acolo?“ și nu răspundea nimeni, dar, o dată, cineva mi-a răspuns:

„Eu sunt, domnul Sima".

„Domnul Sima? Ia te uită, domnule, ce surpriză!" și m-am repezit spre fereastră, dar n-am deschis-o. „Ia te uită, domnule! Să mă fi picat cu ceară și n-aș fi bănuit că ești dumneata. Cu ce ocazie pe aici?"

„V-am căutat o grămadă", mi-a spus el, „mă temeam să nu vă fi mâncat lupii care au trecut Dunărea, încoace; am văzut ieri un mânz, alerga înnebunit, sângele îi flutura ca o coamă, pe gât, îl mușcaseră lupii, eu nu ies niciodată fără pușcă".

„Păi, dumitale îți convine, ai pușca aia, din odaia de jos", i-am spus, „pe când noi, adică Zenobia și eu, îngropați aici ca niște cârtițe, n-avem nimic, facem dragoste și atât; îmi pare rău că nu pot să te invit înăuntru, domnule Sima, nu e loc, dumneata m-ai invitat atunci, era loc, dar spune drept, ce te-a făcut să vii, pe vifornița asta, până aici?".

„Nu, că să vezi, v-am adus niște ierburi, conțin vitamine, să le aveți, la nevoie, sunt bune, deschide ușa să ți le dau."

„Dumneata, domnule Sima, pesemne că ești un lup și vrei să deschid ca să tragi cu pușca aia în noi și pe urmă să ne mănânci; ia vino mai aproape, să deschid fereastra, să constat că ești dumneata, să mă conving."

Am deschis fereastra, domnul Sima s-a apropiat, am scos mâna afară, i-am pipăit fața, mi-au înghețat degetele, era chiar el, îl vedeam bine, plângea.

„Hai, domnule Sima, ești om în toată firea, fii bărbat, nu mai plânge", i-am spus.

Domnul Sima se clătina, mișcat de rafalele vântului.

„Dumneata ești un om fericit", a suspinat el, „îți convine să vorbești așa, fiindcă te ocrotește".

„Mi se pare că ai început să aiurezi, din cauza frigului, domnule Sima; eu stau aici, nu mă întreba cum, și dumneata zici că mă ocrotește. Cine mă ocrotește? Nu cumva te referi la Zenobia?“

„Știi foarte bine cine“, mi-a spus el.

„Ce să mai zic, domnule Sima“, i-am răspuns eu, „fiecare își comunică erorile cum poate, iar ele cuprind totdeauna un pic de adevăr; ceilalți înțeleg cât pot; fiecare spune mai puțin decât înțelege și înțelege mai mult decât i se spune, iar ce înțelege nu i se spune, fiindcă ce i se spune nu înțelege, și așa mai departe. Dar să lăsăm tâmpeniile, să fim rezonabili, domnule Sima; ia spune, ce s-a întâmplat, de ce plângi?“.

Domnul Sima și-a scos, cu degetul cel mare și cu arătătorul de la mâna dreaptă – în stânga ținea pușca – o lacrimă care îi înghețase în colțul ochiului și i-a dat drumul jos; acolo unde a căzut lacrima, a rămas o gropiță în zăpadă, abia vizibilă, cât o înțepătură de ac, și atât; apoi mi-a spus:

„S-a întâmplat că am să mor curând, nu cred să apuc primăvara“.

„Fii serios, domnule Sima“, am spus, „pari sănătos tun, ar trebui să alungi *aceste negre gânduri*“.

„Știi bine că este exact cum spun și că plâng fiindcă așa se obișnuiește în asemenea ocazii“, mi-a răspuns domnul Sima. „În plus, m-am îngrijit de toate, am lăsat casa și ce mai am unei rude, un fel de văr de-al doilea, magistrat în județul Bacău, o să vină el să mă îngroape; am pus deoparte, pentru Zenobia, o rochie de la cine știe ce străbunică, am găsit-o în pod, într-un cufăr, e putrezită, dar mai ține; dumitale ți-am pregătit niște pantaloni albaștri, cam peticiți, dar mai sunt buni, o cămașă cu jabou, niște ghete albe, cred că au fost de patinaj, acum nu mai au patine, n-am găsit altele, și încă niște lucruri, o pereche de ciorapi, nu mai știu ce, o căciulă, vi le aduc când mai vin pe aici, poate vă duceți și voi la oraș, trebuie să fiți îmbrăcați mai omenește, nu merge chiar așa; dar să trecem peste nimicurile astea, să ne gândim la Dragoș, fiindcă ți-l las dumitale, ruda aia a mea ar fi capabilă să nu-l vadă și să-l arunce la gunoi; ți-l aduc aici, cu masă cu tot, o să mă ajute el să car masa, când trebuie, umblă, te ajută, mi l-a lăsat și mie cineva, demult, ai să-l lași și dumneata altcuiva, când o veni momentul, trebuie să mărești scorbura, să încapă și el aici, cu masă cu tot."

„Bine, domnule Sima", i-am spus, „o să mărim scorbura, eu și Zenobia, cu mâinile noastre, o să facem și o mică latrină, pentru Dragoș, oamenii se ajută între ei".

„Dragoș nu are nevoi fizice", m-a întrerupt domnul Sima, „și n-o să te deranjeze deloc, stă liniștit pe masă, ca un mort sau ca o păpușă de ceară, vorbește extrem de rar și nu se ridică decât dacă e nevoie să te ajute la ceva, știi foarte bine, am putea chiar să renunțăm la masă, am putea să-i așternem pe jos niște crengi uscate, poate să doarmă și pe pământul gol".

„A, nu, domnule Sima, el e bătrân, dacă doarme pe jos, ar putea să răcească, te rog, adu masa, de ce să n-o aduci, ce-i dacă săpăm, cu mâinile noastre, eu și Zenobia, doar știi foarte bine că așa trebuie, adu-l, domnule Sima, cu masă cu tot, nu contează."

„Atunci am să-l aduc cu masă cu tot", a spus domnul Sima. „Când terminați de mărit scorbura, vi-l aduc, cu masă cu tot, acum trebuie să plec, se înserează, să nu vină lupii, rămâneți cu bine."

Cât timp a durat convorbirea noastră, domnul Sima a plâns, după cum se obișnuiește în asemenea ocazii, acolo, în viscol, lacrimile i-au înghețat peste pleoape, de aceea, când a plecat, clătinându-se în bătaia vântului și târându-și prin zăpadă pușca aia, avea ochii acoperiți de o crustă străvezie, ca orbii cei mari, ca Homer, de exemplu, iar noi, după ce ne-am îmbrățișat, am închis la loc fereastra făcută din nuiele.

10. Am scormonit intens, zile și nopți, cu mâinile noastre, eu și Zenobia, până când scorbura a devenit suficient de mare ca să încapă masa, atunci ne-am așezat umăr la umăr lângă fereastră, am depărtat câteva nuiele și am privit afară, peste întinderea de zăpadă; știam că se încheiase o primă etapă a imensei noastre iubiri și așteptam, așa cum unii îndrăgostiți așteaptă venirea copilului care să-i lege altfel și să umple un gol inexistent, văduvindu-i, în bună parte, de mângâierile cuvenite numai lor; ne supuneam blestemului acestui straniu transfer: cineva avea să ne roadă intimitatea, unul din bunurile noastre cele mai de preț, și așa mai departe.

„Noi n-o să ne iubim copilul, nu-i așa?“, îi spuneam Zenobiei.

Ea gângurea ceva despre niște cercuri mult mai puternice, față de care gândul nu poate nimic, mă sfătuia, parcă, să nu mă situez pe marginile lor, ca să nu mă arunce afară; de altfel, Dragoș nici nu era copil.

Și, într-o bună zi, au venit; mergeau amândoi prin zăpada înaltă, unul după altul, cărând masa aceea uriașă deasupra căreia puseseră ierburile și celelalte lucruri făgăduite; i-am lăsat să ne strige, Zenobia mi-a făcut semn să nu le răspund, a așteptat până ce ne-au strigat a treia oară, atunci a deschis, cu mâna ei.

„Am venit", ne-a spus domnul Sima, „vi l-am adus pe Dragoș, și masa și ierburile și lucrurile făgăduite".

Atunci l-am văzut pentru prima oară de aproape pe Dragoș, altfel decât culcat pe masă; fără demnitatea stării de mort sau inofensiva încremenire moale a păpușilor de ceară, părea un bătrânel oarecare; era încălțat cu opinci din piele de porc întoarsă cu porii în afară, purta niște ițari și o cămașă lungă, de in, costumația lui ar fi putut părea la fel de normală și cu câteva mii de ani în urmă, și astăzi, în vreun cătun de munte; avea părul lung, până peste umeri, alb-gălbui, zâmbea înfiorător de blând, clătinând întruna din cap, și țopăia în zăpadă, țopăia mereu, poate de frig.

I-am poftit în scorbură și ei au intrat, cu masă cu tot, abia încăpeam toți patru înăuntru.

„Cam pute aici", a remarcat domnul Sima, deși ușa de nuiele rămăsese larg deschisă.

Noi nu i-am răspuns, ne uitam la Dragoș cum clătina din cap și țopăia, cămașa lui de in se freca de zdrențele noastre, încercam să-i descifrez dansul, un fel de bătută pe loc cu salturi extrem de line, ca niște plutiri de fulgi, la abia câțiva centimetri deasupra solului, urmate de izbiri brutale cu călcâiul drept, totdeauna cu călcâiul drept, în pământ, însoțite de ușoare chicoteli.

„Ce faci?", l-am întrebat, punându-i cu blândețe mâna pe umăr.

„Bufnesc", mi-a răspuns el clătinând din cap, pierdut parcă de fericire, dar fără să se oprească din țopăit.

„Bătrânul e cretin?“, l-am întrebat atunci pe domnul Sima.

„E senil“, mi-a răspuns acesta. „La vârsta lui, nici nu poate fi altfel; dar te ajută cu vasta lui experiență, mișcându-se în luminosul întuneric al minții îngropate în sine, ca o tradiție, fără să-și dea seama ce face și de ce.“

„Atunci să-l punem pe masă“, am propus eu.

„Să-l punem“, a fost de acord domnul Sima. „Acolo n-o să vă deranjeze, o să stea cuminte, ca un mort; dar, fii atent, dacă vorbește vreodată, să știi că există consoane pe care nu vrea nici în ruptul capului să le rostească, poate că le-a uitat, consoana *r*, de pildă; ca să înțelegi ce spune, pui dumneata consoanele la locul lor.“

„Le pun, domnule Sima, de ce să nu le pun, ce pierd dacă le pun? Numai să stea cuminte acolo, pe masă, și să nu ne tulbure.“

L-am ridicat pe Dragoș de subțiori și m-am întors cu el spre masă, era nemaipomenit de ușor, ai fi zis că e umplut cu aer și țopăia în aer; domnul Sima dăduse jos ierburile și celelalte, în locul lor l-am instalat pe Dragoș și el a închis ochii, nu s-a mai clintit.

„Vezi ce cuminte e?“, l-a admirat domnul Sima; „Nici n-o să-i mai simți prezența, o să vi se pară doar o vagă respirație, de undeva, din adâncul vostru, n-o să vă deranjeze absolut deloc și o să vă ajute, ai să vezi“.

„Domnule Sima“, am spus eu, „de ce naiba mi l-ai adus tocmai mie? De ce nu l-ai dus altcuiva, de ce m-ai pricopsit pe mine cu el?“

„Știi foarte bine de ce“, mi-a răspuns domnul Sima.

„Ba nu știu nimic, nu știu decât că m-ai pricopsit cu un copil bătrân, poate greșesc eu, poate că toți copiii sunt bătrâni și mie mi se părea altfel, poate că el trebuia să se nască din dragostea mea și a Zenobiei, altceva nu mai știu."

„Atunci o să-ți spună Zenobia, la timpul potrivit, ea poate că știe; mi l-au adus și mie alții, e normal, acum trebuie să plec, ne despărțim, poate pentru totdeauna, am să mor curând."

Și domnul Sima a început iar să plângă, pentru că așa se obișnuiește în asemenea ocazii, apoi s-a apropiat de Dragoș, l-a sărutat pe frunte în mod, aș zice, solemn și a ieșit din scorbură; noi n-am închis imediat, ca să mai primenim aerul, deși se făcuse al dracului de frig; domnul Sima a rămas, plângând, în fața ușii.

„Ce faci, domnule Sima?", l-am întrebat, „dacă nu pleci, intră măcar înapoi, vreau să închid".

„Aștept puțin, să-mi înghețe lacrimile", mi-a răspuns el.

După un timp, când peste ochi i s-a format iar crusta aceea de gheață, a plecat bâjbâind prin zăpadă, ca marii orbi; mi s-a părut că apucă o direcție cu totul greșită dar n-aveam de ce să mă amestec și am închis bine ușa în urma lui.

11. Au trecut, după aceea, zile și săptămâni, stăteam cu Zenobia în beznă, mențineam dragostea pe lume, de afară se auzea viscolul, n-am să-l descriu, apoi lupii începură să ne dea târcoale, scheunau jalnic, era, poate, îngrozitor de frig, peste groapa cu apă se așternuse o pânză de gheață, trebuia să o spargem când ne încerca setea; rodeam, câteodată, ierburi, era o stare de dincolo de gânduri, cotropitoarea, disperata dragoste a lumii se ghemuise acolo, în cârpele noastre deschise, desfăcute până la soarele care probabil că mai exista și până dincolo de el, departe, atât de departe, încât distanța se pierdea, uita să mai existe, se risipea în noi, în aerul

stătut al scorburii; ajunși aici, vă rog să recapitulați acele zile, să le umpleți cu tot ce știți despre dragoste, cu tot ce credeți că știți, eu nu inventez nimic, și așa mai departe.

Un timp, ce-i drept, Dragoș nu ne-a deranjat prea mult, atâta doar că își ținea deschiși ochii, care luceau ca două stele triste, dar, într-o noapte, i-am simțit respirația în ceafa mea, o ușoară adiere de aer m-a făcut să-i bănuiesc clătinările capului iar după tremuratul ritmic al crengilor așternute pe jos și după foșnetul veșmântului său de in mi-am dat seama că se afla, cine știe de când, la câțiva centimetri de noi; mai mult ca sigur, clătina din cap și țopăia acolo, ascultând gânguritul Zenobiei; în plus, poate vedea tot ce vedeam noi în centrul peliculei, poate că ne rodea și ierburile, ne murdărea mica latrină sau, ce era mai grav, se încălzea în cele mai intime cârpe ale noastre.

„Ascultă, scârnăvie“, i-am spus, „(iartă-mă că folosesc cuvântul acesta, dar n-am altul la îndemână) ce cauți tu aici? Marș pe masă, porcule, și încremenește acolo, dacă nu vrei să te arunc afară; ia te uită, domnule, ce-i trăsnește prin minte! Să ne asculte șoaptele de dragoste, să ne spioneze fără pic de rușine viziunile! Ei, nu, că asta e prea de tot! Ia uită-te, domnule, până unde poate să ajungă cu neobrăzarea și, fii atent, mai și țopăie, vita!“.

„Mi-e frig“, a bâiguit Dragoș.

„Frig, pe dracu'!“, i-am strigat eu, bineînțeles, după ce am pus la locul ei consoana lipsă, „Care frig, ce frig? Nu mai știi pe ce lume trăiești, ai uitat ce lucru important se petrece aici, ai uitat de ce stăm ghemuiți în scorbura asta? Marș pe masă și altădată să nu te mai prind, că-ți rup oasele alea medievale și le dau lupilor, să le roadă".

Ce e drept, Dragoș a trecut, dintr-un salt, pe masă, firește, cu ochii deschiși; dar mie, din clipa aceea, a început să-mi fie frig, ronțăiam întruna la ierburi, umărul mi s-a dezlipit de umărul Zenobiei; eram neliniștit, nu mai aveam pic de încredere în mine, în tot ce văzusem, îmi venea să plâng, să-i spun Zenobiei:

„Nu vezi ce nenorocit sunt, în bezna asta și în noroiul ăsta? Unde e dragostea lumii, unde e dragostea ta? Nu vezi că plasticul ăla împuțit cu care ești îmbrăcată e rece și nici nu mă iubești măcar, dacă m-ai iubi, ai face și tu ceva ca să termin cu nervii rațiunii și cu neîncrederea asta, m-ai scăpa din scorbură, am sta și noi, ca oamenii, lângă un calorifer încălzit, ne-am plimba cu liftul sau am intra într-un magazin luminos, mi-aș cumpăra tutun irlandez, pentru pipă, nu așa, în mizerie, cu cizmele sparte și cu ciorapii uzi și înghețați, nu vezi? Nu sunt bun de nimic, îmi intrase în cap că sunt predestinat și așa mai departe, că tu, ce să mai spun, pe dracu', poate că tu ești, nu zic, dar eu nu sunt bun de nimic, nu vezi? M-ai ales greșit și nu mă mai iubești, ți-ai dat seama că nu merit, degeaba zici, fiindcă nu mă iubești, asta e...".

Zenobia tăcea, m-am dus la fereastră, am depărtat câteva nuiele și am rămas acolo zile și nopți, ca să privesc afară, ziua vedeam cerul de plumb, zăpada și, câteodată, lupii; atunci, ce e drept, mă bucuram că sunt la adăpost, aveam mici sentimente; dar noaptea, când cerul își desfășura miriadele de stele deasupra noastră, mă simțeam necăjit și mic și murdar, îmi simțeam cămașa găurită și ciorapii idem, îmi pipăiam fruntea murdară de pământ și îmi venea să mor;

iar înăuntru mă pândeau ochii lui Dragoș, care luceau descurajant și trist.

Am stat așa zile și nopți, nu mai știu câte, până când am simțit din nou, lângă umărul meu, umărul adorat al Zenobiei.

„Lasă-mă în pace", i-am spus, „ce mai vrei, nu vezi în ce hal am ajuns? Nu mai sunt bun de nimic, mi-e frig, îmi vine să mor, mai bine îmi astup gura cu palma și nu mai respir, mai bine mor și nu mai respir, fiindcă nu mă iubești, m-am convins și așa mai departe, nu sunt bun de nimic, îmi intrase în cap ce văzusem...".

„Liniștește-te", mi-a spus Zenobia, acum nu mai gângurea, vocea îi era limpede și melodioasă, „a fost greu, acum a trecut, s-a terminat".

„Cum s-a terminat, Zenobia, cum a trecut și cum s-a terminat? Mie îmi vine să mor, sunt disperat și tu îi dai zor că a trecut! Auzi la ea, domnule, cum a trecut când stăm până în gât în noroiul ăsta și eu crap de frig și senilul ăla se holbează la mine? Dacă nu faci ceva să mă scapi de el, să știi că mor, cu toate că ție puțin îți pasă, știu eu, te uitai după bărbați, în mlaștini, să știi că mor, uite, aici, la fereastră, sau ies afară, să mă mănânce lupii, dacă nu mă scapi de putrezitul ăsta care nu-și mai ia ochii de la mine."

„Liniștește-te", a repetat Zenobia și glasul ei suna ca un clopoțel de argint, „liniștește-te, lasă-l pe Dragoș, el a făcut ce trebuia, erai între cercuri, pe margini, în gol, acum s-a terminat...".

„Sigur, așa zici tu, ca să mă liniștești", am bombănit eu, dar, de fapt, mă și liniștisem, mă simțeam liber și am adăugat: „N-am nimic cu Dragoș, ce să am cu el? Stă cuminte, săracu', la locul lui, și eu te iubesc neînchipuit de mult, dar a fost tare greu".

„Acum nu te mai gândi, nu mai vorbi despre asta", a murmurat Zenobia.

„Te iubesc neînchipuit de mult", i-am spus, „și e cald în cârpele noastre".

Apoi m-am întors de la fereastră și m-am uitat spre masă; cum era și firesc, Dragoș închisese ochii.

12. Vă rog să recapitulați în timp ce eu, ghemuit în fața golului aceluia pe care l-am numit fereastră, pândeam venirea primăverii; încet, încet, zăpezile se topiră, o adâncă seninătate îmi umplu inima când se ivi, din micșorarea lor, pământul negru, și umed; băltoacele rămăseseră ca niște mărturii de-a lungul văii; cât vedeam cu ochii, un fel de presimțire nehotărâtă a ierbii începu să acopere câmpul cu verdele ei, și așa mai departe; pe partea cealaltă a digului stuful părea că se trezește, iar milioanele de insecte, până mai ieri invizibile, își reîncepură, amețite, rotirea, în bătaia, cu fiecare zi mai caldă, a soarelui; din când în când ieșeam în fața ușii, ca să chiui; chiuiam de două-trei ori, mă uitam peste câmp (de nu m-ar auzi cineva!), apoi reintram în scorbură; într-o bună zi am cules iarbă nouă, viguroasă, proaspătă, de pe dig, și m-am întors cu tălpile cizmelor încărcate de noroi lipicios și rece.

În tot acest timp, Zenobia mă urmărea cu privirea din ușa larg deschisă a scorburii, iar Dragoș continua să stea nemișcat, pe masă, de altfel nu mai deschisese ochii din ziua sau noaptea aceea, se speriase cumplit, nici nu știam dacă mai respiră; încet, încet, am început să ne facem nevoile afară, semn indubitabil de împrimăvărare.

Treptat, plimbările mele pe dig, prin stuf sau pe câmp se prelungiră; Zenobia începu să mă însoțească și astfel, după zile și nopți petrecute într-o lume fără dimensiuni, începu ceea ce s-ar putea numi „o altă viață".

13. O dată (se imprimăvărase de-a binelea), umblam cu Zenobia pe câmp, chiar vorbeam despre asta când, ajunși în apropierea locului denumit „la Puțul Popii", am ridicat orbește de jos un bulgăre de pământ.

„E un idol", am zis și, însoțit de Zenobia, m-am dus la un izvor pe care îl știam aproape (nu al lui Spiridon, care e mult înapoi). Acolo am topit bulgărele în apa izvorului și, din interiorul lui, s-a ivit un idol de lut ars, un mic personaj rudimentar care își ținea mâna dreaptă la gură, făcându-mi parcă semn să tac (cultura Gumelnița, o replică exactă se află în muzeul orașului București). Adaug că idolul acela, care îmi face și acum semn, are cunoscutele găuri în dreptul urechilor și-și ține cotul drept rezemat în palma mâinii stângi.

14. Știam un loc, la poalele pădurii, unde mlaștina devine râu adânc, mai demult stăteam acolo, pe mal, săpasem cu mâinile mele un scaun în pământ, copacii mă cunoșteau, câteodată le ceream creanga de care aveam nevoie, o pasăre venea să-mi cânte, dacă tăcea, o rugam să continue.

Ca să ajung la locul acela, trebuia să străbat o parte a pădurii, ea îmi arăta drumul printre raze portocalii, dacă era prea umed, îmi deschidea altul, dar mie nu-mi plăcea, abia așteptam să ies la câmp deschis, pădurea știa asta și se supăra, voia să mă zgârie, o dată a încercat să-mi scoată ochii cu multă și feroce dragoste.

Urma un câmp, mă oprea lumina orizontului prea brusc, strângeam pleoapele, era o pajiște verde, câțiva stejari se înălțau, răzleți, își făceau semne de la distanță, se furișaseră din pădure; pe sub ei mișunau ierburile, umblau și ele, schimbându-și locurile într-o alunecare aproape imperceptibilă, pâlcuri întregi, se vizitau, poate făceau dragoste, cele mai multe sunau ca niște fire de sârmă, povesteau întâmplări dintr-o lume cumplit de vie, mi se strângea stomacul ascultându-le pentru că mă simțeam nepregătit pentru punctul lor de vedere în care ziua și noaptea se contopesc într-o magmă gălbuie, stelele, în plină zi, își desfășoară mersul pe sub lumina puternică a soarelui, iar noaptea se petrece același lucru, doar că lumina devine sunet.

Ca să mă smulg din îmbrățișarea vegetală care m-ar fi putut anihila, mă abăteam de-a lungul unei râpe, un fel de albie secată și lungă de vreo două sute de metri, umblam cu soarele pe cap și cu picioarele în umbră, era o albie a echilibrului, acolo îmi găseam justificări, firește, îmi erau egale, o logică a stărilor mă împingea spre ele.

În zilele dinaintea întâlnirii cu Zenobia, la intrarea râpei mă întâmpina un fluture, de obicei cafeniu, pesemne totdeauna altul, deși același (n-aș putea să explic), câteodată era alb, se balansa ca beat la stânga și la dreapta mea, îi vorbeam cu glas tare, îi mulțumeam ca unui ghid amabil, mă săruta pe pleoape apoi se depărta șoptindu-mi că venirea mea *le face* plăcere, mi se ivea o floare, să zicem galbenă, o întrebam ce mai face, o mângâiam cu un deget, la câțiva pași apărea năvala florilor anunțate de ea, totdeauna de culoarea ei, să zicem galbene (în alte zile erau mov sau albastre sau de alte culori, potrivite cu ale anunțătoarei), uneori mă atingea din treacăt, parcă pentru a-mi atrage atenția, câte o floare, din cele de data trecută, o întrebam despre celelalte, vorbeam frumos cu ea, se legăna cam tristă, puținele ei surori care mai supraviețuiseră începeau să se ivească de te miri unde, ieșeau să mă vadă, le mulțumeam și lor, le vorbeam despre strălucirea moartă a suratelor de prin serele orașului și tot așa, până la capătul râpei, acolo se termina și câmpul, coboram o pantă bruscă, mă sprijineau câțiva copaci, ca să nu cad, până la apă.

Vă rog să recapitulați această pagină mai mult florală și, oricum, descriptivă, pe când eu așteptam să se înstăpânească primăvara ca s-o pot duce pe Zenobia în lumea aceea sălbatică și tandră și indiferentă față de pieire, ghidat de-a lungul râpei de fluturele care semăna leit, acum îmi dădeam bine seama, cu zâmbetul și cu șoaptele ei.

15. Câteva zile mai târziu, rătăceam singur pe un ostrov, un șarpe se târa pe lângă mine, când am găsit, lângă o tufă, printre alte cioburi (cultura Boian, în mod stupid socotită pe atunci aniconică), un falus de lut ars. M-am așezat pe un trunchi de salcie căzut în apă, mă gândeam să spăl de pământ falusul și cioburile ridicate odată cu el, stuful mă acoperea din toate părțile, nimeni n-ar fi putut bănui prezența mea acolo, am curățat mai întâi cioburile, unul câte unul, și le-am pus la uscat pe-o creangă mai groasă; când a venit rândul falusului, am ridicat, fără să știu de ce, ochii și am văzut apropiindu-se, printre trestiile mai rărite în partea aceea, o tânără fată, n-avea cum să mă vadă, mă întrebam de unde răsărise în pustietatea noastră, ea s-a oprit în fața mea, pe mal, la nici douăzeci de pași, și s-a întins pe iarbă.

„O să stea cât o să stea și o să plece", mi-am spus, continuând să frec, liniștit, falusul acela de lut; atunci mi-a fost dat să asist, ca martor nevăzut, la cel mai delirant exercițiu erotic solitar pe care mi l-aș fi putut imagina; am lăsat falusul jos, pe-o creangă, fata s-a liniștit; l-am reluat (cu jenă, pentru că străbăteam o etapă de înaltă puritate interioară), era ca și cum aș fi apăsat pe un buton care declanșa nebunia; am repetat asta de câteva ori, ca să nu am îndoieli asupra forței acelui obiect modelat cu mii de ani în urmă, până mi s-a făcut milă de fată și m-a dezgustat curiozitatea mea, oricât mi se părea ea de pură și de justificată; atunci am pus falusul deoparte; peste puțin timp, fata s-a ridicat și a plecat fără să bănuiască nimic din toată întâmplarea.

16. Altă dată, mă aflam pe un mal pustiu, m-a cuprins o teamă, un fel de presimțire-panică, m-am aplecat să iau ceva ca să mă apăr, se aflau pe acolo câteva pietre, am ridicat una, la întâmplare, și m-am pomenit în mână cu un capăt de ciocan din granit negru și lucios, lucrat cu desăvârșită măiestrie; am început să caut atent, îmi trecuse spaima și, firește, n-am găsit nimic în preajma locului de unde ridicasem capătul de ciocan; abia la vreo sută de metri mai departe am văzut, pe jumătate înfipte în mal, două urne funerare („cultura Câmpurilor de Urne"), una dintre ele, modelată și ea de cine știe ce mână putrezită cu milenii în urmă, avea gaura denumită „fereastra sufletului" pe care și astăzi unii locuitori ai câmpiei o fac în coșciuge ca să li se poată întoarce sufletul când simte nostalgia trupului părăsit.

17. Vă rog să recapitulați aceste sumare date privitoare la disponibilitatea mea pentru o anumită

„arheologie mediumnică“ din pricina căreia am avut neplăcerea de a fi citat într-un opuscul despre inscripții pe torți de amfore grecești ca descoperitor al unei ipotetice Apollonia, cetate greu de găsit, spun și eu ce se poate spune în momentele când micul idol își ia degetul de pe buze și nu mă interesează nici urnele funerare, nici ciocanele negre, nici falusurile de lut; dar, cum cele relatate până aici ar putea sugera o forță de solicitare specifică numai obiectelor străvechi, m-aș simți tentat să amintesc legăturile mele cu altele – de pildă, cu o pipă pierdută de două ori pe întinderea celor 700 de hectare ale mlaștinii și care, după câteva zile, mi-a revenit în mod inexplicabil, aș zice umblând singură (vorbesc din când în când cu ea, o sărut, ține la mine); aș putea înșira, exact cum s-au petrecut, atâtea și atâtea, dar n-o fac, din decență; în plus, legat de disponibilitatea mai sus amintită și nevăzând nici o deosebire între stări și fapte, eu scriu aici (pentru că s-ar părea că scriu) despre dragoste și-mi place bâiguiala care îmi dizolvă inteligența și cultura ca să-mi deschidă alte porți, îmi plac firul de iarbă, pisica și bețișorul care știu exact cum stau lucrurile, îmi place ideea că, încă o dată, veți trece cu ușurință peste toate acestea, socotindu-le ca de la sine înțelese.

18. După un timp, apele mi-au adus o barcă putrezită, unul din sicriele acelea făcute din câteva scânduri bătute în câteva cuie și unse cu smoală, pe care și le construiesc țăranii de prin partea locului; cu ajutorul ei și folosind drept vâslă o prăjină, am început să cutreier mlaștina. De multe ori, culcat în barcă, ascultam zgomotul apei, al vântului, al trestiilor sau al viețuitoarelor, n-am să le enumăr, am să spun doar că,

împreună, ele alcătuiau ţiuitoarea linişte a pustiului; o dată însă, am auzit un fel de grohăit ciudat a cărui origine, la început, în ciuda disponibilităţilor mele, mi-a fost cu neputinţă s-o determin; apoi, după un alt grohăit, ceva mai consistent, un glas neîndoielnic omenesc a strigat de undeva, din altă parte a stufului:

„Bă, care împuţi balta?".

Erau aşadar, incontestabil, oameni, dar, cu excepţia fetei aceleia singuratice, nu i-am văzut la faţă.

În lungile peregrinări golite de gânduri, dar pline de o fecundă integrare în miezul peliculei, pierdut printre cărările stufului acum de culoarea turcoazei, dacă se întâmpla să plouă, trăgeam barca la mal şi, răsturnând-o, mă adăposteam în aburii lăuntrici, pe când, deasupra, cerul bubuia. La întoarcere, mânam totdeauna în direcţia soarelui imens şi roşu, spre capătul digului, unde mă aştepta silueta de cristal a Zenobiei.

„Eram îngrijorată", îmi spunea ea, „îmi era frică să nu ţi se fi întâmplat ceva; când suntem amândoi, n-am grijă, atunci putem muri împreună".

Mărturisesc că teama ei mi se părea de neînţeles şi nu realizam cum de putea să aibă, măcar pentru o clipă, senzaţia despărţirii; dar, intuind într-o măsură ceea ce mişună dincolo de aparenţele comunei maladii umane, păstram convingerea că ea, marea iubită liberă, nu putea să greşească.

De altfel, mă cam îndoiam de adevărurile mele destul de grosolane, în dosul cărora ştiam că se află totdeauna gata oricând să le dezmintă şi altele, în stare să le desfiinţeze pe acestea din urmă, până la primele, destul de şubrede şi ele, dar toate, absolut toate demne de încredere.

19. Firește, nu despre adevăruri ca atare vorbesc eu aici (sau scriu, pentru că s-ar părea că scriu), ci despre cele de orice fel, chiar despre cele pe care le trec cu vederea deși mi se par extrem de importante; ele își garantează existența activă mai ales prin refuzul lor de a se lăsa exprimate, refuz care nu le aparține lor, ci nouă, pentru că lor le este egal, și așa mai departe. Pare cam încâlcit ce spun, mă rog, n-am să insist, am să spun doar că, după una din peregrinările mele deloc meditative, i-am declamat Zenobiei:

„Eu, dragă, după câte știi, sunt ceea ce s-ar putea numi un citadin; m-am născut și am crescut pe străzile Bucureștiului, acolo mi-am făcut, scuză-mă, studiile și mi-am satisfăcut acum un an serviciul militar, în grajdurile unui regiment de cavalerie; acolo am avut presentimentul întâlnirii noastre, chiar certitudinea, aș putea spune, și am scris o carte din care nimeni n-a prea înțeles mare lucru, cu excepția unor referiri inteligente la Nerval sau la alții, care mi se potrivesc ca nuca în perete; pe atunci locuiam în strada Leonida nr. 5, dar mai apoi m-am mutat în antreul unui tânăr avocat, pe strada Puțul cu Plopi, colț cu Astronomului, avea un câine de piatră la scară și un proprietar italian, te rog să recapitulezi: seara îmi bătea în geam când o fată brună, când o fată blondă, ai fi putut jura că mă vizitează o spaniolă și, respectiv, o suedeză, ambele îmi aduceau mere, dar să lăsăm... Apoi m-am mutat pe un coridor, la etajul nouă sau zece, și așa mai departe. Acum însă, nu știu de ce, aș da o raită pe la oraș, să văd cum se mai mișcă lumea pe acolo, e un motiv, oricât, aș vrea să mergi cu mine".

„Foarte bine", a spus Zenobia, „să mergem, dar să-l luăm și pe Dragoș cu noi, nu-l putem lăsa singur".

Așa se face că în ziua aceea am desfăcut pachetul cu lucrurile dăruite de domnul Sima. Zenobia a găsit în el rochia și o blăniță de iepure; rochia, putredă și îngălbenită de vreme, îi venea până peste călcâie, Zenobia a îmbrăcat-o după ce a împăturit frumos și a pus pe masă plasticul acum cafeniu, dar încă trainic; blănița a refuzat-o din pricina căldurii excesive a ultimelor zile și, cum în pachet nu se aflau pantofi, și-a păstrat încălțămintea de papură împletită de mine ca să-i ferească tălpile de înțepături.

Eu mi-am pus pantalonii albaștri dăruiți de domnul Sima, cămașa cu jabou și ghetele albe, iar ca să fiu elegant în lumea orașului către care ne îndreptam, mi-am instalat, în jurul gâtului, blănița de iepure; apoi l-am zgâlțâit pe Dragoș.

El s-a trezit imediat și a început să țopăie și să clatine din cap.

„Lasă țopăitul", i-am spus, „mergem la oraș".

El n-a mai țopăit și s-a așezat cuminte în iarbă, pe creasta digului; apoi, firește, ne-a ajutat plin de râvnă să acoperim cu bolovani, pe cât s-a putut, intrarea scorburii; pentru asta i-am dat, ca răsplată, căciula; după care am pornit toți trei, eu cu Zenobia umăr la umăr, Dragoș în urma noastră, spre nord, în direcția orașului.

În ziua aceea, în mlaștini, se întorceau ultimele berze.

II
Orașul

1. Când am ajuns la porțile orașului, ploua ca acum, adică turna cu găleata, rochia lungă a Zenobiei se târa greoaie prin noroi, încălțămintea ei de papură împroșca în dreapta și în stânga deși ea călca atât de ușor, abia dacă atingea solul; cât despre Dragoș, șuvoaiele de apă i se scurgeau de pe căciula udă peste pletele ude, peste cămașa udă, până la opincile umflate și moi; eu, unul, îmi storceam din când în când franjurile jaboului, aș fi fumat, nu se putea în situația aceea și mă simțeam bine, mă încălzeau apropierea Zenobiei și grija purtată bătrânului senil care mergea parcă dansând în urma noastră.

În centru ne-am așezat pe marginea trotuarului, în ploaie. Mașinile și oamenii forfoteau de colo colo și i-am spus Zenobiei:

„Tu, dragă, mă tem să nu răcim și cred că ne e foame, ce-ai zice să mâncăm ceva și să găsim un adăpost?".

„Pentru asta ne-ar trebui bani", a spus Zenobia cu un remarcabil simț practic. „Să căutăm, cine știe, poate găsim."

Am colindat străzile, ar fi fost o soluție, n-am găsit decât doi-trei bănuți, altădată găseam mai mulți, acum nu, așa că, până la urmă, am renunțat.

„Zenobia", am spus, „pe mine foamea nu mă supără, îmi dă starea aceea plăcută, dar tu ești fragilă, iar Dragoș trebuie adăpostit, văd că ție puțin îți pasă pentru că, dacă ți-ar păsa, ai putea găsi o soluție, mâine mă ocup eu de toate, am destui cunoscuți în orașul ăsta; deși majoritatea populației mă ignoră, există câțiva oameni care mă apreciază, băieți și fete de vârsta noastră, mâine găsesc eu un adăpost pentru Dragoș, am să procur și niște mere pentru tine, acum însă m-am convins cât de puțin îți pasă de noi".

Aici mi se pare necesar să amintesc greșita mea părere de pe atunci potrivit căreia Zenobia lăsa aparențele să se desfășoare cam prea nestingherite, precum și nevoia mea, la fel de greșită, de a încerca să o stimulez, nevoie datorată mai mult naivității și neîncrederii în mine, nu în ea. În asemenea momente vorbeam ca acum (spuneam și eu niște vorbe, dar câteodată mă supăram, sincer mă supăram) și ea, ca și cum ar fi săvârșit o indecență, împlinea, când mă așteptam mai puțin, unul din miracolele acelea mărunte care ni se par de obicei uimitor de banale și de neînsemnate, legate de o falsă cauzalitate imediată și menținute în limitele admisibilului, în zona unui echivoc oricând capabil să accepte explicațiile cele mai modeste și mai firești.

De data aceasta ea și-a vârât mâna în buzunărașul rochiei (nici nu-l observase până atunci) și a găsit acolo câțiva bănuți puși, pesemne, de domnul Sima, erau puțini, nici nu doream mulți, ne aflam lângă piață, am intrat într-un birt, am mâncat ceva lângă tejghea, în picioare, Dragoș ne privea zâmbitor, îmi trecuse supărarea, îmi venea să și râd.

Când am ieșit din birtul acela, ploaia se potolise, felinarele își aruncau luminile cețoase peste asfalt și a trecut Maria, pe care, înainte de plecarea în mlaștini, o vizitam uneori.

„Gellu!", s-a minunat ea, „unde ai dispărut atâta vreme?".

„Am fost la țară", i-am spus, „am dus-o bine acolo".

„Ai slăbit", mi-a spus ea, apoi s-a uitat la Zenobia, a măsurat-o din creștet până în tălpi, a văzut că ies aburi din ea, că fumegă, pe Dragoș părea că nu-l vede.

„Și acum unde te duci?", m-a întrebat.

„Habar n-am", i-am răspuns. Și am adăugat: „La revedere, Maria".

„Vino să stai la mine", a propus ea, „am un atelier nou, nu e departe, e liber".

„Regret, Maria", i-am spus, „dar acum sunt, cum s-ar zice, logodit, ea e logodnica mea, iar purtătorul ăsta de căciulă e prietenul meu, așa că te salut".

„Puteți veni amândoi", a spus Maria (pe Dragoș îl ignora, în continuare), „măcar să beți o cafea".

„Invitația ta mă ispitește, Maria", i-am spus, „dar tu știi că nu pot suporta ce pictezi, clăile alea de fân, și așa mai departe; acum doi ani, când te vizitam la atelier, pe strada Xenopol, erai pregătită, întorceai mai întâi tablourile cu fața la perete ca să nu le văd, să nu mă înfurii".

„Le pot întoarce și acum", mi-a răspuns ea, oftând, „trebuie doar să aștepți câteva minute la ușă, până le întorc".

Ne-am dus cu ea pe strada Sălciilor nr. 12, în fundul curții, unde își avea noul atelier, o încăpere destul de plăcută, ea nu locuia acolo, lucra doar, picta peisaje tâmpite, am așteptat afară până a întors pânzele și am intrat, ne-a făcut cafele, mie și Zenobiei, pe Dragoș părea că-l ignoră mai departe. Maria ne-a spus că putem folosi atelierul câtva timp, până găsim o locuință, eu am invitat-o politicos să ne lase în pace, că suntem obosiți, și ea a plecat.

„Mâine", i-am spus Zenobiei după ce am stins lumina și ne-am întins pe sofa, în timp ce Dragoș se instala pe masa lungă a Mariei, peste tuburile cu ulei și pânzele îngrămădite acolo, „mâine, am să-ți procur și niște mere".

* *Într-un ghețar au fost descoperite cadavrele perfect conservate a șapte aviatori dispăruți cu 28 de ani în urmă deasupra Islandei.*

2. Am stat un timp la Maria, n-aș putea spune cât, ea ținea la mine în felul ei încă de pe când jucam rugby, venea pe teren special să mă vadă, susținea că îi plac grozav și pohemele mele, după ce ne-am mutat la ea, a mai venit câteva zile să ne vadă, căzuse pe stradă, se lovise la cap, i se rupsese un dinte, venea fără el, își ținea palma pe gură, îmi aducea cărți de citit, se rezema de masa pe care dormea Dragoș, nu scotea o vorbă; Zenobia o dădea ușor și blând, cu mâna, la o parte, ca pe o draperie, de câte ori îi stătea în cale, ea nu zicea nimic, ofta, își mângâia gura cu degetul arătător, apoi ieșea brusc, aproape în fugă, mi se părea că plânge.

3. Vă invit să recapitulați toate acestea fără a da prea mare importanță unei anumite agresivități care s-ar putea să transpară în gesturile și în limbajul meu; în mlaștini primisem chiar șuturi în burtă fără să mă opun, atunci gemeam fiindcă așa trebuia, așteptând să se ghemuiască cineva pentru noi toți; dar acolo mă domina evidența deschisă a marilor ritmuri pe care le pierdem, pe când în magma orașului disperarea și

furia, altminteri zadarnice, se topesc mai greu; cu toate acestea, îmi place să susțin că și aici înșelătoarea mea bruschețe și aparentul meu cinism nu sunt decât stridențe fără importanță ale unei seninătăți subterane, mai dură decât toate furiile lumii; și mai adaug că n-ar trebui să mire, de pildă, afirmația că, în zilele despre care scriu (pentru că s-ar părea că scriu), aș fi putut fără jenă să mă deschei la pantaloni în fața Mariei, privind-o ca pe ceva care oftează și atât.

În plus, ca să-mi feresc puritatea de ideea abjectă a unei stări virginale, am să adaug că, iubind puternic de la vârsta de patru ani și jumătate, precum mă asigură nesigurele date ale memoriei, am avut de-a lungul vremii destule iubite, deși nu căutam asta cu tot dinadinsul, oh, ce mult mă iubeau, ce mult mă urau!

Exista una, de pildă, acum e medic primar, atunci era studentă, făcea practica la un spital, într-un orășel de provincie, eu locuiam temporar în pădure, aveam un cal, veneam călare, o întâlneam în parc, legam calul de un copac secular, o conduceam în infern, era fericită; când am reîntâlnit-o, după un timp, în tramvai, într-un mare oraș, spunea că are doi copii și că mă urăște din toată inima, era aceeași, nu putea să uite infernul, spunea: „Mi-ai stricat viața, soțul meu e un om capabil și cumsecade, dar noaptea, când îmi trag pledul peste cap, ca să fiu singură, mă bântuie amintirea acelor zile etc.". Voia să mă ucidă, domnule, să mă arunce din tramvai, în plin mers.

Exista alta, lucra la reprezentanța unei case de filme străine, mă plimba în cupeu, îmi trimitea, iarna, liliac alb, ne îmbrățișam într-un leagăn, o conduceam în paradis, era fericită; când ne-am reîntâlnit, după ani și ani, mă ura din tot sufletul, avea în ochi numai cuțite și pumnale, spunea exact ce spusese cealaltă, n-am să repet, așa se întâmplă de fiecare dată, așa sau altfel, fiecare credea că iubise, eu însumi crezusem la fel până când s-a ivit Zenobia, puteam să și mor, puteam să mă sinucid, domnule, convins că o fac din dragoste, fără să știu că la puțini, la foarte puțini le e dat să cunoască miracolul, n-aveți grijă, nu vorbesc despre altceva, în timp ce Maria îmi aducea cărți de citit și tăcea, convinsă poate, și ea, că mă iubește, mi se părea că plânge, n-avea decât...

* *Observatorul astronomic din Kitt Peak a anunțat descoperirea vestigiilor unei stele care a explodat cu aproximativ 300 000 de ani în urmă în constelația Lebedei.*

4. Ca un cadavru cu aripi de înger era Maria, venea tot mai rar pe la noi, avea ochii ușor bulbucați, îmi plăcea de ea, umbla năucă pe lume, se descurca binișor, o ajutau și părinții; o dată, când m-a întâlnit singur pe străzi (ieșisem să fac rost de mere), m-a oprit și m-a ținut de mână aproape un ceas, își astupa gura cu palma, privea în pământ, nu scotea o vorbă.

„Maria", am încercat eu să-i explic, pentru că la urma urmei era fată bună, „ar trebui să știi, că, mai demult, mi se întâmpla din când în când să joc table cu câte cineva deși jocul ăsta nu-mi place și puțin îmi pasă dacă pierd sau câștig; nu mă interesa decât ce zaruri dădeam; și află că, din când în când, izbuteam să iau contact cu zarurile, aveam un fel de stare, n-am să insist, de fapt, atunci ziceam în gând: «patru-doi» sau «cinci-trei» sau mai știu eu cât și dădeam exact ce gândeam; câteodată ziceam cu glas tare: «ia să dau eu, domnule, un patru-trei sau un cinci-doi» sau mai știu eu cât și chiar le dădeam, spre uimirea partenerului, care zicea: «Formidabil, domnule, le dai la comandă» – asta mi se întâmpla numai în momentele de slăbiciune sau de mărunt orgoliu și atunci celălalt mă punea să dau zarurile cu paharul, ceea ce n-avea nici o importanță; dar erau și zile când totul ieșea pe dos, când dădeam cu mâna mea tocmai zarurile care nu trebuiau date, înțelegi? Le știam dinainte, le spuneam în gând cu teamă și cu speranța că n-am să le dau și mă gândeam pe unde greșisem, în afara jocului, firește; mă îngrijorau tendința și capacitatea mea de a-mi face rău singur, faptul că redeveneam o ființă cu două voințe când socoteam că scăpasem de asta, mă rog, n-am să intru în amănunte; oricum, mă simțeam mâhnit, celălalt era convins că mă necăjește pierderea unei nenorocite de partide, avea și el punctul lui de vedere, cum să-i explic? Uite, eu stau aici ca un cretin și-ți înșir tâmpeniile astea profund adevărate pe care sunt sigur că nu le crezi sau, dacă le crezi, că nu le dai prea mare importanță pentru că ai și tu punctul tău de vedere, de ce să n-ai, ca orice om? Nenorocirea e că punctul ăsta de vedere te face să plângi, uite că tac și treaba ta...".

Ca un cadavru cu aripi de înger era Maria, ținându-mă de mână, acolo, în stradă, unde o întâlnisem pe când, de fapt, pornisem să fac rost de niște mere...

* *În Olanda, la Circul Renz, o tigroaică a născut doi pui al căror tată este un leu.*

5. Înainte de a pleca în mlaștini se întâmpla câteodată să mai citesc și ziarele, dar într-o bună zi nu le-am mai putut suporta vulgaritatea și

pornografia monstruoasă. (Ar trebui poate adăugat că pornografia pomenită aici nu are nimic comun cu sexualitatea, de care a fost legată vreme de secole numai ca să murdărească și una din ultimele șanse ale omului de a reîntâlni pierdutele adieri ale începutului; ar trebui adăugat că pornografia mai sus pomenită dospește în aberațiile bunului-simț comun și, mai ales, în agresivitatea fără precedent a puterilor, dar să lăsăm...)

Totuși, câteodată, ca să mă dezgust și mai mult, citeam și ziarele; ocupația aceasta sporadică nu-mi răpea cine știe cât din ceasurile destinate lecturii tomurilor vremii, adevărate urinoare solid construite și prevăzute cu instalații subtile, ultraperfecționate, din robinetele cărora curgea teoria, șușotea poezia, să vomiți, nu alta, înțepenite, gata să te înhațe în fălcile lor de lemn; pe acestea le citeam cu dârzenie, din scoarță în scoarță, nu scăpam o literă: „Dacă am început, trebuie să merg până la capăt“, îmi spuneam, era una din probele cele mai dure pe care mi le impusesem, și așa mai departe.

Lectura sporadică a ziarelor îmi oferea și o compensație: mizeria lor îngăduia o oarecare superficialitate, relaxantă de cele mai multe ori: citeam doar titlurile și primele cuvinte ale știrilor, iar dacă intuiam în ele ceva care ar fi putut să mă intereseze, tăiam cu foarfeca și lipeam tăieturile pe o coală de hârtie albă; astfel, la câteva luni o dată, când se strângeau mai multe fragmente scăpate din pornografia inconștient-intenționată a ansamblului, puteam citi un buletin ad-hoc în care știrile acelea, folosite mai ales ca materiale de umplutură, deveneau destul de instructive, pentru că găseam în ele lucruri și fapte asupra cărora s-ar fi putut medita.

Ar trebui să mai adaug că la fiecare lectură a buletinului meu mă surprindea, printre altele, o sărăcie persistentă a fabulosului colectiv, dacă mă pot exprima așa; în afara câtorva – extrem de puține și de vechi – obsesii, numărul ultraredus al noutăților demonstra, încă de pe atunci, că acest domeniu fie că se afla într-un moment de impas, ceea ce n-ar fi de mirare, fie că își mutase pe alte zone, încă obscure, dovezile de manifestare.

Oricum, fenomenul mi se părea strâns legat de mutațiile pornografiei mai sus pomenite, amin.

Spun toate acestea pentru a face înțeleasă intercalarea în textul de față a unor vechi extrase din buletinul meu de știri, redate așa cum au apărut în ziare; ele sunt marcate cu o steluță și, oricât ar părea de fragilă înrudirea lor cauzală, fac parte din cercurile mai largi ale mișcărilor mele de atunci...

> * *Tânărul pictor Bruno Mendoza, 23 de ani, și-a încheiat perioada de creație în fundul unei grote de unde, după trei zile și două nopți, a revenit cu 9 pânze și 27 de desene lucrate în semiobscuritate.*

6. Atelierul Mariei aducea, într-o oarecare măsură, cu odaia de sus a domnului Sima. Zenobia pretindea chiar că ar fi una și aceeași, până și fereastra, deși nu dădea spre mlaștini, se afla la locul ei.

Aici, pe o mică etajeră roșie așezată în stânga ferestrei, se aflau adunate câteva obiecte; necesitatea de a le enumera, pe care o încerc acum, nu este de natură descriptivă. Ea face parte poate dintr-un ritual pregătitor menit să reunească ceea ce, aparent, desparte. Iată-le:

Un bol de sticlă, vid, rotund și transparent. La stânga lui, o statuetă arhaică: Cibele, șezând; vremea i-a ros trăsăturile, multiplicându-i-le sub vălurile ștergerii care îi subliniază melancolica nepăsare; senină și calmă, ea își ține mâinile în poală.

La stânga ei, un mic leu de bronz privea încordat spre stânga; creștetul lui, cu coamă cu tot, nu depășește mijlocul Cibelei.

Deasupra lor, lucrată în metal cenușiu și prinsă în perete, litera U, gotică.

Sub etajeră, o cheie veche, ceva mai mare decât cheile obișnuite...

* *Vrând să-și transforme curtea într-o grădină zoologică tăcută și pașnică, John Fairnington, din Branxton, a populat-o cu animale făcute din beton.*

7. În prima zi când locuiam la Maria, spre seară, am găsit în fața ușii, pe pragul de afară, un fluture de noapte. Corpul lui greoi, pufos și mare cât un pui de vrabie zvâcnea din când în când, apoi încremenea, cu aripile desfăcute. Ca să-l feresc de tăișurile reci ale nopții, l-am luat, nu fără dezgust, și l-am pus într-o cutie, pe masa de sub fereastră.

(Ar trebui să adaug câteva amănunte despre cutia aceea de carton roșu căreia, datorită obiceiului meu de a da nume obiectelor, îi spuneam Intimitate, dar mă tem să nu îngreunez o înțelegere și așa destul de vagă.)

În dimineața următoare, un Ritm dușmănos mi-a dat târcoale: vibra, ciripea, zbârnâia, izbea în geam, trosnea în varul pereților, îl simțeam pretutindeni, real și perfid.

Ca să mă apăr, am început să-mi pendulez capul spre dreapta și spre stânga, era o amenințare, el s-a restrâns, s-a comprimat, a devenit foșnet, din ce în ce mai localizat, o unghie care zgâria ușurel pe dinăuntrul cutiei de carton de pe masă.

Atunci mi-am amintit de fluture, am luat Intimitatea și am deschis-o; fluturele a ieșit, era încă viu, încerca să se târască greoi spre un ungher mai întunecos, l-am aruncat afară.

A doua zi, am găsit înșirate pe prag *șase* aripi de fluture, identice una cu alta, le-am recunoscut imediat, erau ale lui toate șase, nici urmă de restul corpului, le-am ars acolo unde le găsisem.

În cea de-a treia dimineață, pe când voiam să ies, am regăsit, aranjate cu grijă pe pragul de afară, cele șase aripi, neîndoielnic aceleași, le-am ars din nou, apoi m-am reîntors în atelier, m-am așezat pe scaun cu fața la perete și am început să aștept, știam că trebuie să aștept...

8. Firește, spun numai ce se cuvine, adică lucruri aparent mărunte, conștient că până și ele par uneori cam trase de păr, acesta fiind modul lor de a se lăsa văzute; e ca și cum, încercând să povestești un munte cu avalanșele lui cu tot, s-ar lăsa povestită numai o pietricică sau ceața de la gura prăpastiei; dar sunt convins că până și în tăcerea lor se poate desluși câteodată geamătul încleștării dintre vârf și abis.

De asemenea, relatând lucrurile acestea cam greu acceptabile, nu încerc să descurc trama în care viermuiam orbit mai mult sau mai puțin de propriile mele retine: la început mă încăpățânam să înțeleg, în sensul obișnuit al cuvântului, dar înțelegerea aceea nu putea atinge decât ecouri venite de foarte departe care abia pâlpâiau, ca niște raze pe ducă; cu timpul, explicațiile se transformau în portițe pentru noi capcane, născute din ele însele.

* *Marc de Maere, care a stat 105 zile într-un sicriu special amenajat, la o adâncime de 1,50 m, se pregătește să petreacă 206 zile în condiții similare.*

9. În zilele acelea izbutisem să procur, în afară de mere, și o cantitate infimă de mălai; acesta, fiert cu foarte multă apă, devenea terci; lăsat să se răcească, el constituia hrana noastră de bază, o hrană infamă, aș putea zice, care ne-ar fi dezgustat profund dacă i-am fi dat vreo atenție.

Oricum, permanenta stare euforică în care trăiam pe atunci ar putea fi pusă pe seama nutriției, explicație, după cum mi-am dat mai apoi seama, pe cât de logică, pe atât de cretină.

Nici vorbă, disponibilitățile noastre, mai ales ale Zenobiei, ne-ar fi putut rezolva cu destulă ușurință micile mizerii ale vieții, dar niciodată nu ne-a trecut prin minte să le folosim pentru asemenea nevoi; iar dacă o dată sau de două ori am vârât câte o monedă în cutia unui telefon sau a unui cântar public și ne-am ales cu câte o poală de mărunțiș, acesta a constituit pentru noi un joc: am văzut că se poate și, fără să ne mirăm sau să repetăm, am lăsat să se poată.

10. Totul se desfășura după legile unei ciudate nepăsări-active; datorită ei, cele mai neînsemnate gesturi căpătau greutate pe când limitele voinței-conștiente deveneau din ce în ce mai instabile: orice se întâmpla părea, în același timp, constant și reversibil, cert și înșelător, dar mai bine să vorbim despre altceva...

În acele zile, Zenobia se adapta noilor condiții ale existenței noastre; era o adaptare fluidă în care viața obișnuită nu se deosebea cu nimic de viața presimțită; ea le turna una în alta, gesturile și cuvintele ei se aliniau într-o modestie obscură și plană căreia numai rămășițele orgoliului meu mai încercau, din când în când, să i se opună.

Pentru mine, Zenobia reprezenta mirificul dezlegat; naivitatea și spaimele ei erau de altă natură: ea tresărea și se speria la orice foșnet, auzea cum se mișcă umbrele pe ziduri.

** În Venezuela, membrii unei expediții au descoperit întâmplător o pădure care crește într-o peșteră subterană. Pădurea, formată din copaci foioși, înalți și atât de deși, încât a fost nevoie de topoare speciale pentru a se putea croi un drum, are frunzișul verde, în care clorofila se formează fără ca razele soarelui să pătrundă în peștera subterană.*

11. Zenobia îmi devansa gesturile și intențiile; nu știu dacă punctul ei de vedere coincidea cu al meu, deși s-ar putea spune că nu trăiam individual; dar punctul *nostru* de vedere, totdeauna coincident, era altceva decât coincidență.

Aveam impresia că până și tăcerile ei îmi vorbeau despre ceva pe care îl știam de mult, ceva imposibil de formulat în cuvinte, simțit de obicei ca o împăcare, ca o știință totală și liniștită.

Ea mă ferea de explicații; știam amândoi că nu e nevoie să reformulăm, ci să trăim conform lumii aceleia presimțite, devenind, astfel, disponibili pentru ea; când izbuteam, conflictul haotic al unor elemente și idei se topea de la sine, aparenta dezordine căpăta coerență; aceasta cerea însă destul chin și suferință: ca să le pot suporta, suprafaţa mea de contact pe atunci încă fragilă mă obliga adeseori să recurg la poezie; atunci incoerenţa şi echivocul intrau în joc doar ca aparenţe ale posibilului, pe când, dimpotrivă, înţelegerea formulată mi se părea pe jumătate pierdută.

Zenobia mă ajuta să restabilesc pas cu pas o natură în parte uitată, în parte presimţită, dar care mă îndreptăţea să mă îndoiesc de realitatea percepţiilor mele; această natură constituia pentru ea câmpul firesc al existenţei.

În norul care ne trăia trecuse timpul teoriei, era o vreme a dovezilor şi a mărturiilor; acolo, solicitările, mai ales cele privind starea şi mişcarea lumii, se dezlegau ca să se lege altfel, iar noile lor legături făceau loc altora, infinit îmbogăţite, deveneau altceva, rămânând într-un fel aceleaşi.

Ştiam că obsesia unui sens ascuns al lucrurilor, ca orice obsesie, se datora în cea mai mare parte indisponibilităţii şi că starea obsesivă, ca şi explicarea sensului, nu poate duce decât la o nouă miopie, la o nouă eroare sistematizată. Zenobia cunoştea mânia şi frustrarea pe care mi le pricinuiau sistemele.

* *De 33 de ani doctorul William Bean notează cu atenţie ritmul creşterii unghiei de la degetul mare al mâinii sale stângi.*

12. Zenobia îmi ghicea gândurile, toate gândurile; o dată, stăteam tăcuţi amândoi, Dragoş dormea pe masă; eu citeam ceva despre acea auditoare şi confidentă a străfundurilor, măicuţa Mechtilde de Magdeburg, care, cu un mileniu şi ceva în urmă, bântuită de viziuni ale infernului, vestea apropiata domnie a urii veşnice.

„De ce *ură* veşnică?“, m-a întrebat Zenobia.

„De unde știi?“, am spus.

„Ce să știu?“

„Despre Mechtilde...“

„Care Mechtilde?“, s-a mirat Zenobia; iar când i-am spus ce citeam, mi-a mărturisit că nu știa nimic despre nici o Mechtilde, dar că nu suporta ura; vorbise așa, într-o doară, și părea mai mirată decât mine, mai speriată chiar, ai fi zis că voia să-și ceară scuze.

** Plajele litoralului peruvian al Oceanului Pacific au fost invadate de uriașe meduze multicolore, smulse de furtuni din adâncuri.*

13. Altă dată, când am căpătat două bilete la circ, am stricat fără voia mea spectacolul unui biet hipnotizator. Acesta lucra cu un băiat de vârsta noastră care trebuia să ghicească, legat la ochi, numere de pe buletinele de identitate ale spectatorilor, și așa mai departe. În seara aceea eu și Zenobia eram binedispuși, spectacolele de circ ne-au plăcut totdeauna, așa că i-am spus, în glumă, Zenobiei: „Ce-ar fi să-l fac pe băiat să vină la mine?“.

Zenobia a pufnit în râs, eu am și uitat ce spusesem, nu mă interesa, când băiatul acela legat la ochi a dat buzna peste mine, tocmai în fundul sălii, unde mă aflam; asta s-a repetat de trei-patru ori, nu mai știam cum să scap, spre disperarea hipnotizatorului, până când publicul a început să fluiere; au urmat apoi alt număr și altul, până la sfârșit...

„Te-ai jucat frumos“, spunea Zenobia, în drum spre casă, vrând parcă să șteargă gustul penibilului pricinuit de jalnica mea exhibiție.

** Michel Lottito, în vârstă de 28 de ani, a reușit în 12 zile să mănânce aproape în întregime o bicicletă în greutate de 7 kilograme.*

14. Stăteam în norul meu și mă uitam; de fapt, nu căutam nimic, stăteam ca într-un abur transparent, zilele se scurgeau lente, aproape nu ieșeam din casă. Zenobia lipsea mereu, susținea că trebuie și ea să lucreze. În noaptea fără de sfârșit a lumii urlau aceiași lupi, luceau aceleași stele.

Într-una din zile, spre seară, Zenobia m-a sfătuit să mai ies un pic la aer, să mă plimb, „Ești palid de tot", spunea, „du-te să cumperi niște sugativă galbenă sau ce vrei tu".

Am plecat, se înnorase, exista o mică papetărie prin apropiere, Zenobia pomenise numele câtorva străzi, pe ele trebuia să merg, și nu pe altele, dacă m-aș fi abătut din drum, s-ar fi mișcat altceva.

Străbăteam străzi arhicunoscute, vedeam ca prin ceață oameni cu fețe albe sau verzi, erau niște case, cineva striga de la o fereastră deschisă: „Ioanaaa!", o femeie scăpase din mână la trecerea mea câteva monezi, le auzeam sunând, se aplecase să le culeagă de pe asfalt, mă duceam să cumpăr sugativă galbenă sau ce voiam eu.

Apoi, fără nici un motiv, m-am abătut din drum; începuse să picure, se scutura un nor, în stânga mea se afla strada Palade, o stradă mică și liniștită, deasupra ei cerul părea un cort uriaș tapisat cu planete albastre care pluteau calme de la o zare la alta, acolo nu se putea să plouă; aveam senzația că pătrund pe aleea unui cimitir, un rest de slăbiciune mă făcea să mă întreb, vag, de ce mă abătusem din drum, ce căutam pe aleea unui cimitir.

Pe strada aceea, mergeam, cu ani în urmă, spre școală. În drum, scoteam limba la oameni, dacă trecea vreun șchiop, i-o luam înainte șchiopătând; acum, după câțiva pași, l-am văzut venind dinspre celălalt capăt al străzii pe unul dintre prietenii mei, îmi făcea semne de departe, părea că vine la o întâlnire dinainte fixată.

Prietenul acela, al cărui nume nu l-am știut și cred că n-am să-l știu niciodată, era un băiat destul de înalt, mai mult blond, am impresia că purta totdeauna cămăși albe cu gulerul răsfrânt, oricine ar fi spus că arăta bine. Prima oară îl întâlnisem în Gara de Nord, cu câtăva vreme înainte de plecarea mea în mlaștini, mă aflam în sala de așteptare clasa a doua, stăteam pe o bancă, habar n-aveam ce căutam acolo, în orice caz, nu mă gândeam să plec nicăieri, așteptam pur și simplu, era îmbulzeală, câteva sute de oameni...

L-am văzut, peste mulțime, la celălalt capăt al sălii, căuta și el parcă pe cineva; când a dat cu ochii de mine, a ridicat mâna, se afla încă în prag, mi-a făcut semn; am ridicat și eu mâna, pe el îl așteptam; a venit spre mine, ne-am îmbrățișat, s-a așezat alături, pe bancă, am vorbit câteva ore, spunea că se ocupă cu un fel de măsurători (de terenuri, de drumuri, n-am prea înțeles), i-am dat și eu unele noutăți despre mine, eram convinși amândoi că ne cunoșteam de când lumea, el îmi spunea pe nume (îmi dăduse un nume aiurea, cred că îmi spunea Scarlat, nu l-am contrazis, n-avea nici o importanță), abia când a plecat mi-am dat seama că atunci îl întâlnisem pentru prima oară și că uitasem să-l întreb cum îl cheamă.

Acum, pe strada Palade, prietenul meu fără nume mi-a întins mâna și mi-a spus repede:

„Te-am așteptat la cimitir."

„La cimitir? Ce să caut la cimitir?", m-am mirat eu.

El m-a privit o clipă, pe urmă a spus: „La înmormântare; a murit Constantin".

Apoi mi-a dat mâna grăbit și a plecat; începuse să plouă pe strada Palade, n-am apucat să-l întreb de unde îl cunoștea pe Constantin, de unde știa că îl cunoșteam și eu, n-avea importanță, m-am dus să cumpăr sugativă galbenă sau ce voiam eu.

Când m-am întors acasă, i-am povestit Zenobiei abaterea mea din drum și celelalte, de altfel îi povesteam în fiecare seară tot ce făceam în timpul zilei, recapitulându-mi astfel obișnuitele pendulări între mizeriile orgoliului și meschinăria modestiei; de obicei ea nu zicea nimic, trebuia să ajung singur la capăt, a tăcut și atunci, dar, fiindcă era lângă mine, totul părea limpede în cercurile noastre.

** La Grenoble, Christian Schaller a fost atacat cu lovituri de karate de două femei care, după ce i-au luat actele și portofelul cu 800 de franci, au dispărut, pe cât se pare cu o mașină în care se aflau doi bărbați.*

15. Îmi e nespus de greu s-o situez pe Zenobia în cadrul ei real, nu pentru că n-aș vrea, ci pentru că de prea multe ori cuvintele întunecă ceea ce vor să spună; un amărât de fard peste paloarea feței n-ar fi în stare să redea vederii nimic din frăgezimea ei lăuntrică; în plus, ea bombăne mai toată ziua (încă de mică bombănea jucându-se cu păpușile ei de cârpă), vorbește singură și e de o încetineală uimitoare; în plus, ea e nespus de dură și de blândă în același timp.

16. Pentru Zenobia nimic nu e mărunt sau obișnuit; în privința aceasta ea seamănă cu o lupă în care lumea se redimensionează, firesc și de la sine, în tipare lente, și nu se chinuie să fie; prin ea, eclipsele dispar într-o seninătate care absoarbe totul, pentru ca mai apoi o simplă vorbă de-a ei legată de cine știe ce banală grijă casnică să le readucă acolo unde nici n-ai bănui că sunt posibile.

În toate acestea, ea rămâne o fetiță cuminte și naivă; câteodată însă e de o încăpățânare nemaipomenită, nu spune decât nu și nu; atunci toate argumentele mele devin inutile și e nevoie să treacă un timp ca să înțeleg că împotrivirea se datora „trecătoarei mele ieșiri din cercuri", ca să folosesc cuvintele ei. Firește, asemenea momente m-ar mâhni adânc dacă n-ar cuprinde și ele ideea consolatoare că, din toată lumea asta, ea m-a ales pe mine.

De fapt, Zenobia susține că tot ce fac e foarte important și se necăjește de câte ori îmi pierd încrederea în mine; ea e convinsă că drumul vieții mele îmi cere să mă mișc, orice s-ar întâmpla, numai pe el și că, de-a lungul lui, în orice clipă, se află lucrul către care mă îndrept, chiar dacă uneori îl uit sau îl ignor.

17. M-a umilit descrierea săracă și profanatoare a Zenobiei. Din pricina asta, câteva zile n-am mai scris un rând; ar fi trebuit totuși să știu de la început că pângăresc o zonă care, datorită structurii și deprinderilor mele, se lasă transcrisă, și încă destul dc vag, numai prin mijlocirea a ceea ce numesc pohem; ar fi trebuit să nu uit că, altfel, tentația de a o descrie cât de cât aduce după sine texte a căror inocență artizanală nu

are decât un merit: acela de a mă situa în afar literaturii...

18. Înainte de plecarea în mlaștini obișnuiam să fac plimbări lungi, fără o țintă precisă. Un fel de impuls greu de definit îmi vestea momentul când trebuia să pornesc la drum. Atunci luam primul tren, indiferent de direcție, sau prima cursă auto, iar când ajungeam la zece-cincisprezece kilometri de oraș, mă întorceam acasă pe jos.

Vara, când oboseam sau când arșița soarelui devenea de nesuferit, mă culcam prin gări, pe sub salcâmi, în iarbă. De obicei călătoriile mele se încheiau în preajma vreunui loc încărcat de vestigii sau pe fundul vreunei cariere de nisip părăsite, îmi plăcea să privesc faliile secționate, le citeam ca pe paginile unei cărți, erau și oase vechi.

Iarna, pe șosele pustii, vântul îmi biciuia obrajii, vrăbiile aproape înghețate mă însoțeau cu țipete de spaimă, vâram câteva dintre ele sub palton, stăteau cuminți acolo până se încălzeau, apoi își reluau zborul și zarva, lăsând altora locul.

Așa se face că, pe când locuiam la Maria, am simțit impulsul acela și i-am spus Zenobiei că trebuie să plec, nu știam unde; era spre miezul nopții, ea mi-a pus într-un sac de sport al Mariei ceva de mâncare, un pumn de tutun, o cutie de chibrituri și un șpaclu mic, pătat de vopsele.

La gară, primul tren pleca spre Bărăgan. Am luat bilet dus-întors până unde îmi permiteau puținii bani pe care îi aveam în buzunar, nu mai știu până la ce stație, și m-am urcat într-un vagon de clasa a treia.

Cât a ținut drumul, puținii călători vorbeau pe șoptite, vrând parcă să nu tulbure noaptea.

Mă ghemuisem pe o bancă și așteptam să știu unde trebuia să cobor. După un ceas, am știut și am coborât.

Era o haltă, nu i-am putut citi numele, o gheretă de scânduri cu o lampă afumată, aproape stinsă. Trenul se oprise câteva clipe, abia am apucat să mă dau jos.

Am bătut în geamul gheretei, cineva dinăuntru a șoptit: „Ce dorești?“, am întrebat tot în șoaptă unde e satul, nu i-am spus numele pentru că nu-l știam, glasul din gheretă mi-a răspuns: „Ține-o înainte, că te duce drumul“, se ghicea un drum în beznă, pe lângă gheretă, am mers un timp de-a lungul lui, pe sub copaci răzleți, apoi m-am abătut peste ogoare, începuse o burniță măruntă, auzeam de pe alt drum, poate aproape, poate departe, șoapte de oameni îndemnând vitele și scârțâit de care; era un întuneric ud, am nimerit o potecă, știam că pe acolo trebuia să merg și ea m-a dus pe ulițele unui sat care mi s-a părut nesfârșit de lung; izbeam în dreapta și în stânga, orbește, cu sacul de mână, ca să mă apăr, niciodată nu s-au năpustit asupra mea atâția câini tăcuți și furioși, își înfigeau colții în sacul meu, unul a rămas cu dinții înfipți în el, învârteam sacul în aer, cu javră cu tot, ca să-l desprind, eram sigur că oamenii mă priveau din casele întunecate, mi se părea că le aud șoaptele, dar n-a ieșit nici unul să alunge haita.

La capătul satului m-am oprit să răsuflu, câinii rămăseseră în urmă, le auzeam mârâitul înăbușit; apoi am tăiat pe o scurtătură, de-a curmezișul unei arături și m-am oprit lângă un pâlc de salcâmi. Știam că acolo era locul: o groapă, un fel de șanț adânc și nu prea lung. Am sărit în groapă, m-am ghemuit pe fundul ei, eram leoarcă de sudoare, burnița îmi udase hainele, mi se lipeau ochii de somn și oboseală.

După un timp, cerul s-a limpezit; tresăream din când în când și mă uitam în sus, stelele scăpărau și săreau parcă de colo colo, întreaga boltă se răsucea, tăcută, deasupra mea; am bâjbâit pe fundul gropii până ce am găsit, apoi am adormit.

Când m-am trezit, se luminase de-a binelea. Am pornit înapoi, spre haltă. Câinii se liniștiseră. Am străbătut satul fără să văd țipenie de om, ai fi zis că muriseră toți. Hainele ude, încinse acum de soare, începuseră să mă frigă. La haltă, am bătut din nou în geam. Lampa se stinsese, cred, singură. Am întrebat la ce oră trece primul tren spre București; aceeași voce mi-a șoptit că mai am de așteptat. Soarele devenise explozie galben-roșcată. M-am tras mai la o parte, exista și acolo un pâlc de salcâmi, m-am culcat la umbra lor.

Acasă i-am dăruit Zenobiei medalionul de piatră lucioasă șlefuit cu vreo trei mii de ani în urmă și regăsit de mine, pentru ea, în bezna gropii; piatra aceea neagră ea spune că a fost dintotdeauna a ei și o mai poartă și acum, din când în când, prinsă la gât cu o curelușă subțire.

** Concursul anual de la Montemesola – pentru cea mai frumoasă mustață – a fost câștigat de grecul Nicolas Stassinos, posesorul unei mustăți de 60 cm.*

19. La început, când pui degetul pe un lucru și lucrul acela se aprinde, nu e deloc vesel, te apucă și spaima; de obicei după aceea începe revanșa, cu subtilitățile greu de discernut ale conștientului, începe chinul de a nu fi sigur dacă doar ai presimțit aprinderea sau dacă ea s-a produs pur și simplu la atingerea degetului tău.

E greu să te obișnuiești cu gândul că ai putea avea un picior mai lung sau mai scurt decât ceilalți, oricum șchiopătezi, iar meschina compensație a singularității nu e o consolare.

În asemenea momente Zenobia intra în norul meu, șoptea ceva, nu învăța nimic de la mine și nu mă învăța nimic, eram trăiți fiecare de universul nostru comun, ne înțelegeam firesc, fără prea multe vorbe.

Pe urmă ea zâmbea, uita, uitam și eu, afară se întuneca, stăteam așa, îmbrățișați, în mijlocul odăii, de afară nu pătrundea nici un zgomot, nici un fir de lumină, mă întindeam pe sofa.

„Zenobia", spuneam, „am scris niște poheme tâmpite, n-ai vrea să mi le citești tu? Sunt acolo, pe masă...".

Ea lua hârtiile, se culca lângă mine, în beznă, cred că închidea și ochii, întunericul devenea cald și moale. Zenobia citea cu degetele, cuvintele picurau când limpezi, când tulburi, le intuiam exact pe cele care trecuseră dincolo.

Altă dată, când pohemele mele mă plictiseau (simțeam fiecare literă-frână, fiecare cuvânt menit să mă întoarcă, să readucă îngerul în closetul comun al mentalului și rătăceam prin imensul pustiu al revanșei), o rugam să-mi citească din cine știe ce carte, uitată de Maria. O dată, a nimerit niște poeme în flamandă. Atunci glasul ei ușor speriat mi-a șoptit în întuneric:

„Sunt într-o limbă străină...".

„Nu-i nimic", i-am spus. „Cu atât mai bine..."

Ea și-a plimbat degetele peste file și a început să citească, sunetele păreau ciudate pentru urechile noastre, dar noi le înțelegeam sensul, de dincolo de cuvinte.

20. Într-una din zilele acelea, pe când Zenobia era plecată de acasă, ne-a vizitat Maria, nu mai trecuse de mult pe la noi, ne-a adus câțiva trandafiri abia îmbobociți, zicea că sunt din grădina ei.

„N-am să stau mult“, spunea, „n-aș vrea să te deranjez“.

„Poți să stai cât vrei“, i-am spus. „Nu mă deranjezi deloc, ești la tine. Știi, sper, că ne mutăm curând...“

„Nu-i nici o grabă“, a spus ea, mișcându-se moale, și emana atâta căldură și supunere, încât orice băiat ar fi sărutat-o măcar. „Am venit să iau niște desene vechi, nu știam că ești singur.“

„Nici nu sunt singur, Maria“, am spus arătând vag spre masa de unde Dragoș, care nu mai deschisese de mult ochii, ne privea cu o sprintenă curiozitate, „mai e și bătrânul“ (aici Dragoș s-a încruntat puțin și a clătinat din cap, a mustrare).

Maria s-a uitat spre masă, apoi și-a întors, mirată, capul spre mine.

Există oameni în fața cărora e plăcut să pălăvrăgești, ei te incită la asta, îți dau impresia că înțeleg foarte bine și ce spui, și ce nu spui; de multe ori te și dezamăgesc, mi s-a întâmplat și mie; oricum, ei nu te obosesc, n-ai nevoie să tot explici, ți se pare că te înțeleg dintr-un foc, nici n-apuci bine să închei fraza.

Pentru mine Maria făcea parte dintre ei, de aceea, ca să nu tac, i-am spus imediat că îmi place muzica, în special a greierilor, i-am povestit despre cei doi săpători de fântâni care vorbeau între ei fiecare din fântâna pe care o săpa și de pe stratul la care ajunsese, unul stătea pe argilă, altul pe nisip, treaba lor; i-am mai vorbit despre un sculptor inexistent, numit Heraclitoris, a cărui bunică locuia pe o vale arsă de soare, și despre un proiect de sinucidere colectivă în care murim toți pe o plajă, ne dăm cu pantoful în cap. „Există totuși o compensație“, spuneam, „dar ea se află în vestiare, acolo unde dăm nume noi acelorași străvechi și jalnice erori“, și așa mai departe.

Astfel vorbeam cu Maria și mă simțeam bine, golul acela cu demarcații vagi se umplea cu efluvii călduțe, mă ascultam ca pe un străin, nu totdeauna mulțumit de mine, îmi găseam justificări: „Nu vreau să-i las ei timp să se desfășoare, m-ar plictisi prea mult, prefer să aud pe unde se mai împotmolește propria mea minte“, era o relaxare cabotinismul meu acceptabil.

Maria mă asculta, ai fi zis că înțelegea perfect nefericita picătură de fosfor care mai licărea printre sunete, stătea lângă masa de la fereastră, luase o mapă cu desene și alegea din ele, punea unele deoparte, trecea cu mâinile prin Dragoș care zăcea neclintit acolo, părea că nu-l vede, trecea desenele prin el ca prin aer, punea unele la loc, în mapă, tot prin Dragoș. Tăceam. Mă încerca o senzație de vomă, o amintire de coșmar, mă întrebam dacă Maria știa și făcea dinadins alegerea aceea deșucheată.

Când și-a dat seama că tac, Maria a oftat și s-a întors spre mine.

„Zilele trecute“, a spus ea, „am cunoscut un băiat, zicea că te știe...“.

Apoi a luat desenele alese și a plecat.

* *Pe când interpreta la Paris rolul principal din „Vecerniile Siciliene“ de Verdi, cântăreața Martina Arroyo s-a prăbușit pe scenă în actul al doilea datorită unei bruște scăderi de tensiune. Pentru a o înlocui a fost solicitată cântăreața Renata Scotto, care, dându-și acordul, și-a anunțat apoi indisponibilitatea pentru*

două săptămâni. S-a apelat atunci la cântăreața Montserrat Caballé, dar aceasta era bolnavă. Le Monde *informează că în lume nu se cunosc decât trei-patru cântărețe capabile să interpreteze dificilul rol al Elenei, trei dintre ele aflându-se bolnave în același timp, una la Paris, a doua la Milano, a treia la Torino.*

21. Seara, firește, i-am povestit Zenobiei până în cele mai mici amănunte vizita Mariei, i-am repetat toate cuvintele rostite de mine și de ea, tot ce gândisem în clipele acelea, am evocat până și cotropitoarea căldură umedă a vizitatoarei.

Zenobia era obosită, lucrase mult în ziua aceea, stătea pe un scaun și mângâia buchetul de trandafiri adus de Maria.

„Sunt doisprezece", a spus.

„Cum poți să fii atât de liniștită?", am întrebat-o, fiindcă începea revanșa. „Din tot ce ți-am spus reiese că Dragoș nu există, acolo, pe masă, și tu, în loc să spui ceva, mă lași să mă chinuiesc..."

„Sunt obosită", a spus Zenobia și mângâia mai departe trandafirii.

„Tu nu mă ajuți niciodată", am spus, „mă lași totdeauna să mă chinuiesc singur... Nu-ți dai seama? Dacă Maria nu-l vede, dacă poate să-și treacă mâinile și desenele prin el înseamnă că am halucinații și, ce-i mai rău, că le leg între ele, că le sistematizez...".

Știam că înșir prostii, îmi era egal, sistemul însăilat fără voie de câtăva vreme se anihila în tăcerea Zenobiei, simțeam din nou cum mă înconjoară acel „altceva" care, pentru a putea fi suportat, cerea mici pauze de isterie rațională capabile să-l mai îngroape din când în când în propria lui forță disperată; acum, slăbiciunea și îndoielile mele mai stăruiau doar prin virtutea inerției.

Și totuși, din orgoliu, vrând parcă să-i demonstrez Zenobiei că aveam dreptate, că vina era a ei și numai a ei, m-am îndreptat spre Dragoș, i-am pus mâna pe cap, i-am pipăit fruntea rotundă, părul uleios și moale – erau acolo, sub degetele mele, mi-a făcut cu ochiul.

Când m-am întors lângă Zenobia, am văzut că ea nu mai mângâia trandafirii: de la baza fiecăruia, de unde floarea întâlnește tulpina, ea scotea niște ace cu gămălie atât de mici și de subțiri, încât abia dacă le-ai fi putut zări.

„Ia te uită!", m-am mirat eu. „Maria pretindea că sunt culeși din grădina ei..."

„Poate chiar sunt", a spus Zenobia.

Atunci mi-am amintit că, de fapt, așa obișnuiesc să facă și unii florari când vor ca garoafele sau bobocii de trandafir să dureze mai mult...

** În decursul unui singur an în Republica Sud-Africană s-au născut 12 perechi de gemeni siamezi. Profesorul Trevor Jenkins consideră acesta ca pe un fenomen extrem de rar care trebuie studiat, pe pământ născându-se anual cel mult o pereche de asemenea gemeni.*

22. Curând după aceea, într-o după-amiază, eram obosit, aveam în față niște poheme, stăteam cu obrazul lipit de ele, Zenobia nu era acasă, mă aflam pe muchie de cuțit între pohezie și celelalte, care trebuiau făcute cu grijă.

Aș fi ațipit sau chiar ațipisem, cu capul pe masă: terminasem de scris. Era, într-un fel, ca atunci când începi să mori, în fine...

Stăteam cu capul pe masă, peste pohemele mele, când ușa s-a deschis bi-ni-șor, credeam că e Zenobia, și a intrat un copil de vreo trei-patru ani, firav și palid.

Nu știu de ce, m-am gândit că ar putea fi Empedocle-copil și mi-a venit să râd pentru că anticii ăștia, când vin, sunt totdeauna solemni, n-ar zâmbi nici în ruptul capului și mai sunt și politicoși (am mai pățit-o o dată cu Empedocle, ținea morțiș să-mi dea sfaturi, eu mă uitam cu jind la sandaua lui de bronz, cea lăsată la gura vulcanului, îmi plăcea modelul, i-aș fi cerut-o s-o port și eu câteva ore, i-aș fi făcut să crape de invidie pe băieții de pe strada Leonida, unde locuiam pe atunci cu mama și cu cele patru surori ale mele pe când fratele meu mai mare, Andrei, rătăcea pe undeva prin provincie; dar Empedocle mă bătea la cap: „Trebuie să înveți să gândești cu mâinile", i-aș fi spus să tacă dracului din gurița lui minunată pentru că pe mine începuseră să mă doară mâinile de atâta gândire...).

Pe urmă mi-am zis că băiețelul care mă vizita putea să fie al vreunui vecin și că se rătăcise din întâmplare pe la noi, asemenea lucruri se întâmplă și nu se întâmplă, în același timp, n-ai cum să știi dacă nu știi...

Băiețelul părea că nu mă vede, nu-mi dădea nici o atenție, se uita la Dragoș, mă și gândeam să-l întreb, în ipoteza că ar fi fost Empedocle, cum naiba de greșise în privința modului de moarte; aș fi pălăvrăgit un pic cu el despre asta, dar îmi era prea somn, abia izbuteam să-mi țin pleoapele ridicate.

Copilul stătea cuminte în cămășuța lui largă, la câțiva pași de masa de sub fereastră; ținea mâinile la spate, se aplecase ușor înainte, privea atent și nu scotea o vorbă.

Au trecut, astfel, câteva minute bune, aproape ațipisem, când Dragoș a sărit de pe masă și a început să țopăie în jurul lui.

„Astâmpără-te“, am încercat eu să-l potolesc. „O să sperii copilul...“

Dar cuvintele abia îmi ieșeau din gură, un fel de mormăit. Cu toate astea, Dragoș le-a înțeles și s-a oprit o clipă.

„Nu se speiie“, mi-a spus, „e piietenul meu, a venit să ne jucăm...“.

„Prietenul tău, pe dracu'“, am izbutit eu să mormăi pe când el își reluă dansul în jurul copilului.

Îi vedeam și îi auzeam pe amândoi ca dintr-un cub de ceață, mâinile puștiului luceau, dar fața nu i se înverzise încă, îmi era atât de somn, încât m-aș fi aruncat de pe scaun direct în așternut, ca într-o apă; m-am târât cu greu până la sofa, m-am poticnit de câteva ori și m-am întins acolo cât eram de lung, cu fața spre ei.

Nu știu de ce, mă încăpățânam să țin ochii deschiși, aș fi putut să-i văd oricum, începuseră să joace amândoi, țopăiau ca nebunii, săreau prin aer și chicoteau, apoi Dragoș s-a așezat în patru labe, copilul i s-a urcat în spinare, se mișcau așa, de-a lungul încăperii. Când izbuteam să ridic mai mult pleoapele, îi vedeam ca pe niște pete nebuloase mutându-se de colo colo, habar n-aveau de mine, voiam să strig la ei să se astâmpere odată, să mă lase să dorm, mi se înțepeniseră maxilarele, nu izbuteam să scot decât niște sunete jalnice: „ob-ob-ob...“.

Apoi s-au potolit, le vedeam din nou, clar, fețele, semănau în mod ciudat cu mine, nu înțelegeam și nici nu încercam să înțeleg cum de îmi semănau atât de mult puștiul ăla amărât și bătrânul senil, cu mutra lui de capră jumulită, simțeam că există între noi o comuniune de nedefinit, ne zbenguiam parcă, toți trei, în aceeași apă răcoroasă și i-aș fi pocnit pe toți trei fiindcă nu mă lăsau să dorm.

Pe urmă Dragoș s-a instalat tacticos pe scaunul meu, la masa mică unde obișnuiam să scriu, a luat unul din pohemele mele, apoi încă unul și încă unul, în total trei, făcea avioane din ele, puștiul îl privea serios și atent, le mai netezea și el un pic muchiile, cu unghia, și le arunca prin cameră.

Îmi venea să urlu și să râd, puțin îmi păsa și de poheme, și de mine, m-am pomenit mișcând (înăuntru) degetele; făceam (înăuntru) exact ce făcea Dragoș; brațul meu drept zvâcnea (înăuntru): arunca avioanele odată cu brațul plăpând al copilului; exista (înăuntru) o similitudine uluitoare a gesturilor noastre. Pe urmă m-am plictisit, ei s-au oprit din joc. Dragoș mi-a făcut un semn de salut, cu mâna la căciulă, copilul mă ignora și au ieșit amândoi bi-ni-șor din odaie, pe când eu mă prăbușeam într-un somn adânc.

Când s-a întors Zenobia, se întunecase de-a binelea, a aprins lumina, m-a trezit.

„Ce ai?", mi-a spus, „De ce gemi?".

I-am povestit că pesemne lucrasem prea mult, din care cauză avusesem un coșmar plăcut și neplăcut, că mă vizitase un băiețaș, „Închipuiește-ți", i-am spus, „cred că era Empedocle-copil, un puști, toată chestia e că semăna leit cu mine; acum, să nu-ți închipui că spun asta din orgoliu, era un biet puști amărât; în plus, boșorogul de Dragoș a făcut măgăria de a se căra fără să-și ia rămas-bun de la tine, semăna și el cu amândoi...".

Zenobia s-a așezat pe scaun să plângă un pic, poate era obosită, poate îi părea rău că ne părăsise Dragoș. Pe urmă a zis: „Gata!" și s-a ridicat. Eu i-am povestit mai departe ce se întâmplase. Ea mă asculta făcând, ca orice gospodină, puțină ordine prin casă. De trei ori s-a aplecat și a ridicat de pe jos niște avioane de hârtie, trei în total, dar nu le-a pus lângă celelalte poheme și pe masa de sub fereastra care ar fi putut să dea spre mlaștini.

III
Coridorul

1. Deschizi o ușă și apare alta, apoi încă una și încă una, până la ultima, care nici nu există măcar, și tot așa până te pomenești la prima, care nici nu există măcar, și mai dai o raită prin locuri vechi pentru că ceea ce credeai că te scosese și chiar te scosese devine capcană și te readuce tot acolo ca să înțelegi odată că ultimul tău adevăr e la fel de iluzoriu pe cât fusese primul și ca să nu uiți că te afli totdeauna pe muchie de cuțit.

2. La câteva zile după plecarea lui Dragoș pornisem pe jos, n-ar fi fost departe.

Mergeam agale, din când în când mă opream, îmi rezemam fruntea de zidul vreunei case și plângeam, îmi plăcea figura; un bătrânel s-a oprit să mă întrebe de ce plâng și dacă am nevoie de ceva.

„Dă-mi jumătate din batista dumitale, s-o folosesc cinstit", i-am spus mutându-mi fruntea pe umerii lui, „pentru că mă duc să-mi văd familia, o mamă văduvă și poate muribundă și o tânără oligofrenă, soră-mea mai mare".

Bătrânelul m-a privit speriat, s-a tras înapoi și a șters-o cât a putut mai repede cu toate că îi spusesem numai adevăruri.

Era un joc frumos și necesar, voiam să mă echilibrez; ca de obicei, în dimineața aceea se petrecuseră prea multe, Zenobia plecase și mă lăsase singur acasă, iar eu călcasem pe trepte prea fierbinți, simțeam nevoia să-mi răcoresc tălpile, să le așez pe un asfalt obișnuit.

Plângeam, aiurea, ca să mă destind, cu fruntea rezemată de zidul unei case, pe strada Romană.

Era vizibil că-mi pierdeam vremea de pomană: în afara bătrânelului aceluia milos nu s-a mai oprit nimeni să mă întrebe ce am; de aceea m-am așezat pe marginea trotuarului, bolboroseam ceva, îmi urmăream desfășurarea gândurilor; mai întâi mi-a venit în minte un ilustru personaj, îmi ziceam că orice poet adevărat știe mai multe decât toate tomurile acestuia despre străfundurile fihințelor sau măcar despre propriile sale măruntaie psihice; apoi un altul, „Ăsta da“, îmi ziceam, „se mișcă mai aproape, păcat că trebuie să-i spun și lui adio, pe treptele vreunei catedrale“; apoi un al treilea; de unde până unde, pentru că acel *altul din fiecare* mie mi se ivea numai când îi făceam semne, ca acum, cu gestul unuia care își șterge nasul sau sudoarea de pe frunte ca să poată suporta *el însuși* arsura lăuntrică.

Pe urmă am văzut-o trecând pe celălalt trotuar pe tanti Linica, murise de mult, dar mai treceau și alții la fel de morți, învățasem să-i recunosc; ea mi-a făcut cu mâna și a cotit pe lângă școala Tunari, „Pesemne că se duce în vizită la mama, poate mă așteaptă“, mi-am zis, pregătindu-mă să mă duc după ea și să-i pun câteva întrebări – de pildă, dacă *acolo* se mai căsătorise, dacă mirele, presupunând că ar fi același, își lipise la loc picioarele tăiate de tren pe când venea la nuntă, și așa mai departe.

Apoi m-am ridicat și am plecat, mă plictisisem, am cotit pe lângă școala Tunari, pe strada Leonida, am deschis poarta de fier ruginită, care a scârțâit prelung, am străbătut pavajul îngust al curții (era un liliac, cu trei dungi albe, de vopsea, pe trunchi) și am intrat în casă fără să bat la ușă.

De obicei, pe soră-mea Zoe-Olga o găseam brodând pe bucățele de cârpă, cu arnici roșu, figuri abstracte, îmi plăceau la nebunie; ea nu știa nici să scrie, nici să citească, abia izbutisem, pe când eu aveam vreo șapte ani și ea vreo nouăsprezece, s-o învăț să deseneze patru litere de tipar: O, L, G, A, dar ea adăuga totdeauna după ele un E, așa că semna OLGAE; în plus, asculta cu mult interes concertele transmise la radio și enunța cu o pronunție deosebit de corectă numele instrumentelor muzicale cel mai rar auzite; acum era singură, cu ea puteam discuta liber, despre orice.

„Mama e acasă?“, am întrebat-o.

„Nu e, umblă haimana“, mi-a răspuns.

M-am așezat pe un scaun, mă gândeam să continui discuția.

„Păpușico“, i-am spus (așa o alintam câteodată), „a fost tanti Lilica pe aici?“.

„A fost adineauri, doar un pic, fiindcă a murit“, mi-a spus ea.

„Și ce mai spunea?“

„Ce să spună și ea, săraca... Întreba de tine.“

„Eu eram aici?“, am întrebat-o.

„Nu, nu erai, era numai ea, zicea că ai să vii...“

„Ia du-te tu până dincolo“, i-am spus, „poate că eram acolo“.

„Mă duc“, a spus ea, îndatoritoare.

S-a dus în camera de alături, după câteva clipe s-a reîntors.

„Nu erai acolo", a spus.

„Atunci înseamnă că sunt aici", am spus.

„Da", a confirmat ea.

Am tăcut un timp, pe urmă am întrebat-o iar: „În afară de tanti Linica m-a mai căutat cineva?".

„Da, te-a căutat Constantin, a murit și el, era cu haină și cu pălărie."

„Dacă mai vine, să-i spui să mă caute pe stradă. Ai să ții minte?"

„Da."

„Mai bine notează, să nu uiți" (i-am întins o hârtiuță și un vârf de creion, a desenat conștiincioasă câteva hieroglife, pe hârtiuță). „Când vine mama, să-i spui că mai trec eu pe aici, de ziua ei, să-i aduc un cadou..."

„Și mie ce-mi aduci, când oi muri eu?"

„O rochie de mireasă. Notează și asta ca să nu uit."

A notat, la fel de conștiincioasă, cu aceleași hieroglife, adăugând și semnătura OLGAE, îi luceau ochii de bucurie, m-am întins pe divan, peste puțin am adormit, era bine acolo, pe divan, o briză plăcută pătrundea prin ferestrele deschise, perdelele subțiri fluturau...

3. În drum spre casă mă gândeam la prieteni, majoritatea niște jigodii, ținusem la unii dintre ei, îi întâlneam în felul meu, umblam adică razna pe străzi până apărea vreunul, venea direct spre mine, habar n-avea că îi dădusem întâlnire; câteodată mă gândeam la unul anume, îmi era egal, voiam doar să văd pe cine am să întâlnesc în starea aceea (ar trebui, poate, să desfac puțin și mecanismele dureroase ale eșecurilor, dar prefer să le uit); întâlnirile cu persoane precise le practicasem mai demult, în adolescență, pe când eram topit după o creatură mică și prăpădită,

aflasem cum o cheamă, dar nu știam pe unde stă, porneam la drum, coteam la dreapta sau la stânga, mă conducea un fel de luminozitate, când o întâlneam, nu-i spuneam o vorbă, abia dacă o salutam.

Totul pornise de la niște bețe de chibrituri stinse aruncate într-o sobă fără foc, n-am să insist; apoi dădeam întâlnire celor pe care i-aș numi „prinții balcanici“ și ei treceau convinși că se duc la parade, mișcându-se ca niște particule epileptice; tot pe atunci îmi plăcea să frecventez un mare stadion sportiv unde mă instalam cu o oră înainte de sosirea primilor oameni ca să-l văd cum se umple pe când oamenii, convinși că-și ocupă fiecare locul ales de sine însuși, ignorând cumplita lege a umplerii care îi mâna după cerințele ei, se înecau în tristele ape cuantice ale ansamblului.

Cu timpul, exercițiile acestea m-au plictisit; de altfel, în asemenea lucruri, exagerările și practicile de forță nu m-au tentat, vă rog să rețineți, decât în momentele de slăbiciune și de neîncredere în mine.

Poate că un asemenea moment străbat și acum, când scriu (pentru că s-ar părea că scriu) mizeriile astea pe care, altminteri, nu dau doi bani.

** În Baigorra (Argentina), la rădăcina unui copac răsturnat de furtună, au fost descoperite furnici gigantice, cam de cinci ori mai mari decât cele obișnuite.*

4. Așadar, în drum spre casă mă gândeam la prietenii mei dinainte de plecarea în mlaștini; deci Constantin murise și veșnica lui pomenire, apoi mă căutase pe strada Leonida, avea treabă cu mine.

Această aschimodie cu cap de pasăre, ceva între curcan și găină, cu nasul ca un cioc moale atârnându-i peste gură, această scârbă de om mort, mărunt și slăbănog, cu părul totdeauna gominat, cu haine de o exemplară eleganță, acest produs desăvârșit al zonei de promiscuitate pe care Natura o clocește ca să se compenseze și o vomită, ca pe o taină, pe sub cealaltă față a ei, apăruse în viața mea, cam pe la optsprezece ani, poate din aceeași nevoie de compensare sau poate numai pentru că, printr-o ciudată coincidență, purtam amândoi același nume de familie.

Pe atunci aveam, pesemne, un surplus de energie care trebuia cheltuită și mergeam la rugby de două ori pe săptămână, joia la antrenament, duminica la meci, eram cel mai tânăr din echipă, jucam frumos, la înaintare; după meci băieții se duceau la bere, luau tramvaiul, țineau deschisă ușa de la coborâre, scuipau fetele pe rochie, se distrau grozav și terminau seara la vreun cinema sau cine mai știe unde, pe când eu vizitam o prietenă, o avocată mult mai în vârstă decât mine (împlinise douăzeci și patru de ani), o frumoasă cu părul complet alb, îmi ștergea cu spirt arcadele sparte sau omoplații jupuiți, făceam dragoste.

O dată, într-o duminică de toamnă, la dușuri, după meci, a venit Constantin îmbrăcat cu o superbă flanelă albă, îl mai văzusem și în alte dăți dând târcoale pe acolo; Gică Wirth, care juca aripă în echipa adversă, i-a spus:

„Mă, pirpiriule, ia dă tu flanela aia, s-o încerc și eu".

Constantin și-a scos flanela și i-a dat-o, Gică Wirth și-a lustruit cu ea pantofii de bizon apoi i-a aruncat-o în cap, ceilalți râdeau. Constantin părea fericit, i-aș fi ars un șut, pentru că eu sunt dintre cei care plâng la cinema chiar dacă îmi dau seama că ar trebui să mor de râs, dar mi s-a făcut milă de el, era prea jalnic, n-am spus nimic, mi-am văzut de treburile mele.

La plecare, m-am pomenit cu el lângă mine. Zâmbea.

„Pe unde stai?“, m-a întrebat.

„Ce-ți pasă?“, i-am răspuns.

„Nu, că să vezi“, mi-a spus el, „eu te știu mai de mult, am și fotografia ta pe o pagină de ziar cu elevii premianți, erai mic, e și fotografia mea alături, eram și eu premiant, am păstrat-o fiindcă avem amândoi același nume de familie, dacă n-o ai, ți-o dau, o tai cu foarfeca din ziar și ți-o dau“.

„Stau pe strada Leonida, 5“, i-am spus, „adu-mi-o diseară, că n-o am, dar de ce ești așa de nenorocit, cum naiba rabzi să-și bată ăia joc de tine?“.

„Rabd fiindcă sunt urât“, mi-a spus, „vouă vă dă mâna pentru că sunteți frumoși, pe când eu iubesc o femeie, sunt nebun după ea și nu mă place, mă uit la voi ca să vă imit, să-i fac impresie; în plus, cheltuiesc tot ce am pe haine; din când în când strâng două-trei lefuri, nu mă întreba cum, îi fac o vizită, mă crede cu bani, nenorocirea e că de fiecare dată mă întorc cu boli de la ea și trebuie să aștept până mă vin dec, atunci mă duc iar, altfel aș muri“.

„Îmi place de tine“, i-am spus, „și acum cară-te. Treci pe la mine diseară, dacă nu sunt acasă, lași fotografia, discutăm altă dată, acum am treabă...“.

Seara, pe la opt, Constantin a venit cu fotografia, nu eram acasă, mi-a lăsat-o, era o tăietură îngălbenită din ziarul *Dimineața*, am rupt-o, înfățișa un copil îmbrăcat cu o flaneluță nenorocită, copilul purta o cunună de flori pe brațul drept și privea cam chiorâș lumea, eram chiar eu.

5. Tot cam pe vremea aceea m-am mutat și am locuit un timp, singur, pe un coridor destul de lung pe care îl străbăteam totdeauna în fugă, niciodată la pas, un coridor întunecos și cam sordid, pe dreapta, cum intrai, se înșirau odăile slugilor (femei, venite din coclauri de munți, le auzeam dimineața, înainte să coboare la lucru, povestindu-și în dialectul lor natal visele populate de tauri negri care își vârau coarnele prin ferestrele camerelor aflate la etajul opt sau nouă, nu mai știu), pe stânga se aflau dușul comun, folosit mai ales sâmbăta, W.C.-ul comun și chiuveta comună, plus odaia unui tânăr pictor, își lăsase barbă, făcea rugăciuni cu ușa larg deschisă, ca să se vadă (dar muntencele nu se lăsau înșelate cu una, cu două, scuipau pe furiș, își făceau cruce în spatele lui), avea o iubită, o elevă, îl vizita în orele de clasă, îi aducea mâncare în ghiozdan, o snopea în bătăi și așa mai departe, se petrecea o dramă amoroasă.

Am uitat să spun că la capătul coridorului aceluia aflat la etajul cel mai de sus al unui bloc, pe Calea Moșilor colț cu bulevardul Domniței, aveam o odăiță în care locuiam și primeam uneori vizitele unor ființe cu mâini luminoase și fețe străvezii, despre ele nu prea am să vorbesc, aș fi putut crede că am viziuni dacă n-ar fi lăsat urme palpabile, discutam împreună ore întregi, o dată mi-au adus un sac de cartofi, de exemplu, l-am răsturnat în mijlocul odăii, am mâncat multă vreme numai cartofi fierți, fără sare, erau buni, dacă mă întreba cineva ce-i cu cartofii aceia răsturnați în mijlocul camerei, spuneam, de exemplu, că mi i-a trimis un văr de la țară, din județul Prahova, și nu se mira nimeni.

Pe atunci, mâncam de obicei vinete, vă rog să rețineți amănuntul acesta, legume deloc recomandabile, aveam un balcon rotund cu un păianjen de sârmă atârnat în tavan, tăiam vinetele felii, le înșiram pe sfoară, lângă păianjen, ele se uscau, puneam apă la fiert, cât să cuprindă, până dădea în clocot, luam feliile de vinete uscate și ușoare ca fulgul, le puneam în apă clocotită, le lăsam să mai fiarbă 10-15 minute și le mâncam fără sare, nu erau bune; tot în balconul acela îmi uscam frunzele pe care le fumam în pipă, încercam tot soiul de frunze, numai cele de gutui puteau fi utilizate în acest scop, deși chiar și ele aveau dezavantajul că îmi lăsau în pipă un ulei negru și dezagreabil, de aceea, până la urmă, căutam să-mi procur tutun.

Dând rețetele acestea, utile în anumite împrejurări, n-aș vrea să se creadă că eram sărac, deși uneori nu posedam nici cămașă pe mine, nu-mi stătea rău, și nici tutun, ceea ce era mai neplăcut; eu n-am avut niciodată sentimentul sărăciei, nu mă interesau asemenea chestii, ba chiar eram nițel cam snob pentru că unicul meu pahar, acela din care îmi beam apa de la chiuveta comună, era de Baccarat, iar unica mea farfurie, aceea din care îmi mâncam vinetele sau cartofii, fără sare, vă rog să rețineți amănuntul acesta nesemnificativ, purta pe dos marca celui mai fin porțelan englezesc.

* *A fost replantat la locul său faimosul măslin al lui Platon care fusese dezrădăcinat de un autobuz. Specialiștii au confirmat că vârsta măslinului depășește 2 500 de ani.*

6. Pe coridorul acela mă cam pândea o vârstnică mireasă, o doamnă vieneză, de vreo patruzeci și doi de ani, frumos oxigenată, ușa odăii sale se afla spre capătul coridorului, alături și puțin pieziș față de ușa odăii mele, doamna locuia cu maică-sa, ale cărei gemete de veterană a suferinței le auzeam ziua și noaptea, poate exagerez când spun că mă pândea, s-ar fi putut să fie vorba de *simple coincidențe*, dar aproape în fiecare dimineață, când mă duceam să cumpăr pâine sau vinete, doamna aceea (se numea cam Gerda) ieșea din cameră, să mă întâmpine.

În mâna dreaptă ea ținea olița, în mâna stângă un cățel de usturoi.

„Vezi ce cuhată sunt?", spunea, de fiecare dată (ar fi vrut să spună *curată*, dar graseia cumplit), „Vezi ce cuhată sunt? Spăl până și ustuhoiul, cahe n-ah thebui spălat fiindcă stă acopehit de cojițele lui, dah eu tot îl spăl".

„Doamnă", spuneam, pe când ea vărsa olița cu lichide nocturne în chiuveta comună, „apreciez cum se cuvine acțiunea aceasta igienică, cu atât mai mult cu cât eu însumi nu aș putea spune că sunt prea curat, deși, în schimb, sunt pur", și așa mai departe, chestiuni de politețe.

Într-o dimineață, după ce mi-a atras din nou atenția asupra faptului că este extraordinar de curată, doamna Gerda a mai adăugat:

„Să știi că eu îți sunt ca o sohă pe care poți conta, deși sunt supăhată pe dumneata penthu că te-am văzut iehi desculț, pe sthadă; de ce umbli desculț?".

„Doamnă", i-am spus, „discuțiile acestea matinale, aici, pe coridor, mă înnobilează, de aceea am să vă explic: îmi dădusem sandalele la reparat".

„Bine, bine", a spus ea, „dah tot iehi ai lăsat ușa deschisă și ehai gol, de ce stai gol cu ușa deschisă? Nu-i fhumos".

„Citeam o carte, doamnă, de unul, Kierkegaard, dacă vreți, v-o împrumut și dumneavoastră."

„Mehsi", mi-a spus ea, „deocamdată citesc alt homan".

Iar după ce a vărsat olița în chiuvetă și a clătit demonstrativ usturoiul, doamna Gerda s-a întors spre mine, șoptindu-mi ca pe o taină: „Am auzit că și dumneata shii...".

„Da, doamnă", i-am mărturisit, „scriu de mă rup".

„Ce shii?", m-a întrebat ea, „Și de ce shii?".

„E o infirmitate, doamnă, e din naștere, mă apucă, așa", i-am spus. „Eu am sentimentele mele, îmi vine să și plâng de câte ori vorbesc despre asta, nu pot explica verbal, dacă mi-ați împrumuta o clipă olița, aș plânge în ea ca într-un lăcrimar și poate că m-ați înțelege..."

„Poți să plângi", mi-a spus ea, „eu îți sunt ca o sohă", și mi-a întins olița.

Am luat-o și am plâns în ea, fiindcă așa trebuia, era o situație, oricum, plângeam la oliță, era un fel de a mă exprima și lacrimile îmi curgeau pic, pic, plutisem toată noaptea în cercuri sublime, voiam să scap de amintirea unei seninătăți prea dureroase, plângeam ca un copil, îmi venea să mor de râs, îmi spuneam: „Cretinule, du-te de cumpără vinete sau plimbă-te pe stradă sau du-te, dracului, la film".

„Te doahe ceva?", m-a întrebat, îngrijorată, doamna Gerda.

„Mă doare, doamna Gerda, cum să nu mă doară? Cad într-un fel de transă, un fel de fericire, mai greu de suportat decât durerea. Atunci mă chinuie o singură spaimă, plăcută și cumplită: să nu mă pulverizez, dumneavoastră pot să vă spun, îmi sunteți ca o soră, apoi plutesc (să nu vă speriați) și, poftim, olița, n-am reușit să o umplu, dar mi-a trecut, mă duc să cumpăr vinete și pâine..."

„Ah thebui să te ahăți la un doctoh", mi-a spus doamna Gerda, „dacă vhei, te duc eu...".

„Dumneavoastră, doamnă Gerda, sunteți prea bună; cu inocența pe care o posedați, în ciuda vârstei (eu vă consider, bineînțeles, fecioară și să nu mă interpretați greșit), ar trebui să aveți, ca îngerii fenicieni, trei perechi de aripi: cu una să vă acoperiți obrazul, cu alta picioarele și cu alta să zburați. Atunci, dacă mi-ați permite, mi-aș stabili gospodăria pe omoplații dumneavoastră și poate că aș merge și la medic."

„Eu te consideh totuși bolnav", mi-a spus doamna Gerda, intrând demnă în camera ei.

7. Pe urmă, un timp, am surzit, era grozav, nu mai auzeam nimic, făcusem dopuri de ceară, solide, eram ca o sticlă plină cu simplitatea pură și liberă a stării mele, arătam cu degetul la ureche: „Sunt surd, ce să-i faci!", zâmbeam nevinovat, ceilalți înțelegeau, unii mă și compătimeau, deși păreau bucuroși că ei aud, scăpasem, n-aveau decât să se distingă ei în mozaicul lor de întrebări și de răspunsuri gata desenate, n-aveau decât să-și teoretizeze singuri teoria, să-și toace varza sonoră printre dulcile bucurii ale dresajului.

Nenorocirea e că, într-o bună zi, poc! mi-au plesnit dopurile și am început iar să aud, aș fi putut în schimb să nu vorbesc, să mă autoamuțesc, dar mi se părea aiurea, ar fi fost necinstit și apoi, oricât te-ai amuți, cuvintele tot le auzi, ele ți se strecoară nestingherite prin măduvă, așa că mi-am văzut de treburile mele.

8. O dată, mai demult, eram într-un lan d porumb, spre toamnă, porumbul se uscase; acolo, în mijlocul lanului, se aflau șopronul unei fierării și, la vreo douăzeci de pași, o căsuță, un fel de colibă acoperită de stuf, stăteam lângă fierar, el meșterea o potcoavă încinsă la roșu, între bătăile ciocanului auzeam porumbul foșnind.

Apoi, din casă a început să cânte Bach, în persoană, cânta la țambal, improviza, nu știu dacă l-ați auzit vreodată într-un lan de porumb uscat, de sub un șopron, pe Bach, improvizând la țambal, sunetele se împrăștiau ca un fum, împânziseră cerul, mă amețeau.

„Cine cântă?", l-am întrebat pe fierar.

„E gineri-miu", mi-a spus el, „noaptea cântă la local, la București, acum face ezecicii...".

După un timp, sunetele s-au stins și în ușa colibei s-a ivit Bach în pijama vărgată, era mai tânăr, părea livid, extazul îi împăienjenise ochii, se clătina beat de muzică, îmi părea rău că tace, aș fi vrut să-i aud cuvintele, să aud ce se poate spune în starea aceea; atunci s-a repezit din porumb o fetiță de vreo doi-trei ani, fetița lui, s-a împleticit, i-a căzut la picioare, iar Bach, de dincolo de vis, din amețeala armoniilor, i-a spus:

„Când ți-oi da vreo două, iar te c... pe tine...".

Acestea erau cuvintele.

9. Pe când evoc aflându-mă, ca Bach acela, în prag, am senzația că încep să comit un fel de homan și asta mă oripilează; oricum, scriind ca un prozator nenorocit despre una și despre alta, nu fac decât să reconstitui coridorul pe care îl străbăteam în fugă, restul n-are nici o importanță; iar coridorul acela nu poate fi reconstituit altfel când la un capăt al lui te lichefiază viziunile, iar la celălalt capăt te duci să cumperi vinete și așa

mai departe, pe când la mijloc te așteaptă doamna Gerda cu nelipsita ei oliță; există, poate, o zonă de filtru prin care trece numai ce, prin natura sa, poate să treacă, indiferent de disponibilități sau de criterii conștiente, o zonă dură, penetrabilă numai pentru ceea ce e menit să devină comunicabil, o zonă a cărei desăvârșire sălbatică nu e întrecută decât de necesitatea (la fel de sălbatică) de a rămâne măcar un timp în ea.

Dacă treci cu un milimetru mai sus, se petrece altceva (la început îmi era și frică), dacă treci un milimetru mai jos, se nasc jalnice texte, e ca și cum te-ai apuca să desparți, într-un ocean imens, sarea de ape. Ce tot bâigui eu aici, ce tot explic? În fine...

* *Populația din Saint-Pierre-et-Miquelon, grup de insule situat în vestul Oceanului Atlantic, asistă de câteva zile, fără a putea interveni, la agonia a 63 de cetacee cunoscute sub numele* Steno rostratus *și eșuate pe plajele pustii ale arhipelagului.*

10. Așadar, pe vremea când alergam jignit și dezgustat de-a lungul coridorului, am plutit o noapte întreagă și pesemne că am mormăit prea tare pentru că, a doua zi, întâmpinându-mă la chiuvetă, după ce mi-a reamintit cât este ea de curată și a remarcat bandajul care îmi acoperea pumnul drept, doamna Gerda a spus:

„Ți-a fost hău azi-noapte?".

„Nu. De ce?"

„Fiindcă te-am auzit vohbind singuh, mi s-a păhut că aiuhezi."

„Nu aiuram, doamnă Gerda, cred că vorbeam în somn."

„Nu se poate“, a spus doamna Gerda, „nu dohmeai, te-ai lovit de peheți, am auzit eu“.

„Se poate, doamnă Gerda, să mă fi lovit de pereți, în somn; vă rog să nu mă spuneți la nimeni pentru că mai sunt, pe deasupra, și somnambul, mai am și insomnii...“

„Eu știu să păsthez un sec-het“, m-a asigurat doamna Gerda, „și eu am insomnii, deși nu sunt somnambulă, dah, dacă mai pățești ca azi-noapte, bate-mi în pehete, ieșim pe cohidoh, stăm de vohbă...“.

„Dumneavoastră sunteți extraordinar de bună, doamnă Gerda, trebuie să recunosc, dar eu mă tem că n-am avea ce vorbi, noaptea, noi amândoi, pe coridor și nici în altă parte pentru că, știți, când sunt într-o stare ca azi-noapte, nu folosesc cuvintele în discuții, mă mulțumesc cu literele și atunci, pentru un cuvânt în limba română pe care ambii o posedăm la perfecțiune, îmi vine, nu știu de ce, să folosesc numai o literă din acel cuvânt, tradusă și ea într-o limbă străină...“

„Nu cumva ai fehbă?“, m-a întrebat doamna Gerda.

„S-ar putea să am, doamnă Gerda, de ce să n-am? Dar ce vă spun eu e purul adevăr, câteodată mă aflu într-o stare din care vreau să comunic ceva și atunci pac! vin cuvintele, iar starea aceea, dacă mă las furat de ele, se duce dracului și dumneavoastră abia atunci vă place fiindcă începeți să recunoașteți în cuvintele mele ceva bine știut, pe când mie, încă de la naștere, mi-a intrat în cap că am de comunicat lucruri uitate, de undeva unde sensibilitatea mea ar putea întâlni marea sensibilitate generală pierdută pe drum, vă rog să mă scuzați că folosesc cuvântul *sensibilitate*, îmi vine să plâng de necaz fiindcă e vorba de cu totul altceva, dar vedeți cum sunt și n-am încotro, așa mai puteți aprecia și dumneavoastră, cât de cât, sau măcar puteți presimți, știu că sunteți cultă, mi-ați dovedit-o făcându-mi confidența că citiți homane, dar nu de literatură e vorba și nici de cuvinte, puțin mă interesează și literatura, și cuvintele, de aceea n-aș folosi cuvântul *sensibilitate* și nici vreo altă tâmpenie pentru că acum îmi vine în minte un cuvânt în limba kurdă sau în altă limbă, dracu' știe de unde îmi vine, dar îmi vine, iar altădată îmi vine numai o literă din el sau numai inițiala lui (uite, de pildă, litera U: atunci când e gotică, ea prescurtează, purifică și exprimă pentru mine, scuzați, *Necunoscutul*, cred că se leagă de *Unbekannt* sau de *Unknown*, vedeți legătura? vedeți de unde sare, afurisitul?), iar pentru dumneavoastră, care, deși nu mi-ați mărturisit-o încă, simt eu că sunteți foarte muzicală, e ca atunci când vă duceți la Operă și, în loc s-o luați la goană înainte de a începe uvertura, stați emoționată pe scaun și abia așteptați să vină aria aceea pe care o știți pe dinafară (a-a-di-i-o del pas-sa-a-to!) și, când vine aria, o fredonați ultrasatisfăcută că o știți și nu știți că tocmai ce știți vă împiedică să știți, pe când eu vă cer scuze pentru pologhia asta idioată și vă admir pentru răbdarea cu care m-ați ascultat, amin."

„Sunt convinsă totuși că ai febhă, poate de la pumnul ăsta bandajat, ia să văd", a spus doamna Gerda.

Și, lăsând jos olița, mi-a pus pe obraji niște degete foarte mângâietoare.

„Ia mâna de pe mine!", am strigat eu atât de tare, încât, de la capătul celălalt al coridorului, ecoul a răspuns: „de pe mine...".

„Vai!", a spus doamna Gerda, uluită de neașteptata mea grosolănie, „Dah eu îți sunt ca o sohă...".

„Surori ca dumneavoastră am văzut eu multe, doamnă Gerda, era una, de exemplu, doamna Ojog, de vârsta dumneavoastră actuală pe când eu abia împlinisem patrusprezece ani, venise din America, fuma trabuc, juca poker cu mama, avea un cățel, Buster, o javră împuțită, fără păr; o dată, seara, după joc, a zis că-i e urât să meargă singură pe străzi, acasă, mama a zis că nu-i nimic, te conduce Gellu, am condus-o, pe drum vorbea de una și de alta, Buster dădea din codiță, venea în urma noastră, ai fi zis că-și freacă lăbuțele încântat că iese afacerea, la poartă doamna Ojog mi-a spus: «Te-aș invita înăuntru să-ți dau o țigară bună, știu că ești fumător pasionat, nu te mai preface, nu e cazul, poți să ai încredere în mine, fiindcă te consider matur și îți sunt ca o soră, dar soțul meu e plecat în provincie și ce-ar zice vecinii?». Eu am bâiguit nu mai știu ce și, când am fugit din patul ei, nu știu cum am ajuns acasă, mă gândeam tot timpul că e prietenă cu mama, când venea pe la noi, mă ascundeam, îmi era rușine, până într-o bună zi, când hop! mi-a trecut rușinea de la sine, poate pentru că în ziua aceea mama a zis să joc și eu, să-i țin un pic locul până face cafelele, că-mi dă și bani pentru joc (dar la sfârșit să-i dau înapoi, să nu mă învăț cu bani), jucau pe nimica toată, pentru distracție; atunci m-am așezat pe scaun, față în față cu doamna Ojog, și, pe când jucam, am făcut pipi pe sub masă pe fusta doamnei Ojog, îmi venea să mor de râs; când au priceput, doamna Ojog și celelalte, despre ce era vorba, s-au supărat foc, mama zicea: «E nebun», și așa mai departe, cred că se bucura în sinea ei..."

„Vai", a spus doamna Gerda, „ești indecent...".

„Ești tu tâmpită", i-am spus, „unde sunt indecent? Lucrurile astea sunt prea complicate pentru olița ta, de aia ți se par indecente, e aparența lor, așa cum aparența lucrurilor aparente e să pară decente, stai să vezi; uite, să-ți dau un exemplu, să-ți spun o chestie care mi s-a întâmplat chiar ieri și, dacă îți merge mintea cât de cât, ai să pricepi de ce mi-am amintit de doamna Ojog și de Buster al ei tocmai acum, după momentele sublime din noaptea de azi-noapte, așa că ieri mergeam pe stradă proaspăt bărbierit, fără bandaj la mână și cu ciorapi curați, iar o fată s-a ținut după mine vreun ceas, pe stradă.

Eu nu mă țin niciodată după fete, pe stradă. N-am obiceiul ăsta. Dar îmi făcea plăcere, mă gândeam la unul, Turcu, un tapițer de pe strada Vasile Lascăr care, al dracului, poartă lavalieră și plete, ai putea jura că e cel puțin Novalis, deși are vreo patruzeci de ani și e bondoc și rotofei, dar asta n-are importanță, se țin fetele după el, îi cer autografe, îl cred pohet, pe când eu umblu tuns scurt sau netuns deloc și atunci nu-mi cere nimeni autografe, câteodată fac oftică pe Turcu, așa că ieri, când s-a ținut fata aia după mine, m-am bucurat grozav, mă gândeam: «Uite, domnule, dânsa a luat, pesemne, de câteva ori plasă cu Turcu și s-a învățat minte, acum știe cine e pohet și cine nu e, stai să vezi, mai mult ca sigur că e o admiratoare, că știe pe dinafară măcar ultimul meu pohem încă nepublicat și intitulat *Ghetele lui Gheorghe Lazăr* sau câteva versuri din alt pohem al meu, de asemenea nepublicat, cum ar fi *pentru că femeia mea nu plouă* sau *lăcustele sunt cele mai Constantin*, așteptam să le recite și să-mi spună: «Mai zi ceva, dacă poți!», mă și oprisem lângă un zid, cinstit vorbind, era o consolare pentru ființa mea jupuită și priveam așa, în gol, mai mult din profil, când ea și-a luat inima în dinți și mi-a întins stiloul plus o bucățică de hârtie, cerându-mi, pe englezește, un autograf.

Atunci mi-au intrat în funcție disponibilitățile, o bănuială mi-a încolțit în minte, am izbit cu pumnul în zidul de care mă rezemasem, am izbit atât de tare, încât mi-am rănit pumnul, și am întrebat-o:

«Pe ce chestie?».

Ea s-a speriat puțin, pentru că îmi curgea sânge din pumn, și m-a întrebat dacă nu eram eu unul, Buster Crabbe, un actor de cinema care juca pe Tarzan și semăna leit cu mine, mi-a spus; tocmai îi văzuse fotografia într-o revistă de specialitate în care citise că Buster Crabbe ăla s-ar afla la București și crezuse...

Atunci i-am spus că Buster Crabbe ăla nu face doi bani pe lângă unul Buster Ojog pe care îl cunoscusem eu cu câțiva ani în urmă și care poate semăna cu mine, deși dădea mereu din codiță, sper să fi crăpat între timp, fiindcă, din fericire, viața e scurtă, dar îți mai dai seama de starea mea sufletească, și așa mai departe, stai să vezi...".

Dar doamna Gerda n-a mai stat să vadă și a fugit în camera ei, de unde, printre gemetele bătrânei mame suferinde, am auzit-o cum încuia ușa.

11. Acum, când recapitulați, s-ar putea să vi se pară că vorbesc cam mult și cam urât despre lucruri neesențiale; de asemenea, s-ar putea să vă contrarieze dimensiunile căpătate de o doamnă Gerda sau de alții ca ea, dimensiuni altminteri deloc neglijabile pentru existența mea; s-ar putea chiar să puneți asta pe seama intenției mele de a încețoșa ceea ce se petrecea dincolo, la celălalt capăt al coridorului, de exemplu,

unde suprafața înceta să mai existe ca atare, mă rog, și unde mă socoteam, de exemplu, buricul pământului, un buric esențial și nenorocit, n-am să insist.

Așa, s-ar putea obține un personaj care nu eram eu și un coridor pe care n-am rătăcit niciodată; oricum, ignorând delicatețea mea *innée* și duhorile împrejmuitoare ale existenței, s-ar putea să apară în locul meu un băiat cam grosolan, ceea ce îmi e perfect egal, pe când eu, în această friguroasă zi de octombrie în care scriu, voi părăsi pentru un timp odaia și plicticosul ritual al evocărilor și mă voi îndrepta, împins de o reală necesitate omenească, spre fundul curții, unde o pasăre proaspăt sosită din nordul pământului va zâmbi purității mele și-mi va da noutăți despre un tărâm fără sus și jos.

* *Baza de cercetări științifice Widzel, din extremul nord al Suediei, a suferit un adevărat asediu din partea a circa 30 de urși albi. Aceștia i-au ținut sub strictă supraveghere pe cercetătorii care, la căderea serii, nu mai îndrăzneau să părăsească stațiunea. Se pare că animalele voiau să-și recapete vechile privilegii asupra acestei zone, care constituia unul din teritoriile lor de predilecție, silindu-i pe cercetători să plece în altă parte.*

12. Tot cam pe vremea coridorului a trebuit să locuiesc vreo zece zile în altă pădure, mi se dăduse un cal, îl adăpam cu o găleată de pânză de la izvorul din imediata apropiere, îl țesălam, îl hrăneam dintr-un sac cu ovăz, mă culcam lângă el, noaptea era frig, de multe ori mă trezeam cu capul pe grămăjoara caldă de bălegar, mâncam din puținele merinde pe care le aveam, toate

acestea se petreceau pe un spațiu de patru metri pătrați, dincolo de care mă pândea moartea.

Stăteam acolo, pe stratul de frunze umede așternut de-a lungul anilor, câteodată ploua, îmi puneam peste cap pătura împuțită scoasă de sub șa, într-o bună zi am început să scormonesc stratul de sub mine, să dau la o parte frunzele putrezite; cam de la vreo douăzeci de centimetri adâncime frunzele roase de vreme și de umezeală au început să pară dantele, broderii și filigrane, le ridicam cu două degete spre lumina gălbuie strecurată printre crengile arborilor și le priveam minute în șir, mă răsplăteau pentru jalnica mea existență; în spațiul acela de patru metri pătrați la limita căruia mă pândea moartea se afla miracolul. Era de-ajuns să scobesc...

13. Pe vremea coridorului se întâmpla uneori să vizitez și câte un prieten, băteam la ușă, intram, dădeam ocol mesei și plecam imediat sau rămâneam; dacă se întâmpla să rămân, ce frumos conversam despre cumplitele blesteme care macină pohezia sau mai știu eu despre ce, in timp ce poezia continuă să se macine în blestemele ei orânduite la perfecție de alți monștri mult mai experimentați; alteori, dacă eram obosit, mă întindeam pe o canapea aflată acolo și dormeam așa până mă trezeau șoaptele prietenului care perora, de exemplu, tot despre mizeriile poheziei; atunci urlam de pe canapea: „Guraaa!" și prietenul tăcea, avea impresia că îl terorizez.

Firește, vizitam și fete, n-am să insist, am să spun doar că la atelierul Mariei petreceam ore decente, în fața ei monologam despre orice, despre cât e de rău pe lume, despre dragoste și despre libertate, îmi aminteam adeseori deviza țesută pe vesta lui Marat: „Vivre libre ou mourir!", în fața ei îmi plăcea să vorbesc, eram politicos și blând, nici n-o sărutam măcar, ea tăcea și ofta, mai bine aș fi plâns, cred că m-ar fi mângâiat cu plăcere; avocata aceea plecase pentru totdeauna în Moldova, ca un erou am condus-o la gară, ne-am îmbrățișat la despărțire, spunea: „Să ai grijă de tine“, zâmbeam, multă vreme am avut inima înghețată, multă vreme, curând o fată m-a invitat la ea, într-o vilă grozavă, părinții nu erau acasă, când am sărutat-o, s-a înroșit la față, i s-au uscat buzele, i s-au scorojit ca de febră, atât de tare, încât am fugit de acolo, și așa mai departe.

Apoi, într-o altă seară, pe când traversam Grădina Icoanei în drum spre casă și mă simțeam ud și trist ca un câine aruncat în șanț, l-am întâlnit pe unul din verii mei (el a murit mai apoi într-o explozie, nu i s-au mai găsit decât ghetele), în seara aceea de toamnă stăteam pe o bancă, lângă iubita lui, încerca s-o convingă să treacă la fapte, ceea ce ea refuza cu tenacitate, eram obosit și înfrigurat, m-am așezat lângă ei, pe bancă, vărul meu mi-a prezentat-o pe fata aceea, treaba lui, ea a spus că îi pare bine, că mă știe din vedere, eu i-am spus să fie sănătoasă, mă gândeam să plec, să-i las în pace, vărul meu încerca mai departe s-o convingă, m-au plictisit, îmi era frig, i-am spus fetei aceleia să vină cu mine să facem dragoste și ea a venit.

14. Înșiruind aceste mici ticăloșii existente în mai toate viețile adolescenților, vorbesc, de fapt, despre un pat așternut cu petale de crini până la care drumul duce printre reziduuri mucede și excremente; poate că rostul lor e să atenueze până la suportabil niște dogoritoare raze lăuntrice, poate că vorbăria mea alimentează forța

presimțită a tăcerii fiecăruia, dezvăluind, pe invers, partea cealaltă, în care măsurile, toate măsurile, sunt iluzorii, și așa mai departe.

În plus, când ești senin și liniștit, poți auzi de acolo gemetele lumii și atunci se comite un pohem sau un tablou cu floricele pentru că din partea cealaltă nu răzbate, după cum am mai spus, decât ce poate și ce trebuie să răzbată, pe câmpiile inteligente.

** Tribunalul din Bentong (Malaezia) a fost nevoit să-și întrerupă timp de câteva zile activitatea datorită unei invazii de omizi care au ocupat literalmente întreaga clădire, cățărându-se pe pereți, pe tavane, pe uși, pe ferestre, năpădind dușumelele și întregul mobilier. Au trebuit câteva zile până când milioanele de omizi să poată fi evacuate.*

15. Tot cam pe atunci am locuit, temporar, într-un sat pe malul Someșului, eram cumplit de bolnav, mă târam pe ulițe sprijinindu-mă de garduri, mâncam numai cartofi fără sare, nimic altceva, vă rog să rețineți amănuntul acesta, nu vorbeam cu nimeni, localnicii mă priveau ca pe o arătare.

Peste câteva săptamâni, când începusem să mă refac, a venit să mă vadă o domnișoară de la Catedra de Filologie Clasică a Universității din București, ținea la mine, m-a găsit ultrajegărit, cu burta umflată de cartofi, am ieșit amândoi la plimbare, pe câmp, printre margarete și maci, până la iarba atât de verde, încât părea udă, discutam despre una și despre alta, chestiuni mai mult clasice, îmi adusese niște cărți de citit, abia mă țineam pe picioare, dar conversam ca un inteligent și un țanțoș, îmi exprimam opiniile în legătură cu Theodor cyrenaicul, supranumit Ateul și mai pe urmă Zeul, și cu Hipparchia din Maronea, aveam chiar unele rezerve, mă întristau câteva amănunte ale vieții lor, greșeli de comportament, stai să vezi; așa e când descoperi virtuțile salivei, domnișoara n-avea nici o vină.

Și iată că, deodată, gazele datorate nutriției mele purificatoare, dar unilaterale au început să-mi apese vezica; simțeam că mor, că înnebunesc de rușine, ar fi existat două soluții de salvare, una constând din evacuarea urgentă a lichidului din vezică, cealaltă, sonoră, legată de împrăștierea la fel de urgentă a gazelor, ambele de neconceput în fața unei fete de la Catedra de Filologie Clasică.

Curând, am simțit că nu mai pot, m-am trântit cu fața la pământ, izbeam cu pumnii iarba, gemând cât puteam de tare pentru că, neavând încotro, alesesem soluția sonoră, infamă și degradantă, pe care gemetele mele nu izbuteau s-o acopere; domnișoara se uita uluită la mine, se speriase.

„Să nu confunzi“, strigam, „dacă vorbesc despre Theodor, am în vedere numai modul lui de viață și mă refer la stări, nu la idei; nu mă amesteca în tagma lui sau a altuia, nu mă amesteca în nici o tagmă, nu uita“, strigam (inutil, pentru că nu izbuteam să acopăr totul), „să nu-mi pui etichete, mă sufoc, dacă rostesc un nume din cărțile nenorocite pe care mi le aduci, îmi și găsești o etichetă; să știi că eu citesc ca să recunosc, și nu ca să cunosc; să știi că nu trăiesc *pentru* și *contra*, ca în capcana voastră“ (strigam din ce în ce mai furios). „Să știi că eu sunt *în afară* și să te cari de-aici, cât poți mai repede; du-te la gară, lasă-mă...“

Domnișoara încerca să mă ajute, nu știa cum, dar mi-a trecut curând și ne-am continuat plimbarea ca și cum nu s-ar fi întâmplat nimic, ba chiar cred că i s-au părut plăcute acele ore petrecute cu un pohet, pe un câmp cu margarete și cu maci.

16. Scăpaseră tehnicile, își făceau de cap într-o haotică goană; ne înmulțeam pe rupte, n-a existat secol mai sălbatic și mai minunat, doamne! (aceasta e o expresie ca oricare alta) și ce-o să mai fie! Se pare că abia a început, deși trăim sub auspiciile unui număr favorabil; poate se face un fel de numărătoare greșită și se găsește că suntem prea mulți; există un fir de iarbă crescut într-o singură noapte la lumina unei stele, el ar putea să ne spună, dar nimeni nu l-ar crede, un firicel plăpând și mărunt, la lumina unei stele abia vizibile; nimeni nu l-ar crede pentru că fiecare știe atâtea, iar toți împreună știm și mai și, chiar eu citeam tom după tom, studiam cu multă seriozitate și cu mare dezgust, dădeam și examene, eram întrebat, indiferent dacă asta se întâmpla la logică sau la mama dracului, despre Hegel, băieții ziceau că am baftă, era ca un făcut, aș fi putut să tocesc numai Hegel și bună ziua, aveam metoda mea, stai să vezi: închideam ușor ochii, vedeam paginile de parcă le-aș fi avut în față, exact cum erau tipărite, până la adnotările cele mai mărunte, nu-mi scăpa nimic, le citeam, înșiram totul, fără greș, repetam toată pologhia, pe care căutam apoi s-o uit cât mai repede, ca să rămân curat.

Ei nu voiau decât să se convingă dacă m-au vârât sau nu în mașinăria lor; îmi venea să urlu, aveam și eu un creier acolo, nenorocit, mă rog, făcea și el ce putea, printre altele mai era și autorul erorilor mele, iar ei mă obligau să-l astup cu ciorapul lor mâncat de molii pe când el mârâia ca un câine pe care îl purtam în țeastă.

** În regiunea de vest a statului Kentucky a fost declanșată o puternică ofensivă împotriva a milioane de mierle și sturzi, prin împrăștierea din helicoptere a unor detergenți care dizolvă grăsimile ce impregnează penele acestor păsări. Lipsite astfel de protecție și expuse la intemperii, ele nu mai pot supraviețui.*

17. Ca niște plăci tectonice, masive, inconștiente și invizibile, se mișcau forțele; era greu să le urmărești cu niște biete piciorușe, fără să aluneci; era greu să rămâi liniștit în fața disproporției dintre ele și tine, să pui în acord condiția ta cu ferocele ei temelii; așa se face că uneori cădeam, pentru un timp; de vreo două ori, de exemplu, am fost vârât cu sila într-o încăpere instituțională, unde am stat, ce e drept, nu prea mult, printre borfași de treabă, era și un hârdău acolo, în numele igienei, ca să ne facem nevoile în el și să-l vărsăm, pe rând, dar nu puteam dormi pentru că numai oamenii înzestrați cu însușiri speciale pot dormi în picioare și nu aveam de ce să mă rezem ca să dorm; de-a lungul pereților mișunau păduchii. Când izbuteam să ațipesc un pic, pe vine, ghemuit undeva, pe cimentul muced, venea un om, unul gol, se spunea că ar fi nebun, în orice caz, era nebun de profesie, ceea ce e cam același lucru, și mă ungea pe față cu materiale scoase din hârdău pe când borfașii râdeau, se distrau și ei, săracii; apoi venea mama, alerga de la unul la altul prin birouri, încerca să mă scape, n-avea decât un argument; „Nu vedeți? E nebun! În loc să fie și el ca alții de vârsta lui, e nebun...".

Și, pentru că tot eram nebun, făceam o mică minune, țineam degetele într-un anumit fel sau mai știu eu ce făceam, oricum, mă cuprindea o amplă liniște interioară, o vastă seninătate, borfașii se potoleau, începeau să moțăie ca la comandă, ăla gol mă lăsa în pace, ușa de fier se deschidea, eram chemat afară, condus într-un birou unde o vedeam ca prin ceață pe mama vorbind cu unul, un tată de familie, firește, care spunea:

„Păcat de băiatul ăsta, că nu pare prost, dar nu știți să-l creșteți... Să fie al meu, l-aș sminti în bătăi, i-aș băga mințile în cap“.

Mama își continua argumentația:

„E nebun, domnule... Dacă vă spun că e nebun...“.

De două ori mi s-a întâmplat asta și, de fiecare dată, în drum spre casă, deci, cum s-ar zice, liber, pe sub imensa mea liniște interioară s-a strecurat neîncrederea; de fiecare dată mi-am pus aceeași întrebare: descuiasem chiar eu porțile făcând gestul acela sau numai presimțisem că se vor descuia?

18. Dar, cum totdeauna cunoscutul e mai liniștitor decât necunoscutul, încercam să-mi mențin disponibilitatea extremelor ca pe o poartă care și-ar pierde funcționalitatea dacă s-ar închide sau s-ar deschide numai spre o direcție; trecerile acestea aparent dezordonate, cuprinzând, de fapt, rigoarea echilibrului, dădeau gesturilor și vorbelor mele o tentă de umor care îmi transforma zvârcolirile în rânjete; de fapt, în ciuda explicațiilor care își vâră nasul pe unde nu le fierbe oala vădind o anemie cel puțin mentală, aparenta dezordine a stărilor mele marca nu numai o posibilă tehnică pohetică, ci și rigoarea compensatoare a

unei trăiri libere, a unei ordini în mișcare, reieșită din propriile ei meandre.

Ca să mențin față de mine însumi, în momentele de slăbiciune, adevărul faptic al stărilor mele, foloseam metode cât se poate de simple – de exemplu, făceam o pasiență, una cunoscută, întinzi toate cărțile pe față, câte șapte, mai ai dreptul la trei locuri libere, de rezervă, pentru mutări în ordine descrescândă, pe culoare inversă, și așa mai departe; de obicei, pasiența îmi ieșea dintr-un foc; în momentele acelea, îmi ziceam: „Ia să văd eu, domnule, dacă pot să scot așii pe un singur rând“, amestecam bine cărțile și așii, ai naibii, se înșirau pe un singur rând.

Un lucru atât de mărunt poate să pară umor și încă ieftin, mai ales dacă se ține seama de gravitatea existențială a zonei căreia trebuie să-i servească drept substanță doveditoare, dar gândiți-vă: erau 52 de cărți bine amestecate și așii se așterneau unul după altul (câteodată nu voiau, atunci bombăneam ceva și gata). Asemenea lucruri mărunte se petreceau însă aidoma și când era vorba de obiecte în genere, și când era vorba de oameni; vedeam clar în ce măsură obiectele sau oamenii se aflau în legătură cu stările mele, constatam puterea măcar inconștientă a obiectelor și a oamenilor de a răspunde acestor stări (câteodată vădit împotrivă), trebuia să accept ideea, la început înfricoșătoare, că lucrurile stau altfel și încercam să nu tulbur legea, să mă păstrez disponibil pentru mișcările ei, nu știu cum să spun pentru că e vorba de ceva în care explicațiile n-au ce să caute, și așa mai departe.

Atunci universurile se mișcau lin și mă legănau ca pe vremea când aveam vreo cinci-șase ani și, în amurg, ostenit de joacă, mă năpădea o seninătate uriașă, mă aflam poate în paradis.

De obicei mă dezmeticeam greu și ieșeam printre oameni cu paradisul pe cap, ca o căciulă, cu ochii împăienjeniți, întâlneam câte un prieten, vorbeam, fără să vreau, cam de sus, uitam să spun „scuzați", iar el, pe bună dreptate, se simțea jignit, își spunea: „Ăsta prea face pe deșteptul cu mine", pe când eu, fiindcă n-aveam oliță la îndemână, l-aș fi rugat să-mi împrumute căciula lui ca să plâng în ea, ar fi fost, oricum, o situație...

** La Cagliari (Italia) o anchetă încearcă să elucideze motivul pentru care o familie cu 11 copii s-a retras de 15 ani în munți, trăind într-o peșteră. Salvatore Cossu, de 53 de ani, coboară din când în când numai el, în localitățile apropiate, interzicând restului familiei să facă această deplasare.*

19. Pe atunci, cu puțin înainte de plecarea mea în mlaștini, am început să presimt existența Zenobiei (n-o cunoșteam încă, nu știam nici măcar cum se va numi), ea venea voalată printre ceilalți vizitatori care îmi populau odaia de pe coridor, nu scotea o vorbă, ceilalți se retrăgeau, nu-i vedeam fața, nu-i distingeam trăsăturile, mă învăluia în căldura ei, îi spuneam Isis sau altfel, nici nu contează.

Când începeam s-o iau razna, ea se destrăma, îmi era greu pentru că rămâneam singur în apele pe care le tulburasem, îmi ardeau ochii încă nu îndeajuns de pregătiți, vorbesc despre altceva pentru că oamenii nu prea își destăinuiesc asemenea lucruri și bine fac, după cum nu prea discută între ei despre moarte și treaba lor.

Despre invocațiile mele și despre aparițiile Zenobiei am avut pe atunci chiar naivitatea să scriu un fel de carte presărată pe alocuri cu mici teorii, mă rog, era de la bun început sortită eșecului, poate de asta am și scris-o: în ciuda câtorva plăcute fragmente litherare și a câtorva sentințe culthurale, esențialul refuza să se exprime altfel decât în fapte simple care păreau, după obiceiul lor, cam trase de păr, așa cum par și acum, ce să-i faci...

Amintesc notațiile acelea, pe care nu m-aș mai simți în stare să le recitesc, doar pentru că, printre multe alte omisiuni voite sau nu, am impresia că se află și un fel de invocație obișnuită mie pe care o transcriu abia acum:

20. să nu uit mai întâi pălăria făcusem rost de; o pălărie neagră cu borurile largi și pleoștite cum purta un poet într-o piesă cehoslovacă o mizerie în care to
tul se petrecea într-o cameră la; subsol aveam și un costum ceva catifea acoperea bine mă simțeam în el ca un baschetbalist de statură convenabilă
umblam de colo colo în două labe pe poante
ca un câine dresat
umblam pe poante cu lăbuțele îndoite de la încheieturi cu; capul bine înțepenit pe gât cu ochii dați peste cap
printr-un parc; Isis era lângă mine mă iubea; alții se adunau câte doi câte trei ca să cânte eu recitam singur având o
singură admiratoare dar când vedeam fete umblam pe poante recitam

Isis nu zicea nimic știa că nu se poate altfel vedeam două-trei fete începeam să umblu cu; pălăria
pe cap dar mult mai disperat recitam cât puteam mai tare
fetele treceau mai departe cu niște băieți care mă apreciau

umblam mult mai disperat una a zis: „nu mai zbiera așa pentru că
pari un derbedeu“ o speria umbletul meu și pălăria mea neagră
voia să mă întristeze să mor de rușine cu pălăria mea cu tot
aveam un curaj nebun am recitat: „poate chiar sunt și ce
dacă sunt?“ ei i-a plăcut simțeam că începea să mă simpatizeze eram
disperat improvizam aiurea eram; nenorocit cu pălăria aia mă
asurzeam recitând umblam; pe poante în jurul fetelor mă
simpatizau recitam:
„ziceți voi așa de mine vă dă mâna fiindcă sunt un alb nenorocit
ultimul alb din mileniul acesta care e ultimul pe când;
voi sunteți roz verzi și albastre ultimul; alb al mileniului
umblu ca un câine dresat vă dă mâna fiindcă etc. etc.“

strigam tare improvizam despre albul nenorocit care conține
de toate plus disperarea sfârșitului care coincide cu ultimele
lor calcule despre; soarta ultimului alb reținut
pe plantațiile lor umblam cu ochii holbați pe sub
pălăria mea neagră fetele mă simpatizau am ajuns la o alee cu
arbori înalți Isis s-a aplecat și mi-a; spus la ureche:
„nu mai recita; pe aici umblă matematicianul Cantor și te mănâncă

un matematician e ceva pe la biserica măsii
cântă pe acolo dar ăsta e; unul rău și răzbunător
un fel de înger exterminator" aveam un curaj
nebun fetele mă simpatizau strigam spre El „îți
dă mâna să mă mănânci fiindcă sunt ultimul alb
dar să știi că nu-mi pasă și am să recit"; El n-a
apărut era
la biserică (nu l-am văzut) am cotit după fete
recitam; în
spăimântat umblam pe poante fetele coborau
spre o ecluză pavată cu dale argintii am; făcut
un ocol pe după copaci
„nu mai recita" spunea Isis „e un profesionist pe
aici te
faci de râs"
„n-are decât să fie și mama profesioniștilor"
spuneam „lor le dă
mâna dar eu; sunt ultimul alb pe planeta asta
împuțită"
de fapt recitam lucruri tragice nu pot să le redau
fiind
cam neclare m-am dus după fete la ecluză pe
dale
lângă cabina paznicului ușa; era deschisă
în fața ei se afla un dulap cu pereții de sti; clă
ieftină
cu o știucă mare înăuntru mă uitam prin sti;clă
atunci a ieșit paznicul (numai pe jumătate) cu un
ciocan
în mână voia să-mi dea peste degete să nu mă
mai uit
dar s-a; retras imediat pentru că se speriaseră
fetele
și le respecta recitam la disperare umblam
pe poante în jurul fetelor strigam către paznic:
„sigur îți

dă mâna fiindcă sunt un biet alb lipsit de apărare";
și
mi-a venit în minte să-l insult pe o chestie
culturală
să le; jignesc și pe fete cu ocazia asta deși mă
simpatizau
„sigur" am spus „vă convine fiindcă sunt ultimul
alb"

îi jigneam pe toți cei peste patruzeci PH D
conservatori honoris
causa; ai muzeelor ingineri elecrici astrologi
spe;
cialiști în ști; ințe spațiale atlantologi co; lecționari
de o
biecte precolumbiene generali de brigadă
oceanografi is; torici
cartografi spe; cialiști ai războiului psihologic
cercetători pa
rapsihici biblioteci ale congresului și ale
universităților
birouri culturale arhive librării educatori foști
piloți so
cietăți pentru investigarea inexplicabilului
matematicieni
mitologi filologi colonei în retragere și alții care;
parti
cipaseră prin sugestii directive și corecturi la
starea mea
actuală îi jignea din p d v cultural
ca și pe fete care se; simțeau jignite din p d v
național-sexual
dar protestau slab fiindcă mă simpatizau și; nu
voiau să mă întrerupă deși li se înroșiseră pulpele
de

indignare pe când; eu recitam de unul singur
strigam Isis stă
tea lângă mine nu mai zicea nimic

(atunci am știut că venise timpul să părăsesc coridorul și să mă îndrept spre mlaștini.)

IV
Scara

1. Acum, când scriu, o ploaie îmi scaldă geamurile. Mi-e frig deși mă aflu la adăpost, ghemuit ca o maimuță tristă și bătrână, aici, în odaia mea, cu hârtiile astea în față.

Poate ca să înlătur reveria umedă care mă bântuie, îmi revine în minte figura unui ramolit. Vorbeam cu el acum câteva zile într-o pauză de lectură, la o bibliotecă. Lucra acolo la o carte a marilor spaime pe care de obicei memoria istorică le uită...

„Orice bibliotecă e ca un câmp minat", spunea, „fiindcă ascunde în ea întreaga gândire binecuvântată și ticăloasă a oamenilor. Iar dacă o idee pierdută prin cine știe ce broșură neluată în seamă de nimeni și-ar întâlni amorsa care zace în altă broșură la fel de ignorată, explozia ar fi în stare să zguduie tot universul...".

Mă plictisea. Îl și vedeam tremurând printre rafturile de cărți...

Apoi, mă solicită ecoul unei promenade îngropate într-unul din textele mele vechi: noaptea, într-un autobuz, pe străzile pustii ale orașului. Șoferul adormise la volan și conducea așa, cu ochii închiși. În autobuz se mai afla, în afară de mine, un singur pasager, un albinos, ținea în mână o carte, simțeam *mirosul* cărții, ghiceam, prin el, titlul și numele celui ce o scrisese: Huysmans, nedreptățitul de mine, pe atunci...

Firește, hârtiile pe care scriu și le distrug sau le păstrez, ca și obiectele-cărți, ca și oamenii, emană aure, efluvii bine definite și nu numai atât. Îmi amintesc că observația aceasta am recunoscut-o recent în cartea despre viața și învățătura Marelui Jetsun Milarepa, pe care, din păcate, l-am ignorat atâta vreme. Mă refer la cuvintele adresate lui de Incomparabilul Marpa-Traducătorul când tânărul Jetsun, încă naiv învățăcel, deși mare vrăjitor, voia să-și pună cărțile din bocceluța lui, ca dar omagial, lângă cele ale Maestrului.

„Ieși afară cu hârțoagele tale vechi", s-a răstit la el Traducătorul, „au început să-mi molipsească sfintele relicve și volumele sacre și au să le dea o răceală...".

Privesc hârtiile înnegrite din fața mea, cu un acut sentiment al derizoriului. Mă încăpățânez totuși să le caut sensuri, pe cât de logice, pe atât de șubrede. Un fel de început de ierarhizare mă îndeamnă să le deosebesc pe cele așa-zise importante de celelalte, ba chiar să le despart, după criterii conștiente, dar, firește, renunț.

„Gândesc, deci nu exist", îmi spun și râd, pe bune. Aș râde de oricare altă tâmpenie similară. De pildă, dacă m-aș gândi (scuzați) pe mine ca umbră a unui gând străin, realizată în afara oricărei existențe fenomenale, dar intrată până în gât în tradiția conflictelor mentale... Sunt cel ce gândește sau cel ce a gândit? Sau: cine mă gândește? Și așa mai departe...

Apoi mă decid să reiau obositorul exercițiu al evocării și să revin la vremea depărtată a celui de-al doilea coridor...

** Nim, un cimpanzeu de 2 ani și jumătate, învață șase ore pe zi împreună cu trei tinere fete, la universitatea din Columbia. El a reușit până acum să asimileze 55 de semne și să le folosească corect pentru a cere diferite lucruri.*

2. Curând după plecarea lui Dragoș ne-am mutat din atelierul Mariei. Cum ea nu mai dăduse de câtva timp pe la noi, i-am lăsat pe masă un bilet cuprinzând cuvenitele mulțumiri pentru găzduire și noua noastră adresă. Cheia am pus-o la locul știut, într-un gol al zidului, deasupra ușii.

Locuiam acum în Piața Romană, deasupra unui bloc. Spun deasupra pentru că, printr-un capriciu greu de înțeles al arhitectului, pe terasa-acoperiș a blocului fuseseră construite câteva odăițe așezate la rând pe o singură latură, un fel de colivii aeriene legate între ele printr-un coridor îngust și izolate de restul clădirii, ca și cum ar fi picat acolo singure, din cer.

În coliviile acelea, pesemne uitate de proprietarii lor, nu locuia nimeni. Printre ele exista un W.C. a cărui fereastră se deschidea spre bezna umedă și adâncă a unui așa-zis luminator. Alături de el, o odăiță nelocuită, după care o perdea albastră, ciuruită de vreme, încerca să acopere golul de intrare al dușului comun folosit, din fericire, numai de noi.

La capătul din fund al coridorului, o ușă-fereastră deschisă până la pardoseală lăsa drum liber luminii. Dincolo de ea se întindea imensul acoperiș-terasă, pustiu și prăfuit. Acolo se putea ajunge fie direct, prin ușa-fereastră amintită, fie pe scara de incendiu pornită din coridorul de sub noi, unde se înșirau spălătoriile, uscătoriile și o parte din camerele de serviciu. O scară inutilă, de altfel, fiindcă n-am văzut niciodată picior de om urcând spre gudronul fierbinte al acoperișului. Eu însumi m-am aventurat o singură dată până la marginea lui împrejmuită doar cu un jgheab de tablă subțire. De acolo am putut vedea cum mișuna jos, în stradă, un furnicar de oameni cât unghia și m-a cuprins amețeala...

Odăița noastră avea doi metri lungime și doi lățime. O găsise Zenobia. Avea și mobilă: o sofa ieșită de mult la pensie și un scaun, încă bun. Altceva n-ar mai fi încăput. Am completat mobilierul cumpărând o pernă mare și o fâșie de pânză albă, pentru cearceafuri. Am bătut câteva cuie în pereți pentru cele două cămăși de rezervă ale mele și cele două rochii dobândite prin muncă cinstită de Zenobia. Cărțile (posedam un număr oarecare), împreună cu celelalte bunuri proprii (farfuria comună, cele două linguri, cana cu poză color pe care se vedea cum o fetiță în costum național își primea porția de turtă dulce de la un bătrân rural) le-am instalat parte pe scaun, lângă hârtiile mele, parte sub sofa.

* *Refuzând hrana și apa, Sandra, elefantul-femelă al circului Do Brasil, a încetat din viață. Sandra, în vârstă de 24 de ani, n-a putut suporta despărțirea de Helmut Chome, tânărul ei dresor, care se căsătorise și plecase să-și petreacă luna de miere.*

3. O săptămână mai târziu am întâlnit-o pe Maria. Era cu Ioachim, stăteau de vorbă pe stradă, stai să-mi aprind o țigară.

Pe Ioachim ăsta (o perfecționată rotiță universitară) îl știam mai de mult, tot de la Maria și tot de pe stradă. De obicei schimbam în treacăt două-trei vorbe. Era cu câțiva ani mai mare decât mine, dar asta nu contează. Scria și cronici, manevra concepte. Părea ceva mai elastic decât alții, atâta doar cât să sugereze că e mai descuiat decât maeștrii lui și că s-ar cuveni să le ia locul.

Altminteri era mărunt, subțire, bine proporționat și al naibii de frumușel. Părea și cult, știa pe dinafară până și-un vers de-al meu, mi-l recita în loc de salut de câte ori ne întâlneam. Aș fi putut să-i răspund cu un șut, dar mă abțineam.

Maria nu putea să-l sufere, așa spunea. Cu un an în urmă îi ceruse mâna, dar ea îl refuzase. (Era coleg cu maică-sa, la catedră, și atâta ar fi fost de ajuns.) „E un cretin", îmi explicase ea atunci.

Pe mine, personal, nu mă interesa nici ce spunea, nici ce scria Ioachim. Treaba lui... Mai cunoșteam câțiva ca el, unii chiar străluciți, le mergea mintea. Niște roboți anchilozați voluntar în mecanismul lor profesional. Analizau cavoul poheziei, coroanele și jerbele de flori, dar se fereau să vadă fecioara putrezită înăuntru sau o vedeau săltând vioaie ca o gimnastă moartă.

În plus, pe Ioachim căutam să-l evit și pentru că, de câte ori îi întâlneam, imi declanșa o ciudată senzație fizică: mi se părea că târăște după el, în lumea asta și așa destul de împuțită, o duhoare mentală greu de suportat.

Acum stătea oarecum deoparte, nu spunea nimic. Maria mă prinsese ca pe un fir de pai ivit în calea cuiva gata să se înece.

„Bine că te-am întâlnit", spunea. „Ți-am pierdut adresa..." (o rătăcise de câteva zile, nu-și dădea seama cum).

I-am repetat adresa, i-am explicat cum se ajunge la noi, la ce etaj, pe ce scară. Vorbeam ca și cum am fi fost singuri, Ioachim părea că nu ne ascultă, zâmbea și ochii îi luceau frumos.

Când sunt intrați pe deplin în marea minciună a maturității, băieții nu prea tac în astfel de situații. De cum se află în preajmă o fată mai atrăgătoare, se și reped. Un fel de frenezie oarbă îi împinge să iasă în față, să ocupe tot spațiul sonor, să nu lase loc pentru alții. La unii asta ține câteodată până toamna, până le cad frunzele sau chiar și mai târziu. Eu însumi la o vreme, când se ivea Incitatoarea, lăsam frâu liber elocinței. Și chiar și atunci când mă simțeam penibil, când mi se făcea și greață de mine, tot îmi găseam o scuză... De aceea, poate, Ioachim și-a dat drumul la motor. Vorbea frumos, avea un glas melodios și cald...

La început și-a exprimat admirația față de prietenia noastră firească (între artiști) și nu mai știu ce. I-aș fi ars una, dar îmi era milă de Maria, părea dezolată, se uita când la mine, când la el, părea că mă imploră, se temea să nu...

Ioachim continua să vorbească. Spunea că ultimul meu pohem (unde dracu' îl citise?) i se păruse mai puțin dereglator. (Expresia îi aparține.)

Era un copac acolo, lângă noi, pe stradă. Se și hrănea copacul, curgea ceva ca o sevă prin el, stai să vezi, curgea o dereglare liniștită, de jos în sus sau de sus în jos, curgea nevăzută, cum curge de multe ori prin ordine mama dezordinii și viceversa, de dincolo de forme...

Ioachim încerca să confecționeze o metaforă, ceva despre clorofila pohetică, mulțumesc, am învățat și noi la botanică, în plus trăia din dejecțiile copacului în mijlocul dejecțiilor unei naturi din care nu prea înțelegea mare lucru.

Până la urmă, m-am cărat. Ioachim acela mirosea, într-adevăr, prea urât...

* *Orașul Maralal, din Kenya, a fost invadat de albine. Roiurile dezlănțuite au atacat cu vehemență oamenii și animalele. Mai multe persoane au fost transportate la spital. În cele din urmă, albinele au fost neutralizate prin intervenția pompierilor.*

4. Poate vorbesc prea rar și prea puțin despre Zenobia. Dar am să spun că în zilele acelea ea continua să țeasă în jurul meu o aură ocrotitoare pe când eu, împotmolit în mâlurile trecerilor, începusem să nu-i mai aud șoaptele și să nu-i mai văd toate gesturile care, cu siguranță, m-ar fi scos la mal.

Învăluit în orgolioasa axiomă a iubirii noastre, o simțeam atât de legată, de încorporată mie, încât aproape că n-o mai vedeam, cum nu-ți vezi propria retină. Astfel, fanatica, adânca noastră uniune se topea într-o singurătate dublă al cărei unic ecou îl ascundeam în mine ca pe un talisman.

Uneori, puneam sub semnul îndoielii însăși existența ei exemplară: seară de seară ea se întorcea acasă tăcută și ostenită. Se îndârjea într-o activitate pe care eu o socoteam măruntă și inacceptabilă. Dacă la început muncile ei silnice, într-un sordid atelier de decorațiuni unde tăia și lipea pe cârpe și cartoane litere și flori, mi se păreau menite să acopere o viață prea strălucitoare, acum vedeam în ele un fel de resemnare.

Cum năzuiam, ca totdeauna, mai mult spre un posibil fără limite decât spre ideal, aveam senzația umilitoare că toată cazna ei n-ar fi decât o demonstrație a jalnicului adevăr că totul trebuie plătit.

Firește, n-ar fi fost prea greu să facem gestul simplu care ne-ar fi putut rezolva măcar modestele cerințe zilnice, fără să ne abată prea mult de la linia vieții. Dar evitam orice părea să fie în afara iubirii noastre.

De câte ori mă necăjeam văzând-o frântă de oboseală, ea îmi spunea:

„N-avea grijă, ce faci tu e infinit mai greu. Când n-am să mai pot, am să-ți spun...".

** Provinciile Cordoba și Sucre din Columbia au fost lipsite timp de peste zece ore de curent electric din cauza unor rândunele, care, luându-și zborul de pe firele de înaltă tensiune unde se așezaseră, au provocat un scurtcircuit. Acesta a perturbat activitatea a numeroase întreprinderi, inclusiv brutării. Drept urmare, la Sincelejo, capitala provinciei Sucre, populația a fost lipsită de pâine o zi.*

5. Era un cer senin, nu se mișca o frunză. Oamenii treceau încoace și încolo, toți păreau vii, până și morții, zâmbeau prietenoși.

Rătăcisem multă vreme pe străzi. Târziu, am ajuns, flămând și obosit, în centrul orașului. Asfaltul frigea, am găsit un creion metalic, fără mină, mă neliniștea ispita conștientă a experimentării. Era cam cinci după-amiază.

Lângă bazinul Lido plutea în aer o decrispare generală, un fel de pașnică bunăvoință. I-am cerut voie portarului să mă uit un pic înăuntru, mi-a spus că se poate, deși sunt cam jerpelit. Era un generos...

Apa bazinului făcea valuri albastre, câteva fete frumoase înotau, câțiva băieți de bronz făceau gesturi largi, cuvintele lor se adunau într-un zumzet învăluitor, alții stăteau la mese albe, pe scaune albe, aveau în față pahare înalte, sclipeau în ele cuburi de gheață, „E fain“, îmi ziceam, aș fi putut jura că mă răcoream eu însumi în apa bazinului.

După un timp portarul mi-a zis: „Acum întinde-o, te-am lăsat destul“. I-am mulțumit: „E frumos pe la voi, am să mai vin“, m-am cărat de acolo, „Ce oameni cumsecade!“, îmi ziceam, „ăștia au toți buzunarele doldora de bomboane, dacă l-aș întreba pe vreunul dintre ei unde vine strada cutare sau mai știu eu ce, mi-ar răspunde, la sigur, și m-ar trata și cu o bomboană...“.

În fața geamurilor unei braserii m-am oprit, apa din braserie era tot albastră, dar cei scăldați de ea ședeau pe canapele și pe scaune comode, capitonate cu pluș stacojiu, paharele și lingurițele sclipeau, mă uitam prin vitrine, frumoasele înotătoare nu se aflau acolo, în schimb la o masă, aproape de geam, se așezase un domn în vârstă îmbrăcat într-o redingotă impecabilă, părul și barba albă îi luceau, domnul se rezema într-un baston cu măciulie de argint, era foarte distins, pe scaunul de lângă el stătea un băiețaș în costum alb cu guler de dantelă, consumau ceva cu frișca...

„Ăștia da oameni!“, îmi ziceam și le zâmbeam prin geam, le făceam bezele, îi salutam cu mâna la chipiu, le strigam: „Pupi!“, ei păreau surprinși, făceau ochii mari, nu mă cunoșteau, cum să mă cunoască?

Mă uitam la domnul acela bătrân și mă gândeam: „Câtă diferență între redingota lui și cămășoiul lui Dragoș...“. Dar Dragoș poate că nici nu exista, Maria nu izbutise niciodată să-l vadă și nici Iason, iar pe Empedocle ăla mic cred că nu-l mai văzuse nimeni în afară de mine. Poate că nici domnul de la masă nu exista. Treaba lui...

Atunci am simțit în mine un gol rece ca o tencuială udă. M-am așezat jos, pe trotuar, lângă vitrină. Nu știu cât am stat acolo, dar după un timp domnul acela a ieșit, cu băiețașul de mână, s-au oprit în fața mea.

„Voiai să-mi spui ceva, tinere?", m-a întrebat.

„Nu, nu", i-am răspuns, „nu voiam nimic...".

Distinsul domn a clătinat din cap, mi-a aruncat un ban cum se aruncă la răspântii, după morți, în urma dricului, și a plecat.

Am luat banul și l-am azvârlit, furios, după el.

Pe urmă mi s-a făcut somn, deși era încă prea devreme.

„Du-te de te culcă, cretinule", mi-am spus și am pornit încetișor spre casă.

** Inventariind obiectele folosite de cititori ca semne de carte și uitate printre filele volumelor bibliotecii la care lucrează, bibliotecarul francez Louis Périn a notat, în afara cărților poștale, a ilustratelor sau a scrisorilor, cravate, șireturi de pantofi, piepteni, scobitori, frunze de pătrunjel, coji de cașcaval, oase de pește, șorici de slănină și un testament încă neexecutat.*

6. Pe bulevard erau prea multe zgomote, mașini, trăsuri, tramvaie, oameni agitați... M-am abătut pe străzi tăcute, lăturalnice. După senina hoinăreală din timpul zilei mă încerca revanșa: o stranie luciditate mă făcea să simt plutirea lină a pământului cu tot ce se afla pe el. Mă temeam să nu mă desprind, să nu cad în sus sau în jos (era totuna). Căutam să mă mișc cât mai aproape de copaci, de felinare, de garduri metalice, de orice m-aș fi putut prinde la nevoie.

Din fericire, starea aceasta n-a durat mult, s-a stins când am ajuns în Parcul Ioanid. Acolo, m-am așezat pe o bancă, voiam să culeg o floare pentru Zenobia, erau destule, îmi părea rău că nu se întunecase de tot: pe întuneric, la lumina mâinilor, aș fi ales mai bine.

În aer se statornicise o calmă încremenire. Cred că m-am ridicat de pe bancă și am călcat peste pajiște, spre brazdele de flori. Atunci pământul m-a acoperit cu o scoarță temeinică, iarba și florile m-au năpădit, creșteau din mine.

Îmi e destul de greu să descriu starea aceea de vegetalizare. Am să spun doar că o mai avusesem de câteva ori. O dată, în legătură cu un pește alb, zăceam întins pe un divan într-o cameră mare, un vestibul, nu puteam să mișc nici măcar un deget. Pe dinăuntru îmi era cumplit de bine, simțeam, ca și acum, în parc, o împăcare fără margini. Iubeam, într-un prezent perpetuu și uluitor de simplu, tot ce există, îmi șiroiau lacrimile pe obraji, nu le puteam opri, nici n-aș fi vrut...

Mă țintuia fericirea unui fel de regret copleșitor și fără motiv. Îmi revedeam, desfășurată simultan, întreaga viață. Era ca și cum, lucrând cu mai multe ecuații, necunoscuta comună și-ar fi lepădat crusta circumstanțială și, renunțând la sine, s-ar fi preschimbat în altceva deplin și total, iar numerele, înfricoșător de vii, și-ar fi regăsit fiecare nedimensionalitatea, și așa mai departe...

Așa se moare, cunosc asta, înecat într-o intensă și duioasă melancolie, iar pentru mine, născut într-o zodie solară, melancolia e legată de umiditate.

Simplific mult, dar în fine... Poate odată am să bâigui mai multe despre moarte și fiecare o să zică: „Asta știam și eu“, și o să uite...

Până atunci, morții sunt morți, cu timpul și mișcarea lor. Cadavrele sunt altceva, iar duritatea mea aparentă n-o să fie niciodată capabilă să suporte apropierea unui cadavru. Morți am văzut destui, m-am înțeles destul de bine cu ei. Cadavre însă numai două: primul, odată, lângă mănăstirea Brebu, când am întâlnit din întâmplare un alai; în fruntea lui mergea un bărbat care purta în brațe o cutie de carton, fără capac, cu o păpușă înăuntru, cât un copil de două-trei luni; la început mi s-a părut că asist la o procesiune pentru ploaie sau așa ceva și numai după ce oamenii s-au depărtat mi-am dat seama că în cutia de carton văzusem, fără voia mea, cadavrul unui copil...

(Am să mai spun că acum câteva clipe, când încheiam fraza de mai sus și mă întrebam de ce oi fi scriind despre cadavre, m-a întrerupt Mica, femeia care îmi aduce în fiecare dimineață lapte, ca să-mi comunice că fetița înecată astă iarnă și pierdută sub gheața râului a fost regăsită astăzi, 5 mai, prinsă de crengile copacului scufundat în dreptul locului denumit „la Dărâmătură". De aceea nu mai continui cu al doilea cadavru, căruia nu i-am văzut decât piciorul, galben ca lămâia, ieșind de după un paravan, în sala de morgă a unui spital unde nimerisem tot din întâmplare.)

Ședeam din nou pe bancă, în Parcul Ioanid. Mă luptam să trag una din alta și nu era deloc ușor. N-aș putea spune sigur dacă mă ridicasem, dacă trecusem peste pajiște, spre brazdele de flori, deși aveam în mână floarea culeasă pentru Zenobia, aș fi putut s-o mănânc, nu-mi era foame, am păstrat-o.

** Consiliul medicilor din Chile examinează o arsură stranie pe care o puternică rază luminoasă, de origine necunoscută, a provocat-o* *unui copil de 12 ani. Rana, făcută pe umărul drept al copilului, are forme geometrice perfecte – două cercuri concentrice și mai multe puncte de aceleași dimensiuni. Mama copilului afirmă că arsura își schimbă mereu culoarea, trecând succesiv de la roșu la cafeniu și apoi spre galben.*

7. Aici s-ar cuveni poate să spun că, dintotdeauna, am presimțit în jurul meu prezența atotcuprinzătoare a unui principiu feminin pe care, încercând să-i definesc trăsăturile, să-i dau chip, îl denumeam Spiritul-Femeie. Dar disponibilitățile mele, încă prea crude, nu izbuteau să realizeze decât imaginea unei femei de statură uriașă, cât lumea.

Mamă a mamelor, feroce și indiferentă, blândă și generoasă, surdă, primitivă și infinit superioară grosolanei mele masculinități, ea mă ferea, mă ocrotea, mă conducea prin aparența complicată care ne învăluie cum ne învăluie aerul pe care îl respirăm ignorându-l.

Brutalitatea imaginii, tragismul dimensiunii întunecau strălucirea conceptului intuițional, îi amputau promisiunile, îl transportau în zona anomaliei și a grotescului, acolo unde numai promiscuitatea s-ar fi putut simți în largul său.

În plus, unele fapte mă făceau să descopăr în mine reacții suspect de inegale. O dată, am fugit de la un spectacol de circ când a intrat în arenă o trupă de balerine pitice, poloneze, fardate violent și îmbrăcate în rochițe străvezii. (În schimb, femeia cu barbă mi se părea o glumă bună: aveam fotografia uneia, din Danemarca, o păstram printre pohemele mele, mi-ar fi părut rău să aflu că și-a ras barba.) Față de fetele, foarte rare, a căror statură trecea cu mult peste normal, mă situam între umor și milă. Astfel, pe când aveam vreo șaisprezece ani, s-a întâmplat să vină în vizită la mama fiica unei prietene din provincie, pe care nu o cunoșteam. Mama a intrat în odaia mea (îmi făceam lecțiile) și m-a rugat să stau un pic cu musafira ei, până termină niște treburi la bucătărie.

„E foarte drăguță", spunea.

M-am dus să-i țin de urât. Era o fată cam de vârsta mea, cu ochi albaștri. Zâmbea, timidă. Avea peste doi metri...

Mă uitam la ea. În prima clipă mi-am dorit să mă ia în brațe, să mă legene, să mă plimbe prin parcuri, așa, cu mutra ei de copil uriaș.

Apoi m-am înfuriat: îmi era greu să suport întoarcerea la care mă silea fără voie, aruncarea înapoi, într-o copilărie fizică din care abia scăpasem.

„Așteaptă-mă nițel!", i-am spus, „mă duc să iau scara ca să mă urc pe ea și să te pup...".

Am ieșit în curte. M-am întors cu scara. Râdeam ca o vită. Fata aceea uriașă plângea, se cocoșase un pic și plângea.

Am lipit scara de un perete și am rupt-o la fugă...

** În 1895, minerii din California au găsit rămășițele unei femei înalte de 2,03 m. Trei ani mai târziu, o echipă de antropologi a descoperit un alt schelet de femeie cu înălțimea de 2,38 m. Schelete similare au fost găsite în 1874 în Carolina de Nord și în 1912 în Wisconsin. În 1930, în nordul Mexicului, au fost descoperite morminte ale unui popor străvechi cu o înălțime de 2,44 m.*

8. Cu puțin înainte de plecarea mea în mlaștini conceptul și atributele fizice ale Spiritului-Femeie

se reechilibraseră. Vreau să spun că, de pildă, gigantismul presimțit devenise pentru mine un fel de dimensiune pur spirituală, abstractă, fluidă și informă, în care imensitatea și micimea, anomalia și firescul, promiscuitatea și splendoarea coexistau, fără să mai existe ca atare.

Începusem să intuiesc totala nepăsare activă cuprinsă în solicitările ei cele mai directe: imaginați-vă un far la țărmul mării, noaptea, pe vreme de furtună; pe când nebuna Paznică a farului trimite semne către *toate* navele, corabia ignorată a *fiecăruia* se zbate singură în beznă. Secunda de lumină nu mai arată stâncile...

O vagă legătură cauzală mă făcea totuși să cred în efectele benefice ale unui anumit comportament asupra căruia n-am să insist ca să las *fiecăruia* plăcerea de a-l regăsi, între asceză și destrăbălare.

(Zenobia numește asta: a fi cuminte.)

9. Stăteam întins pe sofa și mă gândeam la Spiritul-Femeie. Mai stăruia în mine senzația de vegetalizare, secunda fără timp când ea mă mângâiase ca o senină, depărtată aripă a morții.

Firește, nu eram la prima noastră întâlnire. De fiecare dată însă presentimentul morții, a cărui logică directă nu mă preocupa deloc, se declanșa doar ca efect al unei alte evocări, pe când acum...

De data asta, în parc, o evocasem pe Zenobia (pentru mine, ele deveniseră într un fel surori aproape gemene). Mă intrebam, fără să le despart, care din două îmi transmisese vestirea blândei și îndepărtatei morți?

Dar s-o lăsăm baltă... Deprinderile mele pohetice refuză să se supună oricărei ordini în afară de a lor, în care claritatea e o capacitate subterană, la fel de necesară și celui ce primește...

De aceea, am început să mă gândesc la o altă vestire.

Aceasta s-a petrecut la o cabană, pe munte, în nordul Moldovei, cu puțin înainte de plecarea mea în mlaștini. Afară norii se învălmășeau și se topeau cât ai clipi ca să facă loc unui soare ud parcă de atâta strălucire.

Mă aflam singur în încăperea cea mare a cabanei, stăteam pe ultima treaptă de jos a scării care ducea spre dormitoarele de la etaj. Îmi venise în minte, nu știu de ce, fata aceea uriașă pe care o jignisem cândva. Îmi era rușine de mine, mai bine aș fi întins mâna și aș fi mângâiat-o un pic pe păr, era drăguță, n-am mai văzut-o de atunci. Mă purtasem ca un puști nenorocit, și așa mai departe, amintiri și regrete. Mi se întuneca inima...

După un timp, m-am răsucit încet și am privit scara din spatele meu. Pe treapta cea mai de sus stătea neclintită, în picioare, o altă uriașă. Am recunoscut-o imediat, știam și cum o cheamă. Era o faimoasă atletă, o mai văzusem prin ziare și la cinema, în jurnalele de actualități.

Ea se oprise acolo și se uita în jos, peste mine. Părea că nu mă vede. Aveam senzația că mă aflu în Olimp, că se coboară zeii. Așa trebuie că li se arăta celor aleși Cibele sau Atena înarmată sau Artemis întorcându-se de la vânătoare. Statura ei mi se părea acum firească, nu mă neliniștea.

Pe urmă, Spiritul-Femeie a coborât, m-a ocolit fără să-mi dea atenție și a ieșit din cabană. Afară și-a lepădat sandalele. S-a așezat pe două șezlonguri, la soare. Pe unul dintre ele, desfăcut, cu prelungitor, și-a întins picioarele.

Cineva, dintr-o odaie de sus, deschisese aparatul de radio. Se auzea o muzică ritmică. Ea ședea pe șezlonguri și asculta. Cu vârful degetelor goale de la picioare încerca să urmărească ritmul.

Ieșisem după ea. Stăteam respectuos, deoparte, așa cum se cuvine, și măsuram diferența dintre ritmul marcat de ea și cel pe care îl băteam eu însumi. Ca să parcurgă distanța de la ureche până la vârfurile degetelor ei ritmul avea nevoie de o frântură de secundă în plus. La mine devenea mișcare de cum îmi atingea urechea.

Am stat acolo până s-a înnorat din nou. Era cam răcoare. Spiritul-Femeie s-a ridicat de pe șezlonguri, și-a încălțat sandalele și s-a întors în cabană. Eu am plecat, bătea vântul.

Am străbătut un fel de pustiu acoperit cu ierburi aspre și neliniștite, vorbeau de ploaie, apoi s-a pornit o burniță rece, îmi simțeam pielea ca pe o cămașă udă, aș fi vrut să mă adăpostesc undeva, am nimerit pe o vale, la o căsuță proaspăt văruită, am bătut la ușă, mi-a deschis o bătrână.

„Intră", mi-a spus și am intrat, în odaie ardea un fir de foc, dar era tot frig și cam întuneric, oricum, nu ploua, iar alt adăpost n-aș fi putut găsi pe aproape, bătrâna mi-a întins un scăunel cu trei picioare apoi s-a adresat cuiva, unui trup care zăcea destrămat de lumina cețoasă pe patul de lângă perete:

„Scoală", a spus „că a venit dumnealui".

Cel de pe pat a dat să se ridice (mai apoi, când l-am întâlnit pe Dragoș, mi-am dat seama cât semăna cu el, aveau același păr lung, aceeași barbă albă-gălbuie, atâta doar că straiele celui întins pe pat erau noi și curate, părea gătit ca de sărbătoare...).

„Nu, nu", am spus, „n-aș vrea să vă tulbur odihna".

El și-a culcat capul pe pernă, zăcea liniștit, mă deprinsesem cu semiîntunericul din odaie, începusem să deslușesc până și ochii bătrânului, acoperiți de o pieliță albăstrie, Spiritul-Femeie a vrut să-mi dea ceva de mâncare, n-am primit, „Ia măcar un ou", zicea, am luat un ou fiert, nu l-am mâncat, l-am pus în buzunar.

„E bolnav?", am întrebat arătând cu capul spre cel de pe pat.

„Nu, slavă Domnului", a spus ea, „dar așteptăm să moară. Eu am să mă duc la fete, că le am măritate gata, în alt sat, el nu vrea să meargă cu mine, zice că a trăit destul, mai stau aici ca să nu moară singur...".

Am tras scăunelul lângă pat și am zăbovit acolo vreun ceas, până mi s-au zvântat hainele, bătrânelul n-a scos o vorbă, îl vedeam bine, zăcea pe spate cu ochii larg deschiși, senin și liniștit, ca unul care și-a încheiat socotelile.

După un timp, mi-am dat seama că, în nemișcarea lui aparentă, făcea totuși un gest destul de ciudat: ținea pumnul mâinii drepte lipit de genunchiul drept și numai cu un deget, cu arătătorul, desena pe furiș un cerc neîntrerupt peste abaua pantalonilor.

(Adaug că semnul acela îl mai văzusem cândva la un poet bătrân care zăcea pe un balansoar, l-aș fi luat în brațe să-l legăn ca pe un copil, dar lângă mine stătea ea, aceea care pe vremuri, ehei, îi fusese iubită și muză. Ea tocmai se întorsese de la o înmormântare, ne povestea de pe acolo, poetul se balansa trist în seninătatea lui, tăcea și își învârtea peste genunchiul drept degetul arătător de la mâna dreaptă, închidea un cerc, peste câteva zile a murit...)

10. Târziu, când s-a întors Zenobia, trecusem dincolo de liniște. Mă cuprinsese o cumplită apatie, simțeam cum cad, lipsit de umeri și de aripi, într-un gol fără sunete și fără peisaje. Trăiam o

stare de inexistență, o prăbușire în nimic, din care nici măcar nu mai doream să ies.

Era un pustiu în mine, fără sfârșit; șuiera vântul, ardea soarele Saharei în mine, mă acoperea nisipul. Era urât și rău în mine, aș fi preferat să mor de o mie de ori ca să nu mai simt pustiul acela.

De obicei, pentru mine, asemenea stări anticipau sau încheiau atingerea unor puncte prea înalte, greu de suportat. (Gândiți-vă: rătăcisem singur acolo unde alții sunt conduși cu grijă...) Cunoșteam mecanismul înlăturării lor, dar îl uitam, de fiecare dată, ca un făcut. Refuzul acesta al memoriei părea să fie semnul, condiția de bază a revanșei...

Zenobia aprinsese lumina. Priveam, fără să văd, tavanul. Nu eu voiam să mor, ci carnea mea, oasele mele, nu știu cum să spun. De fapt, nici ele nu voiau nimic, urmau doar legea, ca pe o ultimă legătură. Și nu era vorba de moarte pentru că moartea, ca și viața, este dincolo de legea aceasta.

„Ce ai?", m-a întrebat Zenobia și glasul ei îngrijorat m-a readus într-o secundă la suprafață.

„Am că nu mai pot și nu mai vreau", am spus.

„Ce ți s-a întâmplat?" (mă mângâia încetișor pe frunte). „Ce-ai mai făcut?"

I-am povestit pe îndelete, dar întâmplările din timpul zilei, lipsite acum de seva trăirii lor și devenite vorbe, păreau banale și mărunte: umblasem pe străzi, mă întâlnisem cu Maria și cu Ioachim, găsisem un creion metalic și nu mai știu ce, dorisem conștient altceva, mă oprisem în fața unui bazin, privisem prin geamul unei braserii, un distins boșorog îmi aruncase un ban, zvârlisem banul după el, mă odihnisem într-un parc, rupsesem o floare pentru ea („E acolo, pe scaun"), mă gândisem la niște întâlniri mai vechi, și ce-i cu asta? Asemenea lucruri i se pot întâmpla oricui și nimeni nu le ia în seamă. De ce le sistematizez? De ce îmi construiesc singur capcane? De ce mă chinuiesc atât? (De fapt, știam, dar așteptam să-mi spună și ea.)

„Nu trebuia să arunci banul", a spus Zenobia și eu știam că, pe firul mișcărilor mele, acolo greșisem.

„Nu-i nimic, mă duc mâine să-l iau. Îl găsesc, la sigur..."

De fapt, n-avea nici o importanță dacă îl mai găseam sau nu. Îmi venea să râd, dar am oftat: „Vezi cum mă laud?".

„Iar n-ai încredere în tine", a spus Zenobia. (Acum zâmbea.)

* *La Institutul de Zoologie al Universității din Saarbrücken, albinele unui roi lăsat să zboare într-o zonă unde se aflau linii de înaltă tensiune au fost cuprinse de panică, atacându-se reciproc și ucigându-și matca. Ele s-au refugiat apoi în stupi, unde au procedat la un fel de sinucidere colectivă, prin asfixiere, astupând toate găurile prin care ar fi putut pătrunde aerul.*

11. În seara aceea, poate pentru că mă văzuse necăjit, Zenobia și-a amintit de jocurile noastre și mi-a cerut hârtie și creion. I le-am dat, împreună cu bucata de carton care îmi ținea loc de masă când voiam să scriu. Apoi am stins lumina din cameră și de pe coridor și m-am ghemuit între sofa și perete, ca să n-o tulbur.

Întinsă pe cearceaf, în întuneric, Zenobia a început să deseneze.

După un timp (am notat, ca de obicei, durata jocului: primul desen – 1/2 oră, al doilea, ceva mai mult), mi-am dat seama că ea adormise. Atunci am ridicat binișor de pe pieptul ei, ca să n-o trezesc, creionul, am aprins becul și am citit mai întâi titlul primului desen, caligrafiat cu deosebită aplicație deși Zenobia nu folosise mâinile și ochii pentru asta: Zenobia în viața mea.

Și fără titlu mi-aș fi recunoscut trăsăturile pentru că timpul cât dura un astfel de joc însemna pentru mine intrarea într-o stare de seninătate indescriptibilă în care simțeam fiecare liniuță, fiecare literă, fiecare cifră cu sensul lor de dincolo de noi și pentru că *după aceea*, cu o luciditate care mă uimea de fiecare dată prin firescul ei, izbuteam să înțeleg cele mai criptice semne. Iată descrierea directă și simplă a desenului:

În centru se afla conturul feței mele, fără urechi, ca o mască stranie și diafană. Ochii, mai mici și mai depărtați decât îi am, priveau parcă spre înăuntru. Linia bărbiei părea o mângâiere a creionului. Gura, mult accentuată, domina toate cele trei elemente ale feței. (Țineam între dinți vechea mea pipă „en corne".) Sprâncenele subliniau și ele un spațiu esențial deasupra căruia fruntea și părul mi se contopeau în rotocoale de fum.

Lipită de obrazul meu, acolo unde ar fi trebuit să-mi fie urechea stângă, se afla Zenobia. Părea un cercel uriaș sau o lampă-infuzor întinsă până unde mi se termina bărbia. Era înfățișată ca un cerc cu 13 cili dintre care 3 dubli, toți pe partea stângă. Al treilea, al patrulea și al șaptelea cil porneau de sub mediana superioară.

În interiorul primului cerc se desena un al doilea, format din numeroase gene care împrejmuiau ochiul lăuntric. Primul cerc (cel exterior), accentuat pe alocuri cu câte două sau chiar trei linii, se sprijinea pe două piciorușe cu spațiul dintre ele umbrit, încrustate într-un aparent suport oval înclinat și el spre stânga. În dreapta ovalului, o linie între Zenobia și mine, înclinată tot spre stânga, îmi atingea partea de jos a bărbiei. În sus, Zenobia nu trecea de pometii obrajilor mei, bine accentuați; în jos, cu picioruse cu tot, abia îmi ajungea la limita bărbiei.

În dreapta desenului, un con de umbră subțire și ascuțit, cu vârful în sus, marca vidul.

Senzația de straniu și de diafan se degaja mai ales din ansamblu, zămislit parcă din transparențe și palori...

Al doilea desen, intitulat „Starea Lumii", n-am să-l descriu. Am să vă spun doar că începea, jos, cu mulțimea infirmilor care viermuiau în marea cutie a maladiei conștientului și se termina în vârful piramidei, sub stea, acolo unde nu se mai află nimeni...

* *Tânăra belgiană Chantal Sabine Derycke a trăit timp de zece luni zidită într-un garaj din satul Corinaldo de lângă Ancona. Carabinierii au descoperit-o întâmplător, aproape moartă de foame, zăcând în duhoarea grea a încăperii în care fusese zidită de concubinul ei, tâmplarul Marcello Montesi. Încăperea nu dispunea decât de o ferestruică, spre acoperiș, bine astupată pe dinafară. Prin ferestruica aceea Montesi îi arunca din când în când prizonierei sale câte ceva de mâncare.*

12. Două zile mai târziu am găsit un bilet prins de ușa odăii noastre. Maria mă ruga să trec neapărat pe la ea pentru un lucru foarte important. Mă aștepta a doua zi după-amiază, acasă, nu la atelier (subliniase cuvintele *neapărat* și *acasă*). „Bătrânii pleacă până luni în provincie, așa că ai să fii și de data asta scutit de plăcerea de a-i cunoaște", își încheia Maria mesajul.

A doua zi era sâmbătă, ne-am fi putut duce la film, dar Zenobia a insistat să răspund la chemarea mesajului, spunea că sunt egoist, că puțin îmi pasă de alții care poate au nevoie de mine, și așa mai departe. Până la urmă m-a convins și am pornit, târziu după-amiază, spre casa Mariei.

Mergeam încet, pe cerul compact și sticlos alergau niște nori destul de urâți. Orașul zăcea în covorul lui de praf. Mă simțeam în afara oricărei legături favorabile cu norii aceia adunați sub ochii mei într-o harababură menită parcă să-mi demonstreze cât de iluzorii ne pot fi uneori disponibilitățile...

Continuam totuși să mă mișc, tăcut și prudent, printre oamenii care se grăbeau spre vizuinile lor. Tramvaiele încremeniseră pe linii, n-aveau curent. Deasupra noastră, Ființa-furtună stătea gata să se năpustească...

* *La Walnut Creek un mare număr de păsări călătoare se reped în automobile și în ferestrele caselor. Experții sunt de părere că păsările se îmbată consumând unele fructe sălbatice care conțin toxine cu efecte asemănătoare cu ale alcoolului.*

13. Maria mă aștepta cine știe de când, mi-a deschis înainte de a bate la ușă. Am intrat odată cu răbufnelile vântului.

„Mă temeam că n-ai să vii“, mi-a spus, părea speriată.

Am trecut prin vreo două-trei încăperi până în camera ei, n-am s-o descriu. Am să spun doar că acolo se aflau, printre altele, două fotolii, o măsuță și o sofa. Ar fi putut să-mi placă dacă în lumina crepusculară n-aș fi văzut zvârcolindu-se jos, pe covor, o fetiță de șase-șapte ani. Deși atât de mică, fetița mi-a amintit în mod ciudat de fata singuratică întâlnită spre primăvară, în mijlocul mlaștinilor...

„E soră-mea“, a spus Maria, „suferă de stomac, are o criză“.

De afară, din grădină, se auzeau trosnind crengile arborilor. Ființa-furtună apăsa cercevelele ferind parcă dinadins fragilitatea sticlei. Încerca să rupă totul, dintr-o bucată.

„Geamurile!“, a strigat fetița. „Să nu le spargă!...“

M-am îndreptat spre fereastră, mă gândeam că nici Maria, nici sora ei nu dormiseră niciodată în pădure, că nu auziseră niciodată miile de crengi vuind laolaltă și de aceea...

Țineam geamul cu palmele deschise, era o sticlă frumoasă, ușor curbată în afară, cu irizații sidefii. Lemnăria părea solidă, putea să reziste. Fetița gemea, voia să vomite, Maria îi sprijinea capul, nu știa ce să facă.

Asta a durat un timp, n-aș putea spune cât, fetița s-a mai liniștit, „Mă duc s-o culc“, a spus Maria, a ajutat-o să se ridice și au ieșit amândouă. În cameră abia se mai vedea. M-am așezat pe un fotoliu, am stat acolo cam un sfert de ceas, până s-a întors Maria.

„Am culcat-o“, mi-a spus. „Se speriase...“

S-a îndreptat spre comutator, voia să aprindă lumina.

„Nu arde“, i-am spus. „N-are curent...“

Ea a încercat. Lumina nu s-a aprins (când se întâmplă asemenea lucruri, oamenii le uită imediat, de parcă asta ar rezolva ceva...).

Maria s-a așezat, în întuneric, pe celălalt fotoliu, mi se părea că își ține o mână peste gură, abia îi deslușeam trăsăturile.

„Noi doi“, i-am spus, „n-am mai vorbit de mult. Să știi că între timp ne-am plictisit de oraș, și eu, și Zenobia. Poate o să ne întoarcem în mlaștini...".

Vorbeam ca să vorbesc. Mă ascultam și atât.

Maria n-a spus nimic. Am tăcut și eu.

Stăteam liniștit în fotoliu, mă uitam spre ea, eram singuri în cameră, dar mai simțeam o prezență, bănuiam că așa are să fie, așteptam să-mi spună ce avea de spus.

„Te superi dacă mă culc un pic pe sofa?", m-a întrebat după un timp Maria. „Mi-ar fi mult mai ușor..."

„Fă cum vrei", i-am răspuns.

Ea s-a întins pe sofa, o vedeam ca pe o formă oarecare, nedefinită.

Apoi, pe neașteptate, forma aceea a mormăit: „Ce ai cu mine? De ce ești împotriva mea?...".

Poate vorbise Maria, dar vocea, groasă și brutală, nu era a ei.

14. Totul devenise idiot și comic, dar n-aveam chef de râs. Îmi era milă de Maria, forma întinsă pe sofa putea să fie a ei sau a altcuiva, dar vocea, în orice caz, era a lui Iason.

„De ce nu-mi răspunzi?", m-a întrebat.

„Ești nebun", am spus, „ce să am cu tine? Aproape uitasem că exiști...".

O vrabie s-a izbit de geam, voia să intre. A căzut dincolo, în afară.

„Degeaba vrei să mă duci!..." Iason (sau poate Maria) ridicase tonul. „Nu poți să uiți că v-am pocnit atunci, pe tine și pe Zenobia aia a ta..."

„Pe ea las-o în pace." (Începuse să mă plictisească.) „Mai bine spune-mi de ce ai vrut să mă vezi și să terminăm..."

Iason (sau poate Maria) a tăcut o clipă. Mă gândeam dacă să mai stau sau nu.

Simțeam că starea de primejdie se risipise. Ființa-Furtună ne părăsise. Lumea se îneca în tăcere. Auzeam copita unui cal izbind, departe, pietrele caldarâmului.

„Crezi că nu știu de ce n-ai dat, atunci?“ a reînceput el. „Ești mai voinic decât mine, puteai să dai și tu...“

„Ce tot îndrugi acolo?“, l-am întrebat (nu știu de ce îmi veniseră în minte Eurigena și ceilalți, plus inversii lor. Fiecare, ajutat de ceilalți, își construia singur capcane și, ajutat de ceilalți, se înșela singur...).

„Voiai să mă umilești, de-asta n-ai dat, nu-i așa?“

Mă simțeam blând și agresiv în același timp. De fapt, folosesc cuvinte diferite pentru o stare egală pe care limbajul se sfiește să o prindă în cleștele lui. Poate că așa făceam și în pântecele mamei sau înainte sau după (nu mai știu după ce). Intuiam neîndoielnic de ce insistase Zenobia să vin aici și așteptam să ajungă la capăt o întâlnire care pentru mine era gata încheiată.

„De ce nu-mi răspunzi?“ Iason ridicase din nou tonul. „Crezi că numai tu știi? Mai sunt și alții pe lume. De pildă, eu...“

„Iason“, i-am spus, „poate că tocmai știința asta a ta e de vină. Ai eșuat în ucenicia ei. Aprinzi și stingi lumini și nu-ți ajunge, vrei mai mult decât ți se cuvine...“

„Vorbești ca un popă, dar nu-i nimic“, a spus. „Poate că tot o să mă ajuți...“

Părea resemnat. M-a întrebat ce să facă pentru un anumit lucru. I-am spus, firește, că nu știu. Pe urmă am tăcut amândoi, eu am rămas în fotoliu. Era bine sau rău pe lume, dar nu mai exista nici binele, nici răul...

Pe urmă Maria a oftat, de data asta ea a oftat...

** Nouă tineri speologi originari din Dijon și dispăruți în peștera Glaz din Alpi au fost regăsiți într-o galerie situată la o sută de metri de suprafață.*

15. După un timp Maria s-a trezit, stătea pe marginea sofalei. Poate era o favorabilă, n-am să explic ce înțeleg prin asta, am să spun doar că e vorba de ceva în afara iubirii cu care e mai totdeauna confundată.

„Ar fi bine să aprinzi lumina", am spus. „Acum cred că arde."

Ea s-a ridicat, s-a îndreptat prin întuneric spre comutator și a aprins. Părea istovită, avea ochii împăienjeniți, s-a așezat pe celălalt fotoliu, în fața mea. Stătea încovoiată, cu fruntea lipită de genunchi. Ne aflam printre lucruri vizibile. Furtuna ne părăsise de tot.

Am stat așa nu mai știu cât, fără să scoatem o vorbă. Apoi Maria și-a ridicat fața spre mine.

„Aș vrea să te rog ceva", mi-a spus. Vorbea cu vocea ei, dar în șoapte, ca și cum s-ar fi temut să nu fie auzită de cineva. „Promite-mi că Iason n-o să afle niciodată despre convorbirea voastră..."

„Iason nu știe?" (Când i-am rostit numele, lumina nu s-a stins, nici n-a clipit măcar.)

„Nu știe", mi-a răspuns Maria, „ai vorbit cu el, dar nu știe. Și, dacă află, e în stare să mă ucidă...".

Era în cuvintele ei atâta spaimă, încât m-am grăbit s-o asigur că Iason n-o să afle în vecii vecilor nimic de la mine. Pe urmă am întrebat-o, într-o doară:

„Tu știi ce-am vorbit?".

„E cam complicat", mi-a răspuns. „Dormeam și aveam un coșmar cu voi doi, față în față. Îl mai am și acum..."

„Încearcă să-l uiți", am spus. „Închipuie-ți că n-a existat..."

„Mi-am închipuit destule, poate prea multe", a oftat Maria. „M-am săturat..."

Și-a lipit din nou fruntea de genunchi și a rămas așa. Părea că doarme. Nu s-a clintit nici când m-am ridicat din fotoliu, nici când am ieșit din camera ei.

16. Acasă, i-am povestit Zenobiei, fără să omit nici un amănunt, întreaga desfășurare a întâlnirii mele cu Iason și cu Maria. La început m-a ascultat atentă, apoi a zâmbit.

„Sigur", am bombănit (mă simțeam ofensat), „ție îți convine, tu n-ai fost în coșmarul Mariei...".

Mi-am amintit însă că, la un anumit moment, și eu fusesem gata să izbucnesc în râs: Maria, vorbind cu vocea groasă și răgușită a lui Iason, mi se păruse și mie, pe cât de stranie, pe atât de grotescă.

„Zâmbești fiindcă n-ai fost acolo", am repetat, îmi trecuse supărarea.

„Nu de asta." Zenobia arăta cu degetul spre mine. „Uită-te cum ți-ai pus pantalonii..."

M-am uitat și am văzut lucrul cel mai neașteptat din seara aceea: deși aproape că nu mă mișcasem de pe fotoliul Mariei, deși venisem direct acasă fără să mă opresc în drum, deși dimineața mă îmbrăcasem normal și nu mă dezbrăcasem în timpul zilei, aveam pantalonii puși invers, adică partea cu nasturii, bine încheiați, se afla la spate.

Nu știu în ce măsură pot interesa toate acestea, dar ele s-au petrecut chiar așa și nu le puteam omite.

V
Ultima întâlnire a lui Dante cu Beatrice pe o ceașcă de cafea fabricată în Suedia

1. Căpătasem încredere în singurătatea coridorului nostru. Ea ne compensa într-un fel pentru zăpușeala din cameră: cum nu se răcorea decât în zori, puteam lăsa ușa veșnic deschisă.

Așa se face că într-o noapte, pe când, culcat pe spate, priveam întunericul și meditam la cine știe ce, am auzit un fel de șoaptă ritmică, un vaiet repetat la intervale fixe. După vaiet urma cu regularitate un râcâit ușor, ca de unghie.

Zenobia dormea. „Tu auzi?“, am întrebat-o (în gând, pentru că nu voiam s-o trezesc).

„Petru...“, mi-a răspuns ea (vorbea în somn, n-am insistat, am lăsat-o să doarmă).

Stăteam și ascultam. Chemările tânguitoare și râcâitul enervant de moale mi se părea că vin din dreptul celei de-a doua camere de pe coridor, pe care o știam nelocuită. Ne despărțeau de ea doar o boxă minusculă și W.C.-ul.

Am ieșit pe coridor. În fața camerei aceleia, prins de perete, ardea un bec în jurul căruia încremeniseră câțiva fluturi de noapte minusculi. Petru zăcea ghemuit în dreptul becului, lângă ușă, pe un covoraș cât palma, un preș de șters picioarele adus, pesemne, de el. Își respira tânguirea, zgâria cu unghia panoul ocru al ușii.

** Pedro Miguel da Silva, dintr-un sat de la nord de Bahia, a trăit 40 de ani înlănțuit de trunchiul unui copac, într-o peșteră. La vârsta de 21 de ani, din cauza unei probabile crize nervoase, el fusese înlănțuit acolo de cumnatul său. După decesul acestuia, cele două surori ale sale au continuat să-i aducă zilnic mâncare și să-i facă toaleta de două ori pe săptămână.*

2. M-am așezat lângă el, pe ciment, cu spatele rezemat de perete, și am rămas un timp așa, fără să scot o vorbă. Acum îi deslușeam lamentațiile: „Nathalia“, spunea, „deschide, Nathalia!“... Vedeam cum întindea mâna, ca pe un peduncul, cum râcâia, cum se retrăgea apoi în sine cu pedunculul cu tot, ca într-o scoică.

Aș fi putut să stau acolo mult și bine să mă vait sau să râcâi și eu. Spinarea mea adera perfect la perete, un fluturaș albastru se lipise pe conturul umbrei mele și mi-am amintit cât de ostenită era Zenobia...

„O strigi degeaba“, i-am spus lui Petru. „Nu vrea să-ți deschidă.“

El s-a uitat la mine, avea o ceață pe ochi, nu știu dacă mă vedea, părea surprins.

După un timp, a clătinat din cap.

„A, tu erai“, a șoptit.

Pe urmă și-a reluat tânguirea:

„Nathalia! Deschide, Nathalia!...“.

„Nu vrea să-ți deschidă“, am repetat.

Petru și-a răsucit iar capul spre mine. Întinsese o mână, râcâia în aer.

„Tu nu înțelegi, Laurențiu", mi-a spus (am acceptat cu oarecare neplăcere numele care nu era al meu), „ea nu deschide pentru că au bătut-o. Au tuns-o și îi e rușine... Au încuiat-o înăuntru. Nu poate să deschidă...".

Scosese gura din scoică și vorbea cu ea, poate că și gândea, undeva în ghemuirea lui.

„O strigi prea încet", am continuat eu. „Poate că nu te aude sau nu-ți recunoaște glasul, fiindcă o strigi prea încet. Și râcâitul cum să-l audă? Ar trebui să bați tare, cu pumnul. Dacă vrei, bat eu..."

Mi-am dezlipit spinarea de perete, fluturașul a fugit de pe conturul umbrei mele, ai fi zis că eram gata să mă ridic, să bat în ușă, deși n-aveam de gând să fac asta.

„Nu, nu...", s-a opus Petru. Ieșise din scoică, ședea pe covoraș cu picioarele strânse sub el ca un derviș în fața coșului cu șerpi, nu îi depășea nici cu un milimetru marginile. Lumina gălbuie a becului sclipea pe ceața ochilor săi. „Nu, nu... Să nu se sperie... Tu nu știi cât de ușor se sperie..."

Mi-am amintit că văzusem odată un om care mângâia un porc, dar îmi era milă de Petru. Aș fi sărit ca o lăcustă pe sub bec, aș fi făcut orice ca să-l ajut. El nu mai zicea nimic, nu se mai tânguia, privea în gol.

Apoi, deodată, a strigat:

„De ce dai în mine?...".

„Cine dă în tine?", l-am întrebat.

„Ce ți-am făcut eu ție, Laurențiu?" Acum plângea. Își acoperise fața cu palmele. „De ce mă bați?"

„Taci dracului din gură", i-am spus, „că doarme lumea...".

Mă temeam să n-o trezească pe Zenobia (era atât de obosită!), dar el a tăcut brusc, s-a chircit din nou pe covoraș, și-a reluat tânguirea:

„Nathalia! Deschide, Nathalia...".

M-am uitat spre odaia noastră. Zenobia se afla în prag, mi-a făcut semn: „Lasă-l în pace", l-am lăsat în pace, am intrat la noi, am închis ușa, era foarte cald.

* *Douăsprezece tablouri din secolul al XVII-lea, aparținând unui muzeu din Arles, au fost deteriorate de una sau mai multe persoane care, strecurându-se printre vizitatori și folosind un obiect cu vârf ascuțit, au perforat mai ales ochii portretelor.*

3. În noaptea aceea n-am dormit. Era ca atunci când uiți ceva important și te chinuiește amintirea uitării sau când lucrul abia presimțit te prinde în ticăloșia desfășurării lui și-ți lasă pe limbă gustul unei remușcări, fără să știi cu ce ești vinovat.

Unde greșisem? Nu acum, cu Petru, fiindcă, fără doar și poate, greșisem înainte, altundeva...

Un timp m-au năpădit, firește, ispitele explicative, tentațiile analogice, un fel de învârtire în jurul cozii capabilă cel mult să înlocuiască un cuvânt prin altele trei-patru, la fel de sterpe și de ineficace, față de care moirele se pot simți, pe bună dreptate, jignite.

Ca să mă liniștesc, îmi spuneam că așa mi se întâmplă de obicei: când am în preajmă o ființă agitată, mi se face urât. De câte ori nu m-am dat eu jos din tramvai, de pildă, fiindcă simțisem pe aproape o astfel de ființă...

Apoi, întins pe spate cu ochii deschiși, mi-am amintit de o broscuță verde și lucioasă: o dată, mai demult, în mlaștini, la marginea apelor, ea se oprise lângă mine și mă privea supărător de fix. I-am spus cu binele: „Hai, du-te de te scaldă".

Ea nu s-a clintit, ținea cu tot dinadinsul să-și lipească de mine ventuzele reci ale ochilor.

Atunci am luat un bețișor, un fir de trestie, ca s-o alung. N-aveam intenția s-o lovesc, i-am spus încă o dată: „Hai, șterge-o", voiam doar să o speprii. Dar, cu o precizie care exprima exact bunătatea mea reală din clipa aceea (pesemne mă aflam, ca și acum, fără să-mi dau seama, pe Piramida Câinelui), i-am atins un nerv, cel mai fragil, pentru că broscuța s-a aruncat brusc peste cap, pe spate, și a rămas încremenită, ca moartă.

Plutea oblic, pe jumătate cufundată în apă. Mă uitam la ea și îmi venea să plâng. Mă redescopeream despărțit de mine, în ciuda probelor trecute. Ca purtător al unei singure părți, oricare ar fi fost ea, simțeam cum viermuiește zona dublului de care mă crezusem ferit. Poate că nu e clar ce spun. Oricum, era o suferință a structurii mele...

După un timp, broscuța a reînceput să se miște. Atunci m-am mai liniștit un pic: măcar trăia... Dar ea ținea să-și ducă până la capăt Marele Joc. Se învârtea spasmodic, ca o elice dementă, mișcându-se alandala, ca zece ologi, ca douăzeci de epileptici...

Continuam să stau cu ochii larg deschiși în întuneric. Zenobia dormea liniștită lângă mine. Prin ușă auzeam lamentațiile, acum înăbușite, ale lui Petru. Încercam să nu mai văd spasmele broscuței aceleia. Pe sub jocul ei agonic simțeam cum se declanșa, neclar și perfid, începutul revanșei. Pierdeam treptat obișnuita forță a refuzului, putința de a mă opune tentațiilor inverse. Mă ispitea din ce în ce mai mult ideea-capcană de a-mi folosi conștient și meschin posibilitățile.

În asemenea momente greutatea e să știi, uitând că știi, dacă e vorba doar de slăbiciune sau dacă nu cumva ceea ce iei tu drept slăbiciune reprezintă frontiera, la început mereu năucitoare, a unei alte zone. Mă aflam încă *dincoace*, revanșa îmi oferea ca justificare mila față de Petru. Aveam senzația încețoșată că greșisem, că o luasem razna, dar, mai presus de toate, voiam să mă uit, să văd în camera Nathaliei. Și am văzut...

* *Într-un container aflat în gara din Tananarive poliția a descoperit aproape 1 000 kg de oseminte de dinozaur.*

4. M-a ajutat rutina unor tehnici părăsite încă din adolescență. Mi le dezvăluise o pisică. Pe-atunci, în fiecare noapte, ea se așeza pe pieptul meu, dormea acolo ca un sfinx minuscul. Câteodată eu aprindeam și stingeam becul de la căpătâi. Erau în joaca mea și spaime și orgolii: voiam să-i demonstrez puterea de a face lumină sau întuneric.

Ea rămânea nemișcată. Retina i se contracta și i se dilata, pe rând; dar minunile noastre electrice păreau că n-o interesează.

Pentru că totuși ținea la mine, m-a învățat într-o noapte să văd, adică să recapăt simțul acela pe care unele ființe din natură îl mai păstrează intact și în afara ochilor, pe când noi, oamenii, îl regăsim numai arareori și îl privim de fiecare dată fie ca pe un har, fie ca pe o infirmitate. În noaptea de atunci n-aș fi mișcat nici pleoapele de teamă să nu-mi tulbur prea grațiosul sfinx...

N-am să insist asupra unei stări pe care aproape o uitasem. Am să spun doar că în prima noapte a lamentațiilor lui Petru mi-am amintit-o pentru a-mi satisface măruntă necesitate de a privi din patul meu în camera numită a Nathaliei. Și am văzut.

Era o odăiță ceva mai mare decât a noastră, plină de boarfe și de vechituri aruncate de-a valma: câteva cufere sparte și prăfuite, câteva scaune șchioape așezate unul peste altul, o somieră de sârmă rezemată de perete, cu picioarele în sus, un balansoar stricat, o vază din metal coclit și așa mai departe. Acolo nu locuia nimeni, n-ar fi putut să locuiască nimeni.

** Tribul indienilor șankași, care s-au războit cu incașii, retrăgându-se apoi în jungla amazonică, și-a făcut reapariția, după patru secole, în nordul-estul statului Perú.*

5. Timp de câteva săptămâni vizitele lui Petru însoțite de tristele lui lamentații s-au continuat noapte de noapte. Ele au constituit semnalul, dacă nu chiar punctul de atracție, al unor cauzalități pe care, în lipsa unui alt cuvânt la fel de aproximativ, le-aș numi aberante.

Încă de a doua zi lucrurile au început să se desfășoare anapoda. Obișnuitele aparențe simple se întorceau parcă împotriva mea. Totul devenea derutant. Era ca și cum o forță puternică și iresponsabilă ar fi vrut să-mi cuprindă mișcările în inocența sa. Orice aș fi făcut (pentru că mai depindea într-o măsură și de mine) mi se părea subminat cu viclenie de forța sau natura aceea.

Trăiam, ca totdeauna, printre avertizoare, așteptând ceva din ce în ce mai nedefinit. „De fapt, nu se întâmplă nimic grav", îmi spuneam, ca să mă liniștesc. Dar, amenințat și slab în dezlănțuirea agresivă a unor legi nesigure, îmi spoream deruta chinuindu-mă să le deslușesc mecanismele. Obișnuita mea nepăsare-activă mă părăsea în favoarea unei obsedante nevoi de a găsi repere coerente. Percepțiile mele directe, cărora aș fi avut destule motive să nu le acord prea multă încredere, îmi săpau și ele de la temelie singura certitudine până atunci nezdruncinată: aceea că nu știam nimic și că nu trebuia, cel puțin deocamdată, să cred că aș fi putut înțelege ceva.

Câteodată socoteam vinovate numerele pe care le simțeam din nou planând deasupra mea nu ca abstracții-cantitative, ci ca legi aspre ale unei lumi incomensurabile și neconvertibile. Atunci încercam, conștient, să ies din taina lor, afundându-mă și mai mult în ea. Dar nu despre numere vreau să vorbesc acum, deși ele sunt capabile de orice...

Înțelegeți cum vreți pologhia asta crepusculară care ține mai mult de stări decât de activități meditative. Oricum, a crede că ea e de natură explicativă ar fi o gravă eroare. Eu nu fac decât să descriu, și așa mai departe...

* *Într-un pat instalat în mijlocul unui mare magazin din Avignon, tânăra Joelle Lefevre, adormită de hipnotizatorul Alain Zuili, va încerca să doarmă 129 de ore. În timpul somnului ea va fi hrănită cu suc de portocale amestecat cu diverse alte substanțe nutritive.*

6. O senzație de panică surdă, ca atunci când asiști la o înmormântare, își furișa în mine ecourile echivoce. Iar printre ele glasul lui Petru, subțire, plângăreț, tremurător, suna ca un flaut trist.

Odată cu venirea lui apăruse un blocaj, din ce în ce mai sever. Exprimându-l cam brutal și admițând câteva excepții, l-aș putea defini ca pe un divorț între conștiența și existența mea faptică. Dezacordul acestor două planuri se compensa totuși atât de eficace, încât fiecare dintre ele părea în stare să-mi pulverizeze pur și simplu orice tentație de a scăpa din jocul lor comun.

Obișnuințele mentale, până și cele ale refuzului, mă țintuiau în loc. Din când în când îmi venea, firește, ideea simplă de a le reexamina, de a le pune în acord cu datele năucitoare ale întâmplărilor. Atunci izbuteam, pentru un timp, să resping acceptarea formelor, dar resimțeam, în schimb, tot mai prezentă duritatea naturii sau a forței aceleia care îmi agrava cu perfidie, ca și cum ar fi fost străină de stările mele, stagnarea datorată blocajului.

Ambiguitatea duratei și a efemerului, incertitudinile perfecției morale și ale ticăloșiei, impactul necunoscutului cu falsele certitudini tot mai ispititoare mă mențineau în zonele lor de interferență impunându-mi dorințe, explicații și elanuri veștejite.

Dincolo de aparența mișcărilor mele, forța aceea, fie ea și a naturii, devenea tot mai decisivă.

Acum, când scriu, evocarea ei, falsificată de intervenția involuntară a imaginației și estompată în egală măsură de datele memoriei, face ca lucrurile să apară altfel decât atunci, când se aflau în plină manifestare. De altfel, îmi dau seama cât de greu ar putea fi acceptată, de pildă, afirmația că una din cauzele subterane de prima mână ale blocajului își avea sursa tocmai în trista și conjuncturala mea nevoie de explicații...

Mă aflam în situația unui înotător ostenit care luptă să-și scoată din valuri un frate gata să se înece pe când fratele acela se zbate și-l trage după el, inconștient, spre moarte...

** În stomacul unui bărbat care avea obiceiul să înghită tot ce-i cădea în mână, chirurgii au descoperit 300 de monezi și 200 diferite obiecte metalice.*

7. Poate că nu înșir decât erori, dar trebuie să spun că în asemenea momente monștrii imaginației, nu totdeauna imaginari, încep să mișune în jurul tău.

Indiferenți sau nu, ei caută să tulbure și mai mult nesigura antinomie dintre bine și rău, în afara căreia izbutești câteodată să te situezi. Astfel, spulberându-ți bietele soluții comportamentale, inversează efectele imediate ale oricărui demers. Atunci, în absolutul haotic care te înglobează, călăul poate să pară și chiar să fie înger, iar îngerul călău, pe când partea arhiintimă aflată în miezul miezului ființei tale așteaptă într-o neputincioasă mâhnire sfârșitul timpului de trecere.

Toate acestea, inevitabil obscure, apar de obicei învăluite în aparențele unei perfecte banalități, care constituie crusta însăși a desfășurării lor. Abia observabile, ele se mențin la limita unui echivoc gata oricând să-ți demonstreze că nu poate fi vorba decât de simple coincidențe...

În ceea ce mă privește, un înverșunat fanatism poetic (marea capcană a vieții mele) îmi agrava blocajul săpând tot mai adânc prăpastia dintre mine și puținii poeți pe care i-aș fi putut iubi. Nimeni nu trebuie să vadă dispreț sau denigrare când am să afirm că fiecare dintre ei mi se părea că pierde câte ceva din ce ar trebui găsit, găsind în schimb cam mult din ce ar trebui pierdut. Din ce în ce mai izolat, vedeam clar cum picătura de har, uitată pe drum, se dilua și devenea cel mai adesea pretext sau subiect pentru inteligente texte teoretice, pe cât de strălucite, pe atât de viclene, în timp ce gândirea poetică, abătută din matca ei mută, se istovea bătând în maluri sterpe.

În perspectiva mea, revanșa generală, străveche maladie a mentalului, înlocuia pe lume miracolul poetic. Dar s-o lăsăm încurcată...

Spun toate astea poate ca să motivez de ce, în scurta perioadă pe care o am în vedere aici, căzusem pradă unei puternice alergii la scris, lipsindu-mă astfel de un puternic auxiliar eliberator. Deprinderile scriiturii, altădată stimulatoare măcar din punct de vedere emoțional, mi se păreau mai inutile și mai nesatisfăcătoare decât oricând, ba chiar le descopeream un loc de frunte între cauzele intime ale stării mele...

* *Trisha Reay, de doisprezece ani, s-a trezit într-o dimineață strănutând. Un strănut continuu, într-un ritm de trei pe minut și care a durat 204 zile.*

8. Ca să nu scriu, vorbeam. Aveam o stranie senzație ascultându-mă: mi se părea că aud glasul unui străin destrămându-se în propriul său vuiet, ca vântul în pustiu. Continuam, firește, să caut sunete independente, dar îmi dădeam seama că ascultam ecoul propriei mele destrămări.

Singurul punct de sprijin, marcat și el de vlăguirea perfectă a sensurilor, consta în faptul că, și atunci, orice fapt pohetic mi se părea a fi mai mult de nathură ethică, iar nathura ethică, și așa mai departe...

Altminteri, vorbitul de unul singur nu rezolva nimic. Mecanismul fizic al scriiturii, pe care atâta vreme îl acceptasem, îmi intrase prea mult în sânge. Dresajul, măcar al vitezei sale de turație, își punea și aici, vrând-nevrând, amprenta.

Continuam totuși să monologhez. Încercam tehnici de comunicare directe și dure, asupra cărora n-am să insist. Dar și atunci, ca și acum, volutele pohetice îmi subminau puterea de respingere totală a dresajului, poate singura în stare să mă scoată din impas.

Toate acestea, plus altele, m-au făcut să revin curând la scris. Și, ca să nu cad din nou pradă scriiturii, refiguram numai construcții gata dărâmate...

* *Japonezul Hideaki Tomoyori, în vârstă de 46 de ani, a reușit să memoreze 15 151 de cifre zecimale ale simbolului matematic.*

9. Lângă mine, Zenobia își ducea viața pe punctul cel mai direct al aparenței comune. O fragilitate vădită îi estompa mirifica tărie până într-atât încât eu însumi, din care făcea parte, îi uitam uneori realitatea așa cum, orbit de lumina amiezii, uiți soarele sau nu-l privești ca să nu-ți ardă ochii.

Existența ei zilnică, retrasă și ștearsă, trecea neobservată. Atentă la cele mai ușoare vibrații din afară, ea le răspundea numai cu fibrele miracolului nevăzut care mai doarme încă în fiecare dintre noi.

Într-o lume a semnelor, ea descifra, în toate, semne. În fața lor se înclina tăcută, cu adânc respect. Inexplicabilul părea să aibă pentru ea neașteptate limpezimi, iar viața ei, neînsemnată și banală pentru ceilalți, constituia un ritual neîntrerupt.

Ca apa râului, care își schimbă, după maluri, forma și adâncimea, dar niciodată cursul dinspre izvor spre fluviu, mereu îngrijorată de stavilele presimțite, Zenobia le abătea din cale sau le ocolea, domol, fără să-și dedubleze cu nimic ființa.

Firește, în privința ei n-am să insist prea mult. Periculosul joc al evocării își are limitele și logicile lui, cărora mi se pare necesar să le atenuez ferocea forță de atracție gata oricând să te înghită ca un stomac flămând...

* *Rhett Stevens a reușit să facă 192 de cerculețe de fum dintr-un singur tras din țigară.*

10. Renunțasem de multă vreme la exercițiul întâlnirilor provocate conștient și unilateral. De fapt, socoteam, poate greșit, că rostul lor, odinioară, fusese doar să-mi atragă atenția asupra unei disponibilități mai generale, capabilă în anumite momente să îndrume și să apropie de mine fericiri și disperări străine menite să răspundă o clipă la chemări și să se ducă apoi pe drumurile lor.

Totuși, în una din zilele acelea, pe care aș numi-o vineri, m-am pomenit din nou umblând pe străzi. Voiam să-l întâlnesc pe Cornelius Agrippa, în legătură cu o ulcică de lut.

Pentru Agrippa, a cărui corespondență de artificier nenorocit (mă refer în special la scrisorile lui către abatele Tritheim) mi-a căzut în mâini mult mai târziu, făcând să-i pălească nimbul și așa destul de ofilit, nutream pe atunci o oarecare simpatie: latina mea rudimentară adăuga latinei sale nu prea strălucite câteva tainice subînțelesuri în stare să-mi declanșeze anumite resorturi imaginative. Un criteriu asemănător mă îndemna, de pildă, să prefer subtextele magistrului Eckhart textelor lui Jacob Boehme sau, pe alt plan, să-mi placă lectura lui Raymond Roussel în timp ce Joyce mă făcea să vomit.

(Știu că aluziile acestea necesare ar putea sugera un sistem de referințe culthurale, dar eu încerc să exprim altceva.)

Pe Agrippa îl întâlnisem de câteva ori în împrejurări și localități diferite (Călărași, Jibou, Câmpulung-Muscel, București), totdeauna sub înfățișarea aceluiași câine răpănos și negru, cu ochi lăcrimoși, extrem de expresivi, și cu un rânjet pe bot, cumplit de uman.

Și el mă recunoscuse ușor de fiecare dată, chiar și atunci când, din motive personale, n-aș fi vrut să mă recunoască. La una din întâlnirile noastre l-am fotografiat, acceptase cu multă bunăvoință. Fotografia am trimis-o atunci domnișoarei aceleia de la Catedra de Filologie Clasică a Universității din București, fiindcă ea ținea să aibă neapărat un portret de-al meu. Nu am semnat-o nici von Nettesheim și nici Naum, cum ar fi fost firesc, ci Rafael, gândindu-mă probabil la cauzele morții premature a tânărului pictor care, altminteri, nu mă interesa deloc.

Agrippa nu făcea parte dintre vechii vizitatori ai primului meu coridor. Îl întâlneam numai pe străzi, vagabondând, și de fiecare dată vorbeam din priviri, n-aș putea spune în ce limbă omenească sau câinească, dar se întâmpla chiar așa, și nu altfel.

** S-a stins din viață, în vârstă de 77 de ani, Hugo Zacchini, supranumit Omul-Ghiulea. El a fost primul om tras, în chip de ghiulea, dintr-un tun.*

11. Am umblat mult, ostenisem. Pe Agrippa nu l-am întâlnit. Aș fi vrut să fiu cu Zenobia, să dau vina pe ea, să spun că numai din cauza ei...

Spre seară am intrat într-o anticărie, o dugheană, în care nu mai intrasem de când găsisem ploșnițe în cotorul unei cărți cumpărate de acolo. „N-ai mai trecut de mult pe la noi", spunea anticarul. Nu i-am răspuns, m-am dus direct la raftul din dreapta, ceva mă atrăgea acolo ca un magnet, am scos din raft un tom vechi, îmbrăcat în piele roșcată, jupuită: Cornelius Agrippa, *De Occulta Philosophia* – o ediție princeps. N-aveam bani, am pus cartea la loc și am plecat.

Am mai hoinărit un timp, pe străzi. Îl întâlnisem sau nu pe Agrippa? Mă gândeam că, oricum, tot funcționase ceva. Mă gândeam la jalnica logică a coincidențelor. Mă gândeam să nu mă mai gândesc...

Se întunecase de-a binelea când, la un colț al străzii Batiștei, l-am întâlnit pe Constantin. Stătea acolo, în dreptul unui bec, avea pe gură un zâmbet umil, câinesc aș putea zice. Poate că aștepta pe cineva, oricum, nu părea prea bucuros că mă vede.

L-am întrebat dacă era adevărat că murise. A bâiguit ceva pe când partea de jos a obrazului, vânătă din cauza folosirii prea dese a briciului și străbătută de o cicatrice cărămizie, i s-a învinețit și mai mult.

„Poți să nu-mi răspunzi", am adăugat. „Nu țin neapărat să știu..."

În clipa aceea, pe cealaltă parte a străzii a trecut Iason, nu ne-a văzut.

„Uite-l și pe ăsta", am spus. „Să nu se stingă luminile..."

„Care ăsta?", s-a mirat Constantin.

„Iason", am răspuns.

Când am rostit numele lui Iason, luminile de pe strada Batiștei au clipit puternic (nu, nu mi s-a părut). Constantin s-a cam speriat, l-am bătut pe umăr, s-a liniștit.

Apoi, amintindu-și de întrebarea mea, a spus că nu murise, cum să moară când se afla în carne și oase acolo, la colțul străzii Batiștei?

„Ai dracului oameni", spunea, „nu se mai satură scornind la minciuni despre una și despre alta...".

Pe urmă m-a întrebat dacă aveam un unchi pe care îl chema exact ca pe el, până și inițiala dintre nume și prenume fiind aceeași. Iar când i-am spus că da, mi-a povestit că, de fapt, unchiul acela al meu murise și că se afla îngropat în cimitirul „Reînvierea", lângă taică-său, al lui Constantin; că amândoi, și unchiul acela al meu, și taică-său, al lui Constantin, purtau nume identice cu al lui, al lui Constantin, așa că în cimitirul „Reînvierea" se găseau acuma două cruci pe două morminte aproape lipite unul de altul în care zăceau niște oameni care nu avuseseră nimic comun în viață, nici nu se cunoscuseră măcar și numai moartea, nu se știe de ce, le așezase alături numele identice, până și inițiala era aceeași...

„Cred că de-aici se trage", a spus el, „o fi citit careva în ziar anunțul despre moartea unchiului tău sau o fi trecut prin cimitir și a văzut numele pe cele două cruci alăturate, din care nici unul nu e al meu, cu toate că e și al meu...".

Pe urmă, meditând un pic la obscurele taine ale migrației, a mai adăugat că și bunicul său, al lui Constantin, purta același nume și același prenume ca el, Constantin, ca taică-său, al lui Constantin, și ca unchiul acela al meu, cu excepția inițialei dintre numele și prenumele bunicului său, al lui Constantin, pe care el, Constantin, n-o știa, neavând cum s-o știe. Dar știa precis că bunicul său plecase cu vreo sută și ceva de ani în urmă din munții splendizi care se văd în zarea

Ohridei, spre meleagurile carpatice unde oamenii vorbeau o limbă frățească, „a plecat ca să scape de jugul otoman“, așa s-a exprimat Constantin.

Iar când eu am remarcat că bunicul meu părăsise cam tot pe atunci, pesemne ca să nu-l pască oile de viu, munții splendizi care se văd în zarea Ohridei, Constantin a conchis:

„Ca să vezi, domnule! Habar n-aveau unul de altul și s-au întâlnit în cimitir, ca noi, atunci, în ziar, și ca acum, pe stradă...“.

** Într-un spital din Boston a decedat un pacient care de treizeci de ani suferea de amnezie. În ciuda numeroaselor anunțuri publicate în acest interval, pacientul nu a fost căutat de nimeni.*

12. Am stat multă vreme amândoi acolo, la colțul străzii Batiștei. Înșiram vorbe. Simțeam și unul, și altul, că nu mai e posibil, că totul se petrece pentru ultima oară. Constantin poate chiar murise și își construia un alibi, treaba lui...

În ceea ce mă privește, aș fi vorbit despre orice, cu oricine, ca să destram păienjenișul singurătății noastre comune. La început, zâmbeam. E drept, numai fizic, facial (de câtva timp luasem obiceiul să fac așa în fiecare seară înainte de a adormi și în fiecare dimineață înainte de a mă trezi; greutatea acestui exercițiu simplu, dar eficace consta doar în a ști când ești adormit și când te poți socoti treaz, dată fiind natura iluzorie a celor două stări). Apoi m-am hotărât să râd. Râdea și Constantin, chicoteam amândoi ca niște apucați, la colțul străzii Batiștei, înaintea eternei și definitivei părăsiri.

„O duc cât se poate de bine“, spunea Constantin. „Lucrez la Percepție, în comuna Pantelimon...“

„Ești cineva!..." Mă rezemam de zid. Aș fi fumat o țigară.

„Sunt la impozite indirecte", spunea Constantin. „Îți dai seama? E ca un vis..." (Își umflase pieptul costeliv.) „Am și un coleg simpatic, peste două luni iese la pensie, până atunci existăm împreună, discutăm printre contribuabili, n-ai idee ce le vede. E și mult mai bătrân..."

Ceva ca un pui de câine mic și cenușiu, poate un șobolan, se oprise lângă piciorul lui stâng, scheuna, îi adulmeca pantoful. Acolo, în universul olfactiv al javrei, se petrecea pesemne un lucru important de care nimeni n-avea să știe, niciodată, nimic...

„Îi place de mine", spunea Constantin și eu nu mai știam dacă vorbea despre colegul lui sau despre câinele-șobolan. „Îi place pentru că sunt urât, mi-a și spus-o: tu ești Apolo preschimbat în broască-țestoasă ca să se împreuneze cu nimfa Dryope, zicea. Asta sunt pentru el. Apolo..."

„S-ar putea", am spus, ca să spun ceva, și râdeam cam aiurea. Râdea și Constantin. Câinele-șobolan o luase din loc, pe strada Batiștei.

> * *Mii de șobolani giganți au atacat trei sate din vestul Javei, distrugând culturile de orez și hambarele. Populația a fugit înspăimântată în case.*

13. Ceva ca o pasăre trecu printre noi, i-am auzit fâlfâitul.

„Așa sunt toate", spunea Constantin și eu nu mai știam dacă vorbea despre pasăre sau despre Dryope. „Părerea mea e că nu există nici o deosebire între ele..."

Imita gesturile și tonul cuiva absent, rostea afectat cuvintele altuia, ridica pe rând când o sprânceană, când alta, își țuguia buzele. Nu mai râdea.

„Ești dat naibii...“, am spus.

„Așa e“, a confirmat Constantin. „Mă uit prin gaura cheii, dintr-o cameră întunecată, în bezna încăperii de alături. Păcat că nu văd mare lucru...“

„Ce să mai vezi?“ Râdeam cam strâmb. Intrasem în groapa lui. „Nu-ți ajunge și atât?“

„Stai să-ți explic, domnule!“, s-a încăpățânat Constantin. Ridicase arătătorul de la mâna dreaptă. Părea contrariat. „Să-ți dau un exemplu... Acum șase ani îmi făceam armata, la Giurgiu. Nu cunoșteam pe nimeni în oraș. Duminica mă plimbam singur pe malul Dunării, cât mai departe de cazarmă. Aș fi vrut să mai aud și eu o vorbă civilă... Într-una din duminicile acelea mă bălăcisem în Dunăre și mă uscam întins pe buruieni, când a trecut un șlep. Plutea spre mare. Pe punte, o fată spăla niște rufe într-un lighean alb. Mă uitam la ea, o simțeam cum frige, ca soarele, de la distanță, cu toate că era blondă. Când m-a văzut gol, pe mal, și-a scos din lighean mâinile pline de spumă și a început să-mi facă semne. N-am putut să rezist. Mi-am pus palmele la gură și am început să-i strig, cam așa...“

Și Constantin a început să strige cumplite porcării, acolo, la colțul străzii Batiștei, n-am să le repet. Am să spun doar că trecătorii, destul de rari la ora aceea, socotindu-ne beți, ne ocoleau pe departe, unii ne și înjurau. Puiul de câine-șobolan se întorsese la galop, credea că e chemat. I se lipise de pantoful stâng, i-l mirosea, atent.

„N-a înțeles nimic“, a oftat Constantin și eu nu mai știam dacă vorbea despre javră sau despre fata de pe șlep. „Nici n-avea cum: era un șlep străin, cu pavilion austriac...“

Constantin s-a oprit o clipă să mângâie pe cap javra, care scheuna fericită.

„Atunci mi-a venit ideea să plec la mare, măcar pentru o zi, să caut șlepul“, a continuat el. „Am un prieten la Constanța, unul, Poenaru, stă pe lângă geamie, i-a albit părul, de tânăr, din cauza nervilor. Mă gândeam să dorm o noapte la el. Mă temeam să nu fi rămas șlepul cine știe pe unde, la Brăila sau la Galați, parcă poți să știi?... M-am învoit la regiment, am spus că mama e pe moarte și mi-au dat drumul de sâmbătă după-amiază până luni dimineața...“

Așa a început în sâmbăta următoare Anabasisul lui Constantin, de unul singur.

În drum cumpărase câte ceva de mâncare. Hrană rece, salam, brânză, pâine...

** O colonie de termite a atacat, amenințând să devoreze, o parte a șarpantei catedralei din orașul italian Siena.*

14. La ușa lui Poenaru a bătut degeaba. Nu i-a răspuns nimeni. Dar, cum dinăuntru se auzea muzică ritmică însoțită de niște țăcănituri metalice, a intrat.

Poenaru ocupa o singură cameră, mărișoară, cu un singur divan în ea. Într-un colț al camerei, lângă patefonul pus direct pe podea, o fată blondă bătea step, la disperare. În colțul opus, o altă blondă spăla ceva într-un lighean alb. Poenaru se odihnea pe divan. Când a dat cu ochii de Constantin, s-a ridicat în coate.

„Ia te uită!“, a spus. Părea bucuros. Și-a invitat oaspetele folosind singurele cuvinte din limba bulgară pe care le cunoștea:

„Ia la tuka!“.

Constantin s-a așezat ca vrăjit lângă el, pe divan. Nu-și mai lua ochii de la ligheanul alb și de la blonda care spăla.

„Fetelor!“, a strigat Poenaru, „e prietenul meu din București...“.

Blonda de la patefon s-a făcut că nu-l aude. Cealaltă a întors doar o clipă capul și a spus:

„Da' urâți prieteni mai ai!...“.

„Nu te uita la gura ei“, a încercat Poenaru să o scuze. Pe urmă a găsit că ar fi momentul să facă prezentările: „Aia de la patefon e Mia, prietena mea, e artistă. O duc seara la local, stau cu ea s-o păzesc... Aia care spală e soră-sa, Lilly. Tot artistă, fac un număr de step împreună...“.

„O știu“, a bâiguit Constantin.

„Tot ce se poate“, a admis Poenaru. „Lilly e și ea fată bună. Atâta doar că e cam rea de muscă... Deocamdată stă cu noi, până și-o găsi casă...“

După un timp, Constantin a scos pachetul cu alimente. I se făcuse foame. Fetele și-au întrerupt brusc activitatea. Mia a oprit patefonul, Lilly și-a părăsit ligheanul. S-au repezit amândouă la hrana rece. Înfulecau, pe rupte. Poenaru tăia salamul, pâinea, își făcea parte. Constantin n-a apucat nici o bucățică.

Apoi fetele s-au pregătit pentru local și au plecat cu Poenaru. Constantin se simțea obosit, n-a vrut să meargă, s-a întins pe divan.

...I se părea că vede navigând prin cameră un șlep mirific, împodobit cu becuri, ghirlande și panglici multicolore. Pe punte, lângă ligheanul ei alb, îl aștepta cu brațele întinse Lilly. Întreaga scenă îi amintea de prima întâlnire dintre Dante și Beatrice, pe pod, așa cum o văzuse demult, în copilărie, imprimată pe-o ceașcă de cafea fabricată în Suedia. Pe atunci, cumplita urâțenie a poetului îl consola: i se părea că Alighieri își fumează nasul...

Târziu, după miezul nopții, când s-au întors ceilalți, Constantin ațipise. Poenaru l-a zgâlțâit ușurel de umeri.

„Scoală-te", i-a spus. „Pe divan dorm eu, cu Mia. Tu culcă-te pe jos, cu Lilly..."

* *Cu trei ani înainte de a naște cei 8 gemeni, Pasqualina Chianese mai născuse 6 gemeni, din care nu a supraviețuit nici unul.*

15. Se făcuse târziu. Deasupra străzii Batiștei se ivise o lună imensă, galbenă, ostilă.

„Am iubit-o", spunea Constantin.

O adâncă tristețe îi mângâia obrajii. Simțeam pentru el o ciudată atracție-repulsie, un fel de milă dureroasă pe care voiam s-o resping. M-am gândit la Zenobia. O fi dormind sau mă așteaptă? Când era mică, maică-sa dormea lângă ea în nopțile cu lună plină. O ținea strâns de mână, ca să nu pornească... Într-o iarnă, cineva îi dăruise o pereche de ghete cu patine. Zenobia se căznise zile în șir, zadarnic, să le folosească. De fiecare dată cădea ca un butuc. Dar într-o noapte cu lună rotundă și imensă ca acum își desprinsese mâna din strânsoarea maternă, încălțase ghetele cu patine și ieșise din casă. Când se trezise, maică-sa o găsise patinând adormită pe gheața din curte, numai în cămășuță. Ai fi zis că plutea, că zbura prin gerul tăios, pe sub pomii sclipind de chiciură. După noaptea aceea, și-a mai pus de multe ori, trează fiind, ghetele cu patine, dar n-a mai izbutit să facă măcar un pas cu ele...

Mă cuprinsese neliniștea. La o asemenea fază a lunii ar fi trebuit să fiu lângă Zenobia, să o țin strâns de mână...

„Șase ani am iubit-o", spunea Constantin, „dar ea nu m-a iubit nici o secundă. Tu nu poți să-ți închipui ce înseamnă asta...".

Poate că are chef de melodramă și m-a găsit pe mine, mă gândeam, sau poate că e mort și numai umbra lui culcată în noroi și excremente vrea să-mi deschidă poarta promiscuității. Un mort afurisit, în orice caz, pentru că ceilalți, văzuți sau nevăzuți, când vor să-mi dea să înțeleg câte ceva din ce se spune numai la ureche, se mulțumesc să clatine din cap, senini, afectuoși...

„Dacă ai chef să plângi pe umărul meu", i-am spus, „vezi să nu-mi uzi cămașa".

Pielea de pe față și de pe mâini i se înverzise. Un verde sumbru, bătând în albastru, ca al pădurilor văzute de departe.

„Te crezi mare deștept!", a bombănit el.

Nu mă credeam deștept. Culpabilitatea inteligenței mă îndemna, încă de pe atunci, să prefer inocența tâmpeniei.

„Hai să vorbim despre altceva", am propus.

„Nu, nu", s-a împotrivit Constantin, „să rămânem la dragoste...".

„Cum vrei", am acceptat eu. „Dă-i drumul..."

** Specialistul Ronald Siegel a identificat 18 specii de animale care ingerează substanțe fără valoare nutritivă, dar având efecte narcotice sau halucinogene.*

16. „Dragostea", spunea Constantin, „constituie tema predilectă a convorbirilor noastre, la Percepție. Trebuie să știi mai întâi că Bătrânul refuză cu tărie orice idee de succesiune. Nimic nu curge, afirmă el, totul cade, aici și acum, încremenit pretutindeni și dintotdeauna. Susține de asemenea că asistăm de mii de ani, inconștienți și neputincioși, la masculinizarea sacrului. N-am să intru în amănunte fiindcă nu prea i-am înțeles teoria deși își dă toată silința să fie cât

mai clar. Cred că e vorba de o molimă generală care își schimbă din când în când numai înfățișarea. Pe noi, europenii, ne-a împuțit vechea Eladă, spune el. Dar există o mare speranță de schimbare, și încă rapidă: curând vom fi total cretinizați prin meditația perfidă a cuvântului vorbit, scris și mai ales gândit. Până atunci fiecare își dă silința să se cretinizeze singur cu ajutorul matematicilor...".

„Nu-i prost bătrânul", am apreciat eu și mă miram de ce mai ascult.

„Ți-am spus că le vede!... Dar le mai și greșește, fiindcă e senil. De pildă, crede că asistăm de câteva milenii la moartea clinică a iubirii și că, tot de atunci, toată lumea a înnebunit, fiecare se culcă cu fiecare, dar se iubește singur. Chiar și în cazul meu spune că nu poate fi vorba de iubire, că n-am iubit niciodată. Auzi! Eu! N-am iubit!... Părerea lui e că singura constantă, singurul punct comun al pseudoiubirii omenești la ora actuală, zămislit și susținut cu perfidie pentru-contra de o întreagă poliție spirituală, este credința că iubirea nu poate să aducă, până la urmă, decât nenorocire. Aici, n-am încotro, nu pot să-l contrazic, are și exemple..."

Și Constantin a început să-mi înșire pomelnicul marilor victime ale iubirii, de la Orfeu și Euridice la Atalanta și Milanion, la Daphnis, Iphis, Ceyx și Alcyone, la nedreptățita Medeea, la Ariadna, la Procris și Cephalus, la Hero și Leander, la Phyllis, Piram și Tisbe, la toate Julietele, Ofeliile, Margaretele și Kareninele cu tot neamul lor cel adormit pe scene sau prin cărți, în fine, întreaga cohortă a exemplarelor nefericite, ucise sau sinucise din dragoste.

„Mai sunt și alții, cu duiumul, dar le-am uitat numele", spunea. „Bătrânul susține că în nici unul din cazurile amintite nu e vorba de dragoste. E drept, mai recunoaște și câteva excepții, le numeri pe degete, câte o pereche, ici-colo, la câteva milioane de oameni, le plângi de milă dacă îi compari. Niște amărâți, vai de mama lor, trăiesc retrași prin cine știe ce coclauri, fac dragoste acolo, în colibe, până îi vizitează zeii. Atunci devin copaci, cu atâta se aleg... Pe ăștia îi consideră aleșii, păstrătorii dragostei pe lume..."

„Și dacă nu greșește?", l-am întrebat, într-o doară.

„Nu cumva te crezi și tu un ales?", mi-a șoptit Constantin. Se lipise de mine, răsufla lângă urechea mea.

„Află că mi se fâlfâie dacă sunt sau nu ales", i-am răspuns și i-am împins, cu toată palma, fața. Am strâns un pic și degetele.

„Atunci să continuăm", a spus Constantin. Se trăsese mai la o parte. Părea din nou resemnat. „Să-l luăm, de pildă, pe Abélard... Sau nu, să luăm mai bine cazul meu. Știi cum s-a terminat cu Lilly?"

> * *Aflând că soția sa, Angela, se află la hotelul din Barra dos Garças (Matto Grosso) și bănuind că ea ar fi venit acolo pentru o întâlnire amoroasă, un aviator brazilian s-a năpustit asupra clădirii hotelului cu bimotorul pe care îl pilota, pricinuind astfel moartea a șapte persoane. Soția sa a scăpat nevătămată.*

17. Toamna trecută, prin septembrie, Constantin plecase pe neașteptate la Constanța. I se făcuse dor de Lilly. Tot timpul drumului, de-a lungul Bărăganului și până la mare, plutise într-un vis feeric în care nu mai existau decât ei doi. Era hotărât să nu se mai despartă de ea, s-o ia cu el, pentru totdeauna.

Lilly se mutase de mult de la Poenaru. Locuia în cartierul portului, într-o odăiță separată de restul casei, o fostă bucătărie de vară cu podeaua de lut și cu pereții coșcoviți. Constantin intră fără să bată. Știa că Lilly nu încuia niciodată ușa. Voia să-i facă o surpriză.

După strălucirea soarelui de afară, nu desluși aproape nimic în semiobscuritatea odăii. O tăcere adâncă și neagră îi țiuia în urechi. Spre dreapta însă ghici, vag, forma lavoarului de tablă. Știa că e vopsit cu verde, că are pete de rugină... Apoi zări ligheanul alb și scaunul încărcat cu niște boarfe cărora nu le dădu nici o atenție.

Curând, umbra încăperii se limpezi. Ochii i se obișnuiseră cu palida lumină care izbutea să răzbată prin foile de ziar lipite peste geam. Atunci se uită spre pat.

De-acolo, din cearșafuri, îl pândea tăcută și nemișcată Lilly. De lângă ea, îl privea fix un tinerel, părea abia scăpat din adolescență. Constantin îl vedea clar, ca și cum l-ar fi împrejmuit brusc un halou de lumină. Îi vedea licărirea vie a ochilor înguști și verzui, îi vedea părul roșcat-arămiu, îi vedea claviculele subțiri, îi vedea până și umbrele șterse ale coastelor. Băiatul se ridicase în genunchi, aștepta încordat clipa când să-și înhațe hainele și să fugă. Pantalonii lui, ciorapii de bumbac și bocancii zăceau pe podea, lângă pat.

Constantin îl privea năucit. O amplă amărăciune îi înecase inima. Ar fi vrut să plângă, să moară, să termine odată...

„Ieși afară!...", o auzi pe Lilly. „Cară-te de-aici..."

Vorbea calmă, cu o voce tăioasă, de nesuportat.

Constantin i-ar fi sfărâmat gura, să n-o mai audă. Se uită după ceva, s-o lovească. Se întoarse spre scaun și văzu boarfele de pe el: cămașa de pânză groasă a roșcatului, capela, vestonul cu galoane de caporal, geanta de curier nouă-nouță, făcută din toval gălbui și încuiată cu un lacăt mare, centura cu baioneta prinsă de ea...

Roșcatul sărise din pat, își trăsese pantalonii, se încălța cu o viteză uluitoare. Constantin apucă centura, își înșuruba cu grijă, atent, degetele pe mânerul baionetei. Avea senzația că mânerul frige.

Roșcatul se apropiase de el, voia pesemne să-și ia vestonul și celelalte lucruri.

„Să nu dai în mine", spunea. „Eu n-am nici o vină. Dânsa m-a acostat, pe stradă, mi-a făcut propuneri. De unde să știu eu că e femeie măritată?..."

Constantin nu-l auzea. Încremenise. În fața lui se petrecea un lucru de necrezut: trăgea încet baioneta din teacă și lama ei incandescentă împrăștia văpăi. Părea făcută din flăcări, ca săbiile arhanghelilor zugrăviți prin biserici. Numai că flăcările erau negre...

O clipă, se uită înnebunit. Apoi împinse cât putu de repede mânerul și aruncă centura cu baionetă cu tot.

Roșcatul o culese de pe jos și se încinse cu ea. Își îmbrăcase vestonul, își luase capela și geanta din cuier. Lui Constantin i se păru o clipă că nu mai avea baionetă. „Poate a pus-o în geantă", se gândi el.

Roșcatul se întoarse spre Lilly.

„Am onoarea să vă salut", îi spuse el.

„Afară cu voi, nenorociților!...", le strigă ea.

Au ieșit împreună.

În stradă, roșcatul i-a spus că se numește Semiaza D. Vasile, că e din Zalău și că ar bea o bere. Constantin abia îl auzea. Se întreba de unde s-o fi tras D.-ul ăla, inițiala dintre numele și prenumele caporalului-curier.

„Nici acum nu știu", spunea. „Poate de la Damaschin sau Daniel, poate de la Dumnezeu..."

Ce s-a mai întâmplat apoi, în după-amiaza aceea de septembrie, n-a mai apucat să-mi povestească pentru că tocmai atunci câinele-șobolan i s-a dezlipit de picior, a început să adulmece pantoful meu drept.

„Marș de-aici!", i-am strigat, îmi era scârbă, nu suportam să mă atingă. I-am ars un șut. S-a tras mai încolo, schelălăind.

Poate că, fără să vreau, îl pocnisem și pe Constantin, în gleznă.

„Dacă mă gonești, plec", a spus el mâhnit și umil. Se încovoiase de durere. A plecat. Mi s-a părut că ducea în gură puiul de câine-șobolan...

** Taro, un câine de 8 ani din insula niponă Hokkaidō, de cum simte în aer miros de țigară, începe să dea bucuros din coadă, să saliveze și pornește pe urmele fumătorului. Când acesta aruncă mucul țigării consumate, Taro îl stinge cu laba și îl înghite cu mare poftă. De asemenea el descoperă de la distanță mirosul rachiului de orez, din care, dacă i se oferă o ceașcă, o bea cât ai clipi.*

18. Trăiam senzația unei anihilări uscate, sterpe. Era ca o cădere lipsită până și de spaime, un fel de saturație brutală și opacă, greu de exprimat. O uriașă renunțare, nu a mea, ci a Totalității. Ceva ca o memorie adânc îngropată în mine mai încerca zadarnic să-mi sugereze că poate n-o să dureze mult...

Pe străzile târzii ale orașului văzuții și mai ales nevăzuții, cunoscuți sau necunoscuți, îmi dădeau târcoale, atrași de jalnica mea stare. Și fiecare ținea să-mi trimită câte un semn, o vorbă sau măcar un nume.

Mai întâi Agrippa, cu gluma lui echivocă. Semn al eșecului, nesigur ca toate semnele, dar suficient ca să clatine toate trestiile crescute în mine. Apoi, ca din întâmplare, Iason. (O fi plecat Petru sau mai bocește încă la ușa de pe coridor?) Și fata de pe șlep cu ligheanul ei alb, și Poenaru cu invitația lui jovială ca un rânjet de lup. „Ia la tuka..." Și Mia, bătând step, la nesfârșit, și Lilly (de Lilly îmi era milă) și Semiaza, cu baioneta lui de flăcări... De ce ținuse Bătrânul fără nume, de la impozitele indirecte, să-mi transmită opiniile lui despre starea iubirii?...

De la unul la altul și de la fiecare la fiecare. De la pomelnicul amanților, care ni se recită de secole, cu glas tare, până la fioroasa parabolă a lui Abélard... Și cine, ascuns, înghesuit printre ceilalți, încearcă să conducă jocul, mânat el însuși, fără să-și dea seama, de ordinea rigidă a Celeilalte Părți?

Iar Constantin ăsta, pocitania, vestitorul abject, mesagerul promiscuității, ce vrea de la mine? Nu știe că sunt tot amărâtul ăla din fotografia de pe foaia îngălbenită a ziarului? Mi-au căzut cărțile de la subțioară, mi s-a veștejit coronița de frunze și nimeni nu mă mai recunoaște...

* *La circa 100 km de Roma, Biagio di Crescenzio, un tânăr de 23 de ani, a intrat cu propria sa mașină într-un pom. Transportat cu altă mașină la spitalul din Fondi, medicii l-au trimis la o clinică din capitală, singura specializată pentru intervenția chirurgicală de care avea nevoie. La câțiva kilometri de clinică, ambulanța care îl transporta s-a ciocnit cu un*

alt vehicul. Urcat într-o altă mașină pentru a fi transportat la spital, aceasta s-a ciocnit cu un automobil care venea din sens invers. Ultima ciocnire a provocat moartea lui Crescenzio și rănirea altor cinci persoane.

19. Mă îndreptam spre casă, luna dispăruse. Mă gândeam la Zenobia. Încercam să redimensionez, măcar în gând, fragilitatea raporturilor noastre cu o lume de forțe subit dușmănoase, ca să o apăr de primejdii...

...La vârsta când alții abia gânguresc primele silabe, Zenobia vorbea uimitor de bine. Atâta doar că unele cuvinte, în special nume de animale, ca, de pildă, porc, le înlocuia cu altele, inventate de ea. Ceilalți, părinții, rudele, vecinii, încântați de neobișnuita ei precocitate, făceau, firește, haz de câte ori folosea vocabularul inventat. Curând, fetița s-a simțit jignită, i se părea că râd de ea și n-a mai scos o vorbă. Doi ani la rând s-au străduit medicii să-i vindece muțenia. Până când, într-o bună zi, fetița a reînceput de la sine să vorbească, la fel de curgător ca înainte. Atâta doar că din ziua aceea își gândea cuvintele ei și le rostea pe ale celorlalți, ca unii oameni maturi siliți să gândească în limba lor și să vorbească în alta...

Pe atunci, Zenobia era foarte mică. Și acum e foarte mică. Poate că am jignit-o lăsând-o atâta vreme singură și o să amuțească iar...

Ce-o fi făcând acum? Poate că doarme sau poate că îmi vorbește în limba ei gândită și eu n-o mai aud. Sau poate și-a dat seama că eu sunt un aiurit, un biet orgolios care se crede ales numai pentru că, din întâmplare, s-a pomenit și el de câteva ori printre paraginile Celeilalte Părți... Oricum, Zenobia e foarte mică, în noaptea asta ar fi trebuit să stau lângă ea, s-o țin strâns de mână.

Am început să alerg. Acasă, nu mergea liftul. Am urcat scările în goană. Pe coridor m-am oprit să respir. Gâfâiam. Petru plecase, pesemne, de mult. Lumina galbenă a becului se împletea cu cenușiul zorilor.

Ușa camerei noastre era deschisă, vedeam clar scaunul încărcat de hârtii prăfuite și sofaua goală. Simțeam în aer un pustiu, adăugându-se pustiului din mine.

„Zenobia“, strigam, „unde ești?“. Mă cuprinsese panica, deși mai speram, vag, să fie o joacă de-a ei, să se fi ascuns, în glumă...

Am ieșit pe coridor. Fereastra cea mare dinspre terasă era deschisă. Am trecut prin ea. Și am încremenit.

Pe jgheabul de tablă subțire, Zenobia stătea liniștită, își balansa picioarele deasupra vidului, ca o fetiță care se dă în leagăn. Era cu spatele spre mine, poate nu mă vedea. Jos, în prăpastia de sub ea, huruiau primele tramvaie, se zăreau primii trecători ai dimineții. Jgheabul, destul de șubred, ar fi putut să se rupă și să se prăbușească în orice secundă.

„Zenobia!“, am izbutit să spun (mi se tăiase respirația), „nu te mișca! Stai așa! Vin să te iau...“.

Dar îmi era cu neputință să mă urnesc din loc. Mi se părea că am ghete de plumb, cu tălpile țintuite de pardoseală.

Ea s-a întors liniștită, și-a trecut un picior peste celălalt (o vedeam ca și cum aș fi fost la un pas), a sărit pe terasă și a venit la mine.

„Îmi era frică“, spunea, „îmi era frică să nu ți se fi întâmplat ceva...“.

Am luat-o în brațe, era incredibil de ușoară. Am trecut cu ea prin fereastră. Își lipise fruntea de obrazul meu, era foarte mică, rotundă, ca ghemul de raze desenat lângă urechea mea în seara plecării lui Dragoș. Abia îndrăzneam să respir, de teamă să nu se destrame.

„N-ai fost cuminte", mi-a șoptit.

„Zenobia", am spus, „să nu mai faci asta niciodată, auzi? Dacă se mai întâmplă o dată, să știi că mor și gata...".

VI
Martorii

1. Fiecare poartă cu sine un neadevăr menit să-i deslușească mișcarea încâlcită a lumii sublunare. Acesta se numește adevăr și ține până când apare altul. Destinul său pare a fi ciocnirea, rând pe rând, atât cu adevărurile agresive ale celorlalți, luate în parte, cât și cu adevărul depresiv al tuturor, luați laolaltă.

2. În după-amiaza aceea era din nou foarte cald. Stăteam în cameră întins pe spate, meditam, când s-a ivit Vizitatoarea.

Era o femeie voinică și mare. De jos în sus, cum o priveam, părea o matahală. Purta o pălăriuță de pichet alb cu borul ridicat pe o parte, avea și breton, ai fi zis că atunci se coborâse de la volanul unui străvechi Ford decapotabil, își rezemase palmele de cadrul ușii larg deschise și mă privea fix. N-o mai văzusem niciodată, dar puteam să jur că era mama Mariei.

„Dumneata ești Naum?“, m-a întrebat.

Aș fi putut să-i spun că nu și să scap, dar, fiindcă nu obișnuiam să mint, i-am spus că da și m-am ridicat în picioare, abia încăpeam între perete și sofa.

„Aici nu prea e loc“, i-am explicat (mă bâlbâiam), „dar am să scot scaunul afară...“.

Am golit scaunul de câte se aflau pe el, l-am șters frumos de praf, cu mâneca, l-am scos pe coridor. Era cald și acolo, becul ardea încă, urât și gălbui, ca o lumină sufocată de lumină. Am pus scaunul lângă W.C. Ea s-a așezat, demnă și amenințătoare.

„Unde e Maria?", m-a întrebat. Vorbea scurt, autoritar. Își ținea geanta strâns, pe genunchi.

Mă ghemuisem pe jos, în spațiul de lamentații al lui Petru. Stăteam cuminte, aveam grijă să nu-l depășesc nici cu un milimetru.

„Nu știu", am răspuns. „A trecut pe aici o singură dată și atunci nu eram acasă."

„Să nu minți!", m-a avertizat Vizitatoarea. Acum îi vedeam bine obrajii ușor veștejiți, contururile moi ale bărbiei, cuta dintre sprâncene. Se cam răstea la mine, i-aș fi tras peste ochi pălăriuța aia de pichet. Scormonea în geantă, căuta ceva acolo...

** Pe aeroportul din Nairobi, un Boeing 747, având la bord 361 de pasageri, s-a lovit de o hienă, fiind nevoit să renunțe la zbor.*

3\. „Să-mi spui unde e", a continuat ea. „Nu se poate să nu știi..."

I-am explicat că între mine și Maria nu fusese niciodată ce își închipuia. E adevărat, locuisem un timp la atelier, cu logodnica mea, fiindcă n-aveam casă, dar și atunci o vedeam destul de rar pe Maria, zău că n-a fost nimic între noi, eram prieteni și atât...

Vizitatoarea m-a privit mai puțin încruntată, pesemne simțea că nu mint. Și-a scos din geantă o batistă înfiorător de albă, și-a șters cu ea colțul ochiului drept. Mi-a destăinuit că Maria dispăruse de vreo două săptămâni. O căutase peste tot, până și la morgă. Cineva (nu mi-a spus cine, dar m-am gândit imediat la Ioachim) o sfătuise să treacă pe la mine, îi dăduse și adresa...

„Pune-te în situația mea", a încercat ea să se justifice. „Să-ți dispară fata, după ce ți-a furat și niște bani din casă..."

Se temea ca Maria să nu fi făcut vreo prostie *ireparabilă*.

„E nebună", spunea, „și sunt atâția derbedei pe lume...".

I-am spus că e adevărat, cunosc și eu câțiva dintre ei, dar unii sunt foarte simpatici. În plus, băieții și fetele obișnuiesc să facă dragoste. Câteodată (foarte rar) se mai și iubesc. Poate că Maria s-o fi îndrăgostit și atunci...

„Să se îndrăgostească Maria? N-o cunoști... Ea e total lipsită de orice sentimente..."

Vorbeam acum ca doi prieteni. De undeva, de la nu știu ce etaj, un Neștiut s-a amestecat în conversația noastră, a pus patefonul să cânte, se auzea destul de bine. Vizitatoarea a tăcut. Își acoperise ochii cu batista. Mi se părea că și suspină.

* *Incendiul produs în urma ciocnirii violente dintre un camion care transporta pui de găină și un alt camion care transporta sos de friptură a avut drept urmare prăjirea a sute de pui răspândiți pe șosea printre buteliile de sos, rănirea mai multor persoane și blocarea circulației pe timp de câteva ore.*

4. Am lăsat-o așa, un timp. Aveam impresia că mă îngroapă în nisip.

„Tanti", am spus apoi, fiindcă nu-i cunoșteam numele mic, „aveți o muscă pe ciorap".

Mă miram singur cum de ajunsese musca aceea până sus, la noi.

Ea a gonit musca, apoi s-a uitat la mine. Era din nou încruntată. Își regreta momentul de slăbiciune. Se regrupa la adăpostul unei demnități didactice. Poate o bântuia rutina catedrei. Oricum, a reînceput să vorbească. Rostea numai fraze severe, îmi turtea creierul. Așteptam să mă întrebe despre Hegel. Mi-a demonstrat verbal, cu argumente de necombătut, că singurul sentiment real și atotputernic, pe care natura însăși îl impune ca atare scoțându-l din groapa oarbă a instinctelor, e dragostea maternă, și așa mai departe.

O ascultam tăcut. Ca s-o suport, îi puneam, în gând, niște mustăți mari, căzăcești. Îi stătea bine cu ele.

La un moment s-a oprit să respire.

„Tanti", i-am spus, „dumneavoastră aveți perfectă dreptate. Cunosc și eu sentimentul acesta. Pe mine, el m-a impresionat dintotdeauna, deși sunt orfan de mic, tata a murit când nu împlinisem încă doi ani, așa că n-a avut când să mă bată. Pe mine m-a bătut numai mama, care sunt convins că avea sentimente...".

Vizitatoarea mă privea derutată. Nici vorbă că mă socotea cretin, poate că și eram, dar, spre mirarea mea, a zâmbit.

„Termină cu *tanti*", a spus. „Nu-mi place..." Vorbea încet. Își aplecase bustul spre mine.

În clipa aceea mi-a devenit clar ceea ce simțeam, dar refuzam să cred: Vizitatoarea emana căldura cotropitoare a Mariei.

Neștiutul schimbase placa, se auzea un charleston. Îl și vedeam pe Buster dând din codiță, mi se părea că doamna Ojog (fie-i țărâna ușoară) încerca să-și lipească de obrazul meu fața asudată, deși exista încă un spațiu destul de mare între noi.

„Tanti“, am spus, fiindcă nu puteam să-i spun altfel, „eu mi-am dorit totdeauna o mamă afectivă și supradimensionată ca dumneavoastră, dar n-am avut parte... Acum însă trebuie să mă retrag pentru câteva minute fiindcă mă trece o nevoie fizică, urgentă...“.

M-am ridicat și am intrat în W.C., lăsând-o să-și rumege singură sentimentul...

* *Cea mai voluminoasă femeie din lume, gospodina engleză Muriel Hopkins, în vârstă de 49 de ani, a încetat din viață ca urmare a unui atac de cord. După unele estimări, ea cântărea peste 320 de kilograme. În ultimele săptămâni de viață Muriel nu mai putea umbla pentru că picioarele nu-i mai suportau greutatea și prefera să doarmă pe un scaun special, întrucât nu se mai putea urca în pat.*

5. Stăteam pe capac, în întuneric. Luasem poziția Gânditorului. N-aveam nici o nevoie fizică în afara aceleia de a rămâne singur. Zâmbeam cam strâmb, aș fi plâns, mă simțeam ca un biet corăbier pierdut pe ocean într-o zonă de acalmie plată și absolută. Mă umilise câinească hermeneutică a Vizitatoarei menită să-mi ardă oasele. Îmi era rușine de mine. Pălăvrăgeala mea abia izbutise s-o anihileze. Îi mai simțeam căldura, mi se părea că se lipise de lemnul ușii, mă temeam să nu-l aprindă.

Așadar, Ioachim îmi memorase adresa și se ținuse de cuvânt: îmi trimisese, în carne și oase, ultima lui carte...

În afară de el, de Maria, de Vizitatoare și poate de Iason, precaritatea stării mele mă împiedica să verific a cincea rotiță a mecanismului. Prin pâcla de repulsie care mă năpădise simțeam însă, vag, cum cineva mult mai puternic decât ei îmi ciocănea încheieturile.

În același timp un gând, străin parcă și șters, îmi șoptea că, poate, străbăteam doar o probă...

** În drum spre o bancă, unde se ducea să depună o mare sumă de bani, proprietarul unui hotel s-a oprit să se răcorească la un han. După ce s-a așezat lângă un staul și și-a băut liniștit cana de cidru, el a constatat că o vacă îi devorase geanta cu bani.*

6. Pe urmă m-am gândit, nu știu de ce, la tata. Murise de mult, aproape îl uitasem. Îmi aminteam de el numai când îi primeam mesajele. Dar despre asta n-am să vorbesc decât atunci când am să simt că se cuvine.

Oricum, simțeam nevoia unui semn care să-mi clatine un pic virtuțile mentale. Și *l-am auzit* pe Ze Wo întrebând: „La ce bun să ții trei ani doliu după părinți când un singur an ar fi de-ajuns?". Spunea *trei ani*, deși trecuseră atâția. („Ce om insensibil!", gândea Maestrul.)

„Totul e o aiureală", îmi spuneam. „Poate că nu m-am pregătit destul..."

Dincolo de ușă întrezăream Infernul. Pe unde o fi rătăcind Zenobia? Sigur, lipește litere, puțin îi pasă de mine. M-a lăsat dinadins aici, unde până și Orfeu a greșit. A uitat că pentru asta l-au sfâșiat femeile trace...

Și m-am gândit la El, de trei ori fratele meu blând. Spuneam: nici unul dintre noi nu are dreptul să-i disprețuiască slăbiciunea. Nici unul dintre noi. Rămână deci, să doarmă, netulburate, pe sub sălcii, fragmentele de oase și de carne ale între-gului său veșnic...

De dincolo de ușă auzeam patefonul. Același charleston. Și revedem aievea întâlnirea noastră.

* *De 19 luni în orășelul Rogerville (Franța) un câine vine zilnic la mormântul fostului său stăpân, își lipește fața de marmura monumentului funerar și urlă îndurerat. Faptul pare cu atât mai surprinzător cu cât în ziua înmormântării câinele fusese închis în casă și n-a putut cunoaște locul în care i-a fost înmormântat stăpânul.*

7. Era în zori, pe câmp, la începutul unei toamne. Lăsam potecile să mă conducă. Vedeam trecând, departe, ca niște clăi cu aburi, tăcutele femei justițiare. Cărau spre vetre, în spinare, mari legături de vreascuri și coceni. Nedeslușirea lor mă arunca în ceața unui timp năucitor.

Mergând așa, potecile m-au dus la malul unei ape. Acolo m-am oprit. Și L-am recunoscut imediat, în ciuda lipsei Lui de strălucire.

Stătea pe mal și tremura. Pierduse lira, dar avea alături, la loc ferit de udătură, vioara și arcușul.

Mi se înfățișa ca un adolescent cam oacheș, slăbănog și palid. Purta o redingotă largă, veche, ultrajerpelită, cu poale lungi, decolorate de soare. Folosea o trestie strâmbă și o strună din fire de coadă de cal împletite. Pescuia niște pești mici, albi, pe care îi vâra în buzunarul redingotei cum ai vârî creionul sau cutia de chibrituri. Ca să nu scape râma de pe ac, o plesnea mai întâi între palme, o amețea.

M-am așezat în spatele Lui, pe o rădăcină. Deasupra, printre crengile sălciilor, sclipea cerul.

După un timp, El m-a simțit și s-a întors spre mine. M-a întrebat dacă n-aș vrea să-mi cânte. Lăsase undița pe apă.

I-am spus că da, și-a luat vioara și arcușul, se acompania cu ele, cânta din gură (fonfăit).

Veniră un șarpe și o pasăre, stătură lângă noi, ascultară și se îmblânziră.

Aveam câțiva bani, i-am dat Lui. Șarpele și pasărea se duseră. El s-a așezat lângă mine, avea chef de vorbă. Mi-a spus că îl cheamă Irina.

„Se întâmplă..." (Nu m-am mirat de numele Lui femeiesc.)

Pe urmă, tot vorbind de una și de alta, a pomenit de lună.

„Luna, da, e rotundă", mi-a comunicat El, „dar se distruge singură, se consumă la focul ei până rămâne mai nimica toată și se aprinde iar fiindcă acolo, sus, bate un vânt afurisit, stinge și reaprinde orice scânteie, cât de mică...". (S-a repezit spre undiță, a scos un peștișor cât unghia, l-a vârât în buzunar și s-a întors spre mine. Zâmbea, senin și liniștit.) „Mai zice unii că și pământul e rotund. Mata ce crezi?"

„Nu știu", am spus, „s-ar putea, dar nu sunt prea sigur...". Deasupra noastră cerul se învăpăiase.

„Am auzit că la București e o balenă mare", a schimbat El vorba. „Se arată în Târgul Moșilor, vine lume de peste tot s-o vadă..."

„E una acolo, într-o baracă, e moartă, împăiată..."

„Mă miram și eu, fiindcă balenele nu există decât la apă adâncă, în oceane..." (A început să râdă.) „Ce-ai zice să se prindă una de acul ăsta prăpădit al meu?..."

Vorbind așa, mi-a spus că e bolnav de piept și că nevasta îi murise, tot de oftică. Mi-a povestit însurătoarea Lui. Fata avea vreo paisprezece ani, El împlinise optsprezece și s-au înțeles să vină într-o duminică noaptea, s-o fure. Fata, cuminte, le-a spus părinților, așa că ei s-au dus în noaptea aceea la niște vecini de unde puteau să vadă, prin gard, răpirea. La rândul Lui, Irina și-a făcut rost de costum, și-a cumpărat pantofi de lac și a omorât un șarpe cu a cărui piele a învelit un băț, „baston de ginere“, zicea. Apoi, duminică, pe întuneric, a venit cu o căruță și cu doi veri de-ai Lui să-și fure mireasa.

În drum spre casă, după ce-o furase, El și-a scos pantofii de lac fiindcă îi ardeau picioarele. Mergea pe jos, desculț, lângă căruță. Mireasa susținea că acum, dacă e nevasta Lui, trebuie neapărat să-i cumpere o păpușă.

„Ce-ți mai trebuie păpușă când ai cătămai păpușoiul lângă tine?“, a glumit unul din verii-martori, cel care mâna căruța.

Irina s-a repezit din nou la undiță, a scos un peștișor și l-a vârât în buzunarul fără fund al redingotei. După aceea nu s-a mai așezat. Se întristase, brusc.

„S-a prăpădit acum două săptămâni“, a ținut El să precizeze. „Și nici eu nu mai am mult. Mă duc după ea, în pământ, să o caut...“

Apoi și-a strâns undița, a ascuns-o în stuf, și-a luat vioara și arcușul și a plecat...

** Un nor de fluturi a blocat într-o după-amiază zeci de automobile pe o șosea, în apropiere de Padova. Mii de fluturi s-au lipit de parbrizele mașinilor, care au trebuit să oprească în așteptarea ajutoarelor. Unități de pompieri și carabinieri, trimise la fața locului, au restabilit circulația.*

8. Timpul cerut de scriitură nu coincide cu durata celor relatate aici. Ele se derulau între extreme, fie cu viteza denumită îndeobște „a gândului", fie cu încetinitorul. În privința aceasta fac excepție doar fraza livrescă a lui Ze Wo, poate rostită chiar de gura mea și jupuita ipostază orfică.

Constant era doar spațiul care îmi desființa ideea că aș fi putut evada din el: mă aflam într-o cușcă fără margini, cu gratiile în afară și în mine.

În spațiul acela imens, orizontal, fără aproape și departe, cu începutul și sfârșitul în același punct, s-a ivit Jeni Pop.

Pe ea o cunoscusem cu doi-trei ani în urmă. Era o fată blondă, purta o rochie cenușie neobișnuit de lungă, cu franjuri la mâneci și pe poale. Vorbind, făcea mișcări ciudate, împingeri înainte ale bustului, zvâcniri din umeri, strângeri ale feselor. Mă acostase pe stradă, voia să ne plimbăm la braț, să trecem împreună prin fața unei anumite case. Mi-a povestit în câteva cuvinte drama ei.

(La paisprezece ani, pe când era în floare și splendoare, căzuse într-o pivniță. De-atunci nu mai avea picioare, purta proteze pneumatice, mi le-a descris amănunțit. Spunea că e îndrăgostită de unul, Nelu Gologan, îl cunoșteam, ședea pe lângă mine, și că el nu se uita la ea din cauza protezelor. Voia s-o vadă Nelu Gologan că umblă cu băieți, spera că asta o să ducă la ceva...)

Ne-am plimbat vreo două ore, vorbea tot timpul de proteze, îi evitam privirea, mă uitam în sus. A fost o plimbare penibilă și inutilă pentru că Nelu Gologan n-a apărut. De-atunci am mai văzut-o o singură dată, trecea pe partea cealaltă a străzii purtată într-un cărucior rulant. Pesemne că protezele...

** Unsprezece handicapaţi fizic au început ascensiunea muntelui Rainer, înalt de 4 400 de metri.*

** Ron Minor şi Ron Payette, doi canadieni în vârstă de 23 şi, respectiv, 32 de ani au traversat Munţii Stâncoşi, parcurgând 1 100 km în 15 zile.*

Acest maraton constituie o premieră mondială, cei doi tineri fiind handicapaţi şi efectuând trecerea munţilor în fotolii rulante.

9. Acum, de pe capac, îi urmăream mişcările: plutea prin faţa mea, cu încetinitorul, purtată parcă de lunga ei rochie. Reamintesc că ne aflam la etajul opt sau nouă al blocului, dar convertirea spaţiului-vehicul făcea să mi se pară că totul se petrecea la nivelul solului. Între pavajul străzii deasupra căreia plutea fără să-l atingă şi franjurile de pe poale întrezăream neantul.

În lunga, cenuşia rochie, Jeni Pop executa dansul-plutire. Ea nu era departe, nici aproape, deşi se depărta şi se apropia. Se depărta cu spatele la mine păstrându-mă aproape, în punctul fix din care o priveam.

Apoi, după o ultimă şi graţioasă piruetă, ea mi-a făcut un semn, a ridicat o mână, stânga. Simţeam pe pleoape subţirea fluturare a franjurilor de la mânecă, le auzeam şi foşnetul. Am închis ochii...

Când i-am deschis, era întuneric. În beznă desluşeam ceva nedefinit şi negru. O voce de femeie a şoptit:

„Maestre, ai un foc?...".

Apelativul m-a surprins neplăcut. Mi se părea că cineva vrea să glumească pe socoteala mea. Apoi mi-am spus că poate nu e folosit cu ironie. Şi alţii, care n-au nimic comun cu pohezia, se strigă între ei: „Maestre"...

Începusem să văd, lângă mine se afla căruciorul rulant al unei infirme a cărei față se pierdea în umbră.

„Maestre!“, s-a simțit ea obligată să repete pe când eu căutam chibriturile.

Am aprins un băț și l-am întins spre locul unde bănuiam că se afla țigara. Atunci am văzut-o clar pe Jeni Pop. Ședea nemișcată în cărucior și mă privea.

Chibritul mi-a fript degetele. I-am aruncat cutia în poală.

Ea și-a aprins țigara, a fumat-o până la capăt. Încremenisem pe capac, vedeam vârful aprins al țigării tot mai aproape de ochii mei.

Apoi au izbucnit din toate părțile lumini de reflectoare, albastre, roșii, verzi. Căruciorul a început să circule, făcea viraje repezi, totul se petrecea cu o viteză nebună, făcea și opturi, ca la patinaj. Din când în când se repezea spre mine ca un uliu cu aripile desfăcute.

„Maestre“, îmi striga Jeni Pop, „eu l-am iubit, maestre...“.

O priveam cu inima strânsă, trecea prin fața mea în cărucior, nu mai avea rochia cu franjuri, era învăluită în pânze transparente, roz, mov, portocalii, fâlfâitoare. Îmi arăta buricul, pântecele... Sălta din umeri după ritmul charlestonului care nu încetase o clipă. Țipa, cânta, îmi împuia urechile și ochii cu melodrama ei feroce.

Aveam o singură dorință: să pun capăt acelui du-te-vino obsesiv. În spatele meu, la câtiva centimetri, se afla fereastra luminatorului, opacă, murdărită de praf și de funingine. M-am răsucit și am deschis-o. M-am aplecat și am privit în gol.

Din prima clipă, adâncimea a devenit orizontală. M-am tras înapoi, apoi m-am aplecat din nou peste fereastră. De data asta un reflector albastru a luminat bezna până la capăt. Acolo am văzut, pe placa de ciment mucegăită, un trup de om, zdrobit, însângerat. Nu mai avea nici formă, nici figură. Ceva nedefinit și trist mi-a amintit de Petru...

Am vrut să țip, dar am izbutit să mă stăpânesc. Îmi venea să vomit. Apoi lumina reflectorului s-a stins, n-am mai văzut nimic.

Când m-am întors de la fereastră, Jeni Pop dispăruse, cu cărucior cu tot. Am tras zăvorul, am ieșit din W.C.

Stătusem, pesemne, mult timp acolo. Vizitatoarea plecase. Pe coridor se mai afla doar scaunul, țeapăn și gol, ca martor singuratic a cărui mărturie n-ar fi crezut-o nimeni.

* *De la Centrul Național de Cercetări Științifice din Paris au fost furate nouă pisici pe ale căror cranii erau fixate dispozitive în miniatură pentru înregistrarea activității nervoase cerebrale.*

10. Am coborât scările în goană, n-aș fi putut suporta cușca liftului. Aveam nevoie să vorbesc cu cineva, cu oricine, despre orice, să restabilesc într-un fel arbitrara legătură comună. M-am gândit să caut portarul, să intrăm împreună în luminator, dar am renunțat. Cum să mă creadă că văzusem de la etajul opt sau nouă, în beznă, până jos?

Pe stradă, primul întâlnit a fost un covrigar. Se trăsese la umbra unui castan, se ascundea de arșiță. Am cumpărat un covrig.

Lângă noi au mai venit doi oameni, un bătrân (abia își târa picioarele) și o femeie încă tânără. Femeia ținea în mână o lingură de lemn nouă-nouță.

A cumpărat și ea un covrig, a rupt o bucățică și i-a dat-o bătrânului.

„Auzi, tată", spunea, „am un porc cu un ochi albastru și unul verde...".

„E frumos", aprecia bătrânul molfăindu-și bucățica.

„Sigur. E ca o fotografie..."

„Să nu uiți să-i dai lingura", spunea tatăl. (Terminase de înghițit.) „Să-i spui că i-am cumpărat-o eu, din banii mei..."

„Mai bine dă-i-o matale, eu sunt certată cu ea..."

Bătrânul a luat lingura din mâna fiicei sale, a aruncat-o în mijlocul străzii și a plecat bombănind. Tânăra femeie ne-a făcut semn, adică „e țicnit", a lăsat lingura unde căzuse și s-a dus, în direcție opusă.

„Auzi", l-am întrebat pe covrigar, „nu știi cumva care e culoarea normală a ochilor la porci?".

„Depinde", mi-a răspuns el, scurt.

Conversația nu se lega. Mă temeam să nu fi vorbit anapoda. Dar covrigarul își număra liniștit banii, cu spatele la mine, nu-mi dădea nici o atenție.

L-am lăsat, am pornit pe bulevard. Amiaza trecuse de mult, dar soarele ardea încă. Mă țineam după oameni, mergeam la pas cu ei, mă balansam cu șchiopii, gâfâiam ca grașii, încercam să intru cât de cât în realitatea lor, să uit ce știam despre fragilitatea ei. În starea aceea din ce în ce mai greu de suportat pentru mine aproape că le invidiam liniștitoarele certitudini.

Câțiva m-au repezit, își apărau limitele tulburate de insistenta mea indiscreție. O doamnă m-a făcut măgar, își închipuia cine știe ce, poate că și eram măgar.

Încercam să mă explic, bâiguiam că nimic nu e așa, că totul e altfel, că am nevoie de ei, de prezența fiecăruia, de cuvintele lor oricât de tâmpite, ca să mă conving că existăm împreună. Unul dintre ei mi-a dat brânci, m-am lovit de un zid și am căzut. M-am gândit la Zenobia: dacă ar fi cu mine...

Dacă ar fi cu mine, poate ar încerca să mă ajute, în orice caz mi-ar spune: „Tu ești un copil, zău așa!... Stai liniștit. Toate astea ți se întâmplă fiindcă mai treci o treaptă. Știu că e greu, dar nu pot să fac nimic. Încearcă să fii cuminte...".

Îmi venea să urlu: „De ce mă lași, Zenobia? Eu știu ce poți și ce nu poți. Mai bine dă-le dracului de trepte. Câte mai sunt, până la capăt, unde o să se aleagă praful și pulberea de noi? Cât o să mă mai chinuiesc? Dacă vrei să știi, fac ceva pe ele de trepte și de cercuri, pe susul și pe josul lor. M-am săturat. Dacă vrei să știi, nu e greu, e îngrozitor, așa, de unul singur. Cunosc figura: cineva mă conduce, din mine. Sunt propria mea proiecție, un cretin care nu vrea să ajungă nicăieri și la nimic... Și tu dai zor să fiu cuminte, să-mi strâng mai tare hățurile, ca să fiu liber...". Îmi venea să râd: „Dacă vrei să știi, ai dreptate. Am vorbit și eu așa, ca să mă mângâi...".

* *O uriașă turmă de paviani a invadat o plantație din nordul Somaliei, declanșând o adevărată bătălie. Maimuțele au aruncat cu pietre în cei care încercau să le bareze drumul, apoi au început lupta corp la corp.*

Înverșunata bătălie, care a durat două zile, s-a soldat cu uciderea a 363 de maimuțe și rănirea gravă a 6 oameni.

11. Zăceam nemișcat. Se și adunaseră martorii, unii susțineau că ar trebui chemată Salvarea.

„N-are nimic", căuta să se apere cel care mă îmbrâncise. „E beat sau nebun. Abia l-am atins.

Și-a pierdut echilibrul. Nu vă uitați la el? E ditamai vlăjganul..."

De fapt, aș fi putut foarte ușor să mă ridic, să-i salut cu toată stima și s-o întind spre casă, dar era bine acolo, pe asfalt, cu ochii închiși. Jucam un joc plăcut: între imaginarul imaginat și imaginarul trăit mă încerca nostalgia unui paradis posibil. Îl regăseam în două ipostaze, pierdute amândouă în cețurile nu prea depărtate ale copilăriei. (Vorbesc despre o stare, și nu despre peisaje sau fapte existențiale...)

În prima, mă aflam la moară, pe Teleajen, la nenea Vitu, un văr de-al tatei. La el mă trimisese mama, într-o vară, pe când aveam vreo patru ani, ca să mai ușurez bugetul și așa destul de anemic al familiei. Acolo apele veneau adesea mari și înecau toată întinderea de prunduri. Atunci, stăteam în moară ca într-o arcă mirosind a făină. Câteodată, noaptea, nenea Vitu pescuia cu un trident, în iaz, la lumina făcliei. Când apele se retrăgeau, soseau căruțele la măcinat. În urma lor se furișau iepurii, ciuguleau boabele căzute din saci. Poate mi se părea, dar eu, care știam să opresc ploile când deveneau plictisitoare, îi vedeam aievea, mă și jucam cu ei...

A doua ipostază mă transporta, cam pe la șase ani, pe strada Doamnei, la cinematograful Terra. Citeam perfect, făceam și versuri. Nimic de laudă în toate astea, poate dimpotrivă.

Terra era pe jumătate ocupată de galerie. Acolo se înghesuiau durii periferiilor bucureștene, analfabeți și generoși, gata oricând să mânuiască șișul. Stăteau pe jos, fumau, aplaudau și înjurau. Printre ei, mă visam călărețul singuratic, pierdut prin canioane. Descălecam, intram într-un saloon...

Mă cunoșteau toți: eu le citeam cu glas tare titlurile filmelor, le explicam când nu înțelegeau câte ceva. Ei îmi plăteau biletul de intrare. În pauze, mă răsfățau, îmi cumpărau bomboane, ciocolată, caramele, napolitane, vișine cu rom... Mă socoteau de-al lor, într-o fraternitate amplă și senină. Ca și ei, țineam totdeauna cu fata. (Vai, ce-o iubeam, de fiecare dată...)

** Charlotte Mottinger, de 33 de ani, a fost ținută în captivitate timp de două decenii de mama sa, în vârstă de 61 de ani. Descoperirea a fost făcută întâmplător, cu prilejul unui control de rutină asupra automobilelor. Charlotte se afla legată de banca din spate a mașinii, într-o poziție incomodă, avea răni în regiunea capului, iar dezvoltarea ei psihică nu depășea treapta adolescenței.*

12. Pe urmă, reveria m-a plictisit. Am îmbrâncit vreo doi miloși aplecați deasupra mea, m-am ridicat în picioare și am rupt-o la fugă. Martorii au rămas o clipă uluiți, apoi au început să alerge după mine. Li s-au alăturat și alții. Se făcuse zarvă, strigau cât îi ținea gura: „Puneți mâna pe el!...".

Din față venea un tramvai, am sărit pe scară, martorii au rămas în urmă. Îi vedeam cum pierd teren. Curând au renunțat, s-au oprit, amenințând cu pumnii...

Am intrat în vagonul aproape gol. Cei câțiva pasageri, bărbați și femei în vârstă, ședeau cuminți pe scaune cu palmele pe genunchi. Dacă n-aș fi văzut defilarea caselor de-o parte și de alta a străzii, m-aș fi crezut într-o clasă de școlari îmbătrâniți subit. În vagon domnea o stranie tăcere. Nu vorbea nimeni, toți își fereau privirile.

Din prima clipă mi-am dat seama că acolo se petrecea ceva neobișnuit. Puținii pasageri care îndrăzneau să coboare la stații se furișau spre ieșire ca spre poarta unui cimitir. Nou-veniții intrau imediat în joc: se așezau cuminți pe scaunele libere și tăceau. Pluteau peste ei o atmosferă de respectuoasă mâhnire, o dezolare calmă și istovită.

Mă oprisem la capătul din urmă al vagonului și priveam. Mi-a trebuit un timp ca să înțeleg motivul ciudatei comportări a pasagerilor.

La celălalt capăt al vagonului se afla un bărbat de treizeci de ani, singurul care stătea în picioare. Părea un purtător nefiresc de firesc al firescului, dacă mă pot exprima astfel. Un campion al normalului. Brunet, cu o figură ștearsă, mărunt și îndesat, îmbrăcat într-un costum destul de corect, l-ai fi putut lua drept un meșter de treabă, poate un instalator chemat undeva pentru o lucrare pe care avea să o facă așa cum trebuie.

Omul acela stătea și el nemișcat, dar în profil, ușor întors spre dreapta. Privea liniștit pe fereastră. Ar fi trecut, desigur, neobservat dacă nu și-ar fi rotit din când în când, cu extremă încetineală, capul spre ceilalți. Atunci ei lăsau ochii în jos, vinovați, mâhniți și stânjeniți parcă de propria lor existență.

El nu încerca să domine, dar domina prin calma lui pasivitate. I se părea normal ca oamenii aceia să stea cu ochii plecați și îi privea cu înțelegere și compătimire.

Când și-a întors pentru a doua oară fața spre interiorul vagonului, am observat un amănunt care îmi scăpase la prima vedere: omul purta ochelari de sârmă subțire și fără sticle. Subtila și necesara lor prezență se justifica prin aceea că le adăugase, acolo unde suportul se reazemă pe nas, un al doilea nas, paralel cu al său, făcut dintr-o foiță de argint sau staniol și lipit așa cum își lipesc unii, la plajă, o frunză, ca să-și ferească nasul jupuit de soare. Numai că frunza lui semăna a cioc de rață și se întindea, țeapănă, deasupra primului nas, fără să i-l atingă.

În plus, purta la panglica pălăriei un mic pămătuf ornamental (cum poartă vânătorii) făcut din hârtie de ziar tăiată iscusit cu foarfeca.

De câte ori omul acela întorcea capul, culoarea funerară a nasului său de argint sclipea stins, ca o lumină de candelă deasupra unui mort, stârnind în cei din preajmă, odată cu mediocra satisfacție că *ei sunt normali*, o intensă melancolie.

Când a dat cu ochii de mine, omul mi-a zâmbit blând și m-a salutat ridicând un deget. L-am salutat și eu, tot cu un deget, și am sărit din tramvai. Ajunsesem acasă, în Piața Romană.

* *La Québec, Yvon Yva, aflat la bordul unui helicopter, a reușit să adoarmă în 30 de secunde 15 persoane instalate în incinta Centrului Municipal de Congrese, în prezența a peste 5 000 de spectatori. Hipnoza colectivă a durat 50 de ore și 26 de minute.*

13. Sus, era tot cald. Lumina roșiatică a soarelui răzbătea pieziș prin ferestrele prăfuite ale coridorului. În lipsa mea cineva stinsese becul, cineva luase scaunul de unde îl lăsasem. M-am gândit la Zenobia. Poate venise mai devreme decât de obicei și mă aștepta...

În fața W.C.-ului m-am oprit, am intrat să mă mai uit o dată la luminator. Nimic, în afară de întunericul obișnuit. (Bombăneam: „De ce s-o fi numind luminator spațiul ăsta de beznă perpetuă?...")

Scaunul se afla în cameră, la locul lui. Pe el am găsit un bilet de la Zenobia: „Te aștept la cinema". Atât. Nici la ce oră, nici la care cinema.

M-am spălat și m-am odihnit un pic. Apoi, când am simțit că venise vremea, am pornit, la întâmplare. Am luat un tramvai, pe urmă un autobuz, mă conducea lumina aceea... Am nimerit într-un cartier în care nu mai călcasem de mult. Am dat de un cinema de care nu mai auzisem până atunci. În fața intrării mă aștepta Zenobia, cu două bilete în mână. Mi-a spus: „La șapte începe...". Era șapte fără cinci.

Am intrat. Nu ne-am mirat, nici eu, nici ea...

* *Japonezul Koichi Oguri, din Tateyama, a reușit să obțină un crin înalt de 3 metri și cu 141 de flori.*

14. Acasă, i-am povestit Zenobiei cele întâmplate peste zi, trebuia să-i povestesc. Ea m-a ascultat, tăcută. (Aș fi vrut să spună ceva.) Când am terminat, s-a dus la fereastra luminatorului *să vadă.* S-a reîntors curând. Părea obosită și tristă.

„Liniștește-te", mi-a spus. „Nu s-a întâmplat încă nimic..."

Apoi s-a culcat.

M-am întins lângă ea, pe sofa. Nu puteam să adorm. Nu-mi puteam lua gândul de la Petru.

Târziu, mi s-a părut că aud ceva ca o bufnitură sau ca un geamăt înfundat. M-am ridicat și m-am dus din nou la fereastra luminatorului. O fâșie de lumină plutea în dreptul celei de-a doua ferestre de sub etajul nostru, formând o perdea ca de aburi. Dincolo de ea, bezna părea și mai neagră.

Întors în cameră, m-am întins iar lângă Zenobia. Simțeam cum mă învăluie liniștea ei adâncă și încercam eu însumi să mă liniștesc.

M-am zvârcolit multă vreme, până am auzit tânguirea lui Petru. Atunci mi s-a ridicat o piatră de pe inimă: așadar, trăia... Acolo, jos, dacă văzusem cu adevărat, zăcea altcineva...

În amorțeala care mă cuprinsese, mi-am dat totuși seama că lamentațiile lui au durat mai puțin decât în alte nopți. „S-o fi plictisit", mi-am spus, „sau poate că a înțeles...".

A fost ultima noapte când le-am auzit. De atunci, Petru a dispărut pentru totdeauna din viața mea.

** Peter Snyman, tâmplar, în vârstă de 26 de ani, a părăsit cușca cu șerpi veninoși în care a trăit timp de 50 de zile la grădina zoologică din Hartebee-Spoort, în apropiere de Johannesburg.*

15. Dimineața, când am coborât după pâine, am găsit covorașul lui Petru în fața ușii noastre. De obicei și-l lua cu el. Mi-am spus că poate ni-l lăsase nouă, cine știe, sau poate îl găsise Zenobia, la plecare, și-l mutase la noi ca să mi atragă atenția...

Jos, în fața blocului, se adunaseră câțiva oameni, vorbeau despre sinuciderea unei fete. Portarul povestea pentru a nu știu câta oară cum o găsise el, zdrobită de ciment, când se dusese să curețe luminatorul.

Ca de obicei în asemenea împrejurări se discuta aprins și se dădeau o sumedenie de amănunte. Astfel, am aflat că sinucigașa avea șaisprezece ani, că era infirmă de ambele picioare și că locuia cu tatăl ei, domnul avocat Persu, în apartamentul aflat cu două etaje sub coridorul nostru. Un fir cu plumb, imaginar, pornit de sus, din camera pustie a Nathaliei, ar fi ajuns exact în dormitorul ei.

Martorii se întrebau îndeosebi cum de reușise tânăra infirmă, așa, fără picioare și fără căruciorul rulant, rămas lângă pat, să ajungă până la fereastra luminatorului.

„S-a târât", încerca să explice o femeie. „Eu știu, că am lucrat în casa lor. Domnișoara nu făcea niciodată la closet. Făcea în dormitor, la oliță..."

Și descria amănunțit procedeul intim al răposatei.

Cel mai ciudat în comentariile lor mi se părea faptul că nici unul dintre ei nu rostea numele mic al sinucigașei: îi spuneau „moarta" sau „fata lui domnu' avocat" sau „domnișoara Persu".

În ceea ce mă privește, deși evitam să mă gândesc la legătura mai mult sau mai puțin dementială care ar fi putut la fel de bine să existe și să nu existe între tânguielile nocturne ale lui Petru, viziunile mele și tragica sinucidere a unei fete necunoscute, am avut din prima clipă convingerea că numele mic al acesteia nu putea fi decât Nathalia...

** Un trandafir presat, pe care îl dăruise cu un sărut Greta Garbo, a fost vândut la licitație...*

16. Din dimineața aceea, lucrurile se liniștiră. Coșmarul stării intermediare se risipise brusc. Ceva necesar în care mă lăsasem implicat conștient, deși fără voia mea, se împlinise.

Știam în ce măsură totul fusese favorizat și de greșelile mele comportamentale, aproape neluate în seamă. *Știam* e un fel de a vorbi. De fapt, intuiam doar câteva biete efecte succesive și aleatorii în același timp, aflate într-o zonă fără direcții, ale căror jalnice elemente imediate sunt de cele mai multe ori înșelătoare.

De fapt, știam că nu vreau să știu *așa*; de fapt, presimțeam o mișcare subaparentă al cărei punct final cuprindea și incipiența. De fapt, intuiam punctul final pretutindeni și mai ales în riguroasa zonă liberă de dincolo de el. De fapt, îl intuiam reversibil până la inexistență, nu pot să fiu mai clar pentru că vorbesc mereu despre altceva.

De fapt, nu mă interesa nici să înțeleg nici să explic. Știam fără să știu, printr-o logică a stărilor greu de exprimat și greu de înțeles pentru cei aflați în afara ei...

** La New Delhi un avion indian s-a lovit de un vultur fiind obligat să aterizeze.*

17. Întreaga zi am petrecut-o singur. Spre seară am ieșit pe străzi, printre martorii vii și morți ai uriașei noastre farse existențiale. Jucam din nou un joc cam fioros.

Amurgise, cerul se roșea spre apus, defuncții treceau pe lângă mine, degetele unora străluceau, habar n-aveau de jocul nostru.

În fața unei farmacii am intuit un zâmbet, ca o strălucire în geamul vitrinei. O siluetă se instalase acolo, de partea cealaltă a geamului. I-am spus cât se poate de blând:

„Bună seara, doamnă Gerda...".

„Exthaohdinah!...", a exclamat ea. „Închipuiește-ți, chiah în secunda asta mă gândeam la dumneata..."

„Dumneavoastră, doamnă Gerda", i-am spus, „ați fost totdeauna foarte sensibilă și nu e de mirare că vă mai gândiți din când în când și la mine, *oricâtă vreme a trecut*" (fredonam). „În ciuda unor controverse datorate mai ales nefericitei mele structuri psihice, aș îndrăzni chiar să cred că, odinioară, țineați un pic la mine..."

„Țineam ca la un fhate", a convenit doamna Gerda, roșind ușor, era frumos oxigenată. „Și dacă n-ai fi fost atât de..."

„Rebarbativ, acesta e cuvântul, doamnă Gerda, de ce n-aș recunoaște? Acum *regret, deși e prea târziu*" (fredonam).

„Cum thece vhemea!", a suspinat doamna Gerda. „Iată, ne-am matuhizat, amândoi..."

Scădea din ce în ce lumina, doamna Gerda clătina din cap, defuncții își continuau plimbarea, treceau pe lângă noi ca într-un vis. În farmacie s-au aprins becuri puternice, albastre, i-am propus doamnei Gerda să vină afară, să ne așezăm pe bordura trotuarului, să discutăm discuții. Mă gândeam că o scurtă comuniune verbală i-ar face plăcere.

„Vai, nu!", s-a opus ea „ce-ah zice lumea, mai ales acum, când sunt căsătohită?...".

M-am proptit cu palmele și cu fața în vitrină, mi se turtise nasul, mi-ar fi plăcut să trec dincolo, conversația s-ar fi înnobilat. Doamna Gerda își proptise numai palmele în geam, de cealaltă parte a vitrinei.

Defuncții sunt, în genere, oameni de treabă și farmacistul nu părea să facă excepție, stătea pe un scaun alb, cântărea ceva, nu ne dădea nici o atenție.

„Doamnă Gerda", am spus după ce am contemplat-o câteva clipe, „sunt oare indiscret dacă vă întreb cine e fericitul?...".

„E un băhbat mai în vâhstă“, mi-a răspuns ea, „un vechi phieten al familiei, dah se ține foahte bine, nu-i dai nici cincizeci de ani...“.

„Atunci vă felicit...“

„Oh, mulțumesc...“

Și așa mai departe...

** Plenie Wingos, de 82 de ani, având la activul său un marș de-a-ndărătelea de 12 800 de kilometri efectuat prin anii 1931-1932, se pregătește pentru un nou marș. Echipamentul său cuprinde, printre altele, ochelari prevăzuți cu retrovizoare.*

18. Pe urmă doamna Gerda și-a proptit și ea fața de geam, și-a lipit gura de el, voia să se explice, deși n-ar fi fost cazul. M-am tras un pic înapoi.

„Eham atât de singuhă“, mi-a șoptit. „Muhise mama, nici nu știi cât am iubit-o... Eha o ființă deosebită... Păcat că n-ai cunoscut-o...“

„Am cunoscut-o, doamnă Gerda, cu o zi înainte de plecarea mea de pe coridorul acela. N-am avut când să vă povestesc, de-asta nu știți...“

„Niciodată nu e phea tâhziu“, a oftat ea. „De ce nu-mi povestești acum? N-ai idee cât o iubeam...“

Era vădit că voia să mă arunce înapoi și m-am gândit o clipă să mă opun.

„Doamnă Gerda“, i-am spus, „tu nu te gândești că s-a făcut târziu și că ar fi momentul s-o întindem fiecare spre cotețul lui? La ora asta poate mă așteaptă și pe mine cineva, că doar oameni suntem, nu fiare...“.

„Te hog!“, a insistat ea.

Fără să-și dea seama, trecuse pe jumătate prin geamul vitrinei, își aplecase bustul în stradă, lângă mine.

** Medicul japonez Sadaio Sumide a reușit să readucă în stare de funcționare inimi congelate de șoareci și de șobolani, ținute timp de doi ani la o temperatură de −195 de grade C și apoi reactivizate prin impulsii electrice.*

19. Simțeam capcana, dar îmi era egal. Am început să-i povestesc. Vorbeam totuși prudent, îmi măsuram cuvintele.

„Aș avea mai întâi o rugăminte", am spus. „Să nu rețineți nici unul din numele pe care, eventual, aș putea să le pomenesc. Știți cum e: spui un nume, ai și căpătat o rudă... Altminteri, vă asigur că purtătorii lor aveau o legătură cel mult culthurală, atât cu mama ta, cât și cu subsemnatul, deși erau printre puținii care mai contau..."

Doamna Gerda mă asculta atentă. Defuncții deveniseră voioși, treceau pe lângă noi, păreau că nu ne văd. Cei tineri se îmbrățișau.

„Așadar", am continuat eu, „era într-o vineri spre seară, lăsasem ușa deschisă, ședeam întins pe podele în odaia mea. Mă vizitase un prieten, îmi exprimasem opinia, contrară convingerii sale, că pohezia nu mai ritmează acțiunea, că e de mult înainte". (Deveneam jalnic...) „Pe urmă venise altul, voise să mă convingă că pohezia trebuie făcută de toți. De fapt, în ciuda parfumului de vechi pe care îl emanau, îi iubeam pe amândoi pentru modul lor de viață și, mai ales, pentru modul lor de moarte... Apoi, nu știu de ce, m-am pomenit cu Robespierre (l-aș fi preferat pe Saint-Just, dar a venit el). Îmi împuiase capul cu discursurile lui, mă săturasem, i le refăceam, n-avea decât să turbeze...

Iată deci cadrul general și datele momentului aceluia de care mi se fâlfâie, acum și în vecii vecilor, amin, când a sosit virând în aer, prin ușa larg deschisă, primul pantof de damă și a izbit podeaua, lângă mine. Un fel de Poltergeist. În calitatea dumneavoastră de austriacă, sunt sigur că înțelegi... În plus, puteam să jur că pantoful ăla, atât de coșcovit și scâlciat, era al tău..."

20. „Al doilea pantof m-a nimerit în cap. Cei doi poeți, ca și Robespierre, s-au speriat și au întins-o. M-am ridicat de pe podea și am ieșit pe coridor. Acolo nu se afla nimeni, dar ușa odăii dumneavoastră era deschisă, iar dinăuntru se auzeau un fel de gemete, ca de agonie. Am intrat. Întinsă pe un maldăr de ziare zăcea bătrâna dumneavoastră mamă...

«Mor!», mi-a comunicat ea, disperată.

«Lăsați», i-am spus, «că nu se moare așa, cu una, cu două...».

I-am dat medicamentul (a mai avut putere să mi-l arate, îi tremura degetul). I-am adus un pahar cu apă și am rămas lângă ea s-o văd cum se desfășoară. Stăteam și mă uitam în jurul meu, prin cameră. Admiram desăvârșita simplitate a mobilierului, alesul gust pentru punctarea vidului. Pe cât îmi amintesc, se mai aflau acolo ziare, proaspăt așternute (pesemne patul dumneavoastră personal), un număr restrâns de rochițe prinse direct în cuie pe unul din pereți, plus perechea de pantofi adusă de mine și pusă cu grijă lângă o altă pereche, ca să nu strice armonia ansamblului..."

„Și mama?", s-a interesat doamna Gerda. (Privea în gol, peste mine.)

„«Salvatorule – striga –, ești Salvatorul meu!...» Își revenise. Vă rog să țineți seama că se și dezgolise un pic, în spasmele agoniei. Asta i-aș fi trecut-o cu vederea, dar nici așa: «Salvatorule!».

Simțeam că mi se face greață... Mă uitam la ea, avea fața cioplită parcă în var nestins și părul îl avea ca de argint, nu-mi mai luam ochii de pe el. Avea și păduchi..."

„Avea", a convenit doamna Gerda, „cum să nu aibă? Eha bolnavă, nu se putea pieptăna...".

Glasul îi tremura ușor, între jenă și duioșie. Mi se părea că o jignisem.

„Dumneavoastră sunteți o femeie cultă", am continuat eu, „și nu se poate să nu știți că până și în vechea Eladă existau cazuri asemănătoare. Câțiva filozofi, altminteri destul de curați, au pierit chiar, uciși de boala numită a păduchilor. Umblau pe ei, ca niște cuvinte. S-ar părea că până și Platon...".

„Se poate", a oftat doamna Gerda, „dah în familia noasthă...".

„Nu contează", am spus. „Fiecare ținut și fiecare familie își are păduchii săi..."

** Matusalem, decanul de vârstă al peștilor de acvariu din Europa, a încetat din viață, la Berlin, în vârstă de 55 de ani.*

21. Începusem să regret că o jignisem.

„Poate am greșit, doamnă Gerda", am spus, „dar de ce mă siliți să evoc? Știți bine că nu pot să sufăr asta...".

„Nu-i nimic", mi-a răspuns ea, „pe dumneata nu mă supăh niciodată, fiindcă ești ca un copil". (Părea că mă înțelesese, deși pe invers.) „Dacă vhei, nu mai evocăm..."

„Nu, nu", m-am opus eu. „Chiar dacă spunem altceva, noi doi vorbim despre același lucru. Să evocăm, doamnă Gerda!" (În glas mi se strecurase un fir de entuziasm.) „De ce să nu evocăm?" Și am continuat: „Știți, stăteam la căpătâiul bătrânei și mă întrebam cum naiba izbutise ea să arunce cu atâta precizie pantofii când abia se mai putea mișca... Asta nu înțeleg nici acum...".

„Câteodată mama avea putehi", mi-a explicat doamna Gerda. (Acum părea împăcată.) „Mă îmbhăca, zicea că sunt neajutohată. Îmi thimitea phin aeh hochia sau cămașa sau capotul, făhă să se miște, veneau singuhe...".

„Vai, doamnă Gerda", am spus, „pe cuvântul meu de onoare că mă uimiți! Cum de puteți vorbi așa?...".

„Atunci să lăsăm", a propus ea (zâmbea, trebuia să redevin atent). „Ia spune, altfel cum o mai duci?..."

„Ceac-pac", i-am răspuns. „Uite, chiar adineauri jucam un joc în care trăiam toți într-un vast cimitir și ne strigam unul pe altul, fiecare din sicriul său..."

„Ghoapa mea se află totdeauna lângă a dumitale, nu-i așa?", a oftat doamna Gerda. I se umeziseră ochii, avea din nou acel ușor tremur în glas.

Apoi și-a retras bustul dincolo de vitrină, în farmacie.

„Ah thebui să plec", mi-a spus, „am întâlnihe cu soțul meu, îl văd venind...".

Am întors capul și m-am uitat în lungul străzii. Abia peste câteva clipe s-a ivit de după colț, dinspre bulevardul Domniței, un bătrânel în redingotă, mergea pâș-pâș, se sprijinea într-un baston cu măciulie de argint, încerca să se țină drept.

„Doamnă Gerda", am spus, „pe soțul dumneavoastră îl cunosc, l-am mai întâlnit, dar nu înțelegeam legătura...".

„Toți ne cunoaștem, dah uităm legătuhile", mi-a amintit ea. Apoi a schimbat două-trei vorbe cu farmacistul, care nu s-a clintit de pe scaunul său alb, și s-a îndreptat spre ușă.

Afară, când a trecut pe lângă mine, am oprit-o.

„Iertați-mă“, am spus, „dar țin neapărat să vă întreb ceva înainte de a ne despărți: acum, în actuala dumneavoastră viață, utilizați aceeași oliță?“.

Doamna Gerda a zâmbit.

„Am una nouă, cu flohicele“, mi-a răspuns, „cadou de nuntă de la soțul meu...“.

Apoi s-a dus, plutind parcă în semiobscuritatea galbenă a lampadarelor. Când și-a întâlnit soțul, el i-a sărutat mâna, galant. Curând au dispărut amândoi, braț la braț, după primul colț.

A fost ultima noastră întâlnire și nu prea știu exact dacă eram toți trei de față.

VII
Scândura

1. Semnele, asupra cărora am insistat poate prea mult, mă îndreptăţeau să presimt apropierea unui fel de început şi de sfârşit spre care se părea că mă îndrept. În afara momentelor de slăbiciune, încă destul de frecvente, aşteptam acum liniştit ceva care putea să vină sau nu (îmi era egal). Alungând tentaţiile explicative, partea mea activă, deşi hotărâtoare, nu trebuia decât să mă menţină disponibil.

Aşa se face că într-o zi de vineri, rătăcind la întâmplare pe străzi, am ajuns la marginea de dincolo a unui cartier periferic. Simţeam apropierea câmpului. Străbăteam o uliţă prăpădită, cu şanţuri năpădite de buruieni. Casele păreau nefiresc de mici, nişte cocioabe. Patru copii se ghemuiseră pe scara de ciment a unei clădiri mai răsărite, pesemne o măcelărie, şi mă urmăreau cu privirile, bănuitori. După un timp m-am oprit. Locul acela îl căutasem, o curte imensă, împrejmuită cu un gard de lemn vechi şi putrezit, înăuntru câteva scânduri îngălbenite de ploi şi de soare, aruncate de-a valma. Deasupra porţii, o firmă aproape ştearsă: DEPOZIT DE CHERESTEA.

Am deschis poarta şi am intrat. Curtea aceea aveam senzaţia că o cunosc bine, parcă dintr-un vis. Mai spre fundul ei se înălţa o casă dărăpănată, cu o singură încăpere la etaj, iar printre scânduri se mișca silueta familiară a unui bătrânel mărunt și obosit, m-am îndreptat spre el.

„Bună ziua, domnule Sima", am spus.

Bătrânul s-a întors spre mine, m-a privit o clipă.

„Poți să-mi spui cum vrei", mi-a răspuns, „dar să știi că mă confunzi...".

Poate nu era chiar el, poate mă înșelasem, dar prea semăna, așa că m-am decis să-l numesc mai departe așa.

Domnul Sima s-a așezat pe o scândură, avea o gură foarte mică, un fel de guriță, și zâmbea cu ea, mă simțeam jignit: îmi părea bine că-l revăd, dar de ce mă înșelase, atunci, cu lacrimile lui înghețate?

„Astă-iarnă plângeai, domnule Sima, ziceai că mori, țineai să mă convingi..."

„Stai să vezi", mi-a răspuns el, „e clar că mă confunzi...".

„Mai bine s-o lăsăm baltă, domnule Sima", i-am spus, „dumneata ai fi în stare să plângi și acum, ca șoferul ăla care m-a plimbat o zi întreagă pe gratis și mi-a arătat, plângând, toate instituțiile culturale din București, inclusiv Casa Școalelor...".

„O fi fost beat", a spus liniștit domnul Sima pe când eu așteptam plictiseala adâncă, vidul și neîncrederea care urmează după o solicitare prea puternică.

Încet, încet, vuietul depărtat al orașului s-a stins, topit parcă de zăpușeala zilei (mă gândeam la Zenobia ca la martorul și arbitrul existenței mele), m-aș fi așezat pe scândură, lângă bătrânelul acela.

„Ce să-i faci, domnule Sima", am spus, „câteodată ne credem buricul pământului și poate chiar suntem, pentru că pământul ăsta are sumedenie de burice...".

M-am oprit să respir, domnul Sima se uita în altă parte, m-am așezat lângă el, pe scândură.

** În Corsica a fost internat un cetățean obsedat de regulile circulației. Instalat cu carabina la fereastra casei, el trăgea în automibiliștii care nu respectau sensul giratoriu.*

2. Am stat un timp pe scândură, soarele ardea încă destul de tare, domnul Sima tăcea, zâmbea cu gurița aia mică a lui, l-aș fi plesnit peste ea, pe urmă l-am uitat, simțeam că se apropie momentul în care toate mișcările mele din ultimele zile aveau să se lege de la sine.

Din când în când mă încerca revanșa, acum neputincioasă și sporadică. („Nimeni din miliardele de oameni care au populat de-a lungul vremurilor pământul ăsta amărât nu ne-a păstrat imaginea iubirii-miracol și toți credeau că iubesc. Nimeni nu mai știe cât de strălucitoare e iubirea", și așa mai departe...)

Asta a durat o clipă și încă una. Deasupra, pe cer, de nu știu unde, apăruse un norișor alb, avea exact conturul feței mele. Acolo unde ar fi trebuit să-mi fie urechea stângă s-a lipit un alt norișor, ceva mai mic, privea prin mine. Pe urmă s-au contopit amândoi, curgeau unul prin altul ca niște ape înfrățite („Să nu mă lași singur, Zenobia!"). Eram în mine, unul singur, deși singurătatea dispăruse. Nimic n-ar fi putut să ne desfacă încleștarea. În jurul nostru se lăsase o tăcere uriașă, ca între două tunete. Vedeam până dincolo, unde se roteau astrele, și până dincolo de ele. Pluteam ușori și liberi deasupra pământului pe care ne așteptau trupurile noastre pline de un simț al inutilului și al neantului, distanțele mi se păreau nostalgice, nu știu cum să spun.

Oceanul de tăcere vuia de zgomotul rotirilor din noi, axele lumii bubuiau printre pilonii încleștării noastre, „Mă bucur că ai venit", spunea domnul Sima, „poate că ne vedem pentru prima oară...".

Eram din nou lângă el, pe scândură, în curtea aceea năpădită de buruieni.

* *Lui Charles Smith, în vârstă de 137 de ani, i-a fost amputat și cel de-al doilea picior. Din pricina unor tulburări circulatorii, primul picior îi fusese amputat cu doi ani în urmă.*

3. Pe urmă am auzit iar zumzetul orașului, pesemne că pe străzi viii și morții își reluaseră forfota dintotdeauna, după treburile lor exacte.

Domnul Sima privea în gol, arăta ca o dărâmătură, ca un câine mort, cred că îl obosise arșița crudă a soarelui. Cu unghiile de la mâna dreaptă smulgea așchii din scândura de sub noi.

„Lemn putred", spunea, „cadavrul unui cadavru...".

Mi se făcuse rușine, dar să lăsăm... (Învățasem singur să gândesc cu mâinile.)

„Poate ar fi vremea să recapitulăm", am spus. „De la gura unuia la urechea celuilalt se naște, vrând-nevrând, o balanță..."

Domnul Sima s-a uitat o clipă în sus și a lăcrimat din pricina luminii prea strălucitoare.

„Acum", a oftat el, „sunt prea bătrân ca să mai recapitulez, mi-a crescut păr pe urechi, se vede cu ochiul liber...".

Apoi s-a aplecat spre mine.

„Uită-te în urechea mea", a spus.

M-am uitat în urechea lui, nu se vedea nimic în afara vârfului aceluia gălbui și a golului negru-cleios acoperit cu firișoare albe și încrețite.

„Poate mai înăuntru“, mi-a spus, „unde începe întunericul“, dar nici acolo nu se vedea nimic.

„Ce vezi?“, m-a întrebat domnul Sima.

„Nimic“, i-am răspuns.

„Păcat!“, a încercat el să mă consoleze. „Ar fi frumos dacă fiecare ar vedea gândurile celuilalt... Înseamnă că ai făcut drumul degeaba...“

„Oricum, dumneata n-ai nici o vină“, am spus. „Eu te consider și așa un înțelept, deși înțelepciunea dumitale, ca și urechea, mi se pare cam împuțită... Dar hai să ne închipuim că am venit să-ți pun întrebarea...“

„Ce întrebare?“

Părea amuzat și speriat, în același timp. Ridicase sprâncenele și încrețise fruntea, ai fi zis că era gata să pufnească în râs sau s-o ia la fugă.

„N-avea grijă, domnule Sima“, l-am liniștit eu, „n-am să pun întrebarea la care te gândești. Poate că nici n-o știu... De data asta am să te întreb ceva simplu, ceva care se poate spune...“.

„Atunci întreabă-mă, poți să mă întrebi, n-ai decât, nu te oprește nimeni, nu-i așa? Uite, întreabă-mă despre pustiul Kalahari, de exemplu, sau despre ce dorești, dar ține seama că eu nu știu nimic, ce să știu? Și, chiar dacă am știut vreodată ceva, fii sigur că am uitat.“

„N-are a face, domnule Sima“, am spus, „dumneata ești bătrân, treaba dumitale, poate că știi vreunul din adevărurile bătrânilor pe care eu n-am avut cum să le cunosc sau alt adevăr...“.

„Să vezi“, a spus domnul Sima (și ai fi zis că își vorbește singur, la ureche), „dintre adevăruri sau cum le zici dumneata, eu nu mai țin minte decât unul, pe care n-ai avut cum să-l cunoști, fiindcă n-a fost cazul. E singurul pe care ți-l pot comunica și te rog să-l reții: când ești foarte bătrân sau chiar ceva mai devreme, te p... pe tine. Ăsta e singurul adevăr pe care îl mai țin minte...".

„Dumneata, domnule Sima", i-am spus, „joci cu mine un fel de joc care nu mi-a plăcut niciodată...".

„Păcat", a spus domnul Sima și zâmbea, îmi venea din nou să-l plesnesc. „Era un joc frumos, țin minte că îl jucam cu plăcere câteodată. Dar poate că ar fi bine să intrăm în casă, prea arde soarele, cu toate că amiaza a trecut de mult..."

„Să intrăm, domnule Sima, de ce să nu intrăm?", am convenit eu și ne-am ridicat amândoi de pe scândură, am intrat în casă, ne-am dus în odaia de sus.

** O echipă de zoologi australieni a descoperit o specie de broască deosebită de celelalte prin faptul că e capabilă să-și clocească ouăle în propriul ei stomac și să nască pe gură puii complet dezvoltați.*

4. În casă era mai răcoare, oricum, nu ne mai bătea soarele în cap, dar din cauza luminii prea puternice de afară acum abia vedeam, urcasem pe dibuite scara interioară.

„Nu vrei să-ți fac un ceai?", m-a întrebat domnul Sima de undeva, de lângă mine, mai mult îl simțeam decât îl vedeam.

„Nu, domnule Sima", am spus, „nu vreau".

„Foarte bine", a încuviințat domnul Sima, „atunci să ne așezăm", și am simțit cum împinge un scaun spre mine, dar nu m-am așezat.

După un timp ochii mi s-au obișnuit cu lumina aceea scăzută. Singura fereastră a încăperii era acoperită cu o perdea de hârtie neagră, pusă cam strâmb, sub ea se afla o masă de lemn îngustă și lungă pe care zăcea o formă omenească, un fel de manechin, m-am apropiat de forma aceea, am dat la o parte perdeaua de hârtie, lumina a umplut încăperea.

„Ia te uită“, am spus, „e chiar soțul doamnei Gerda, mâncătorul de frișcă...“.

Și l-am zgâlțâit destul de tare, „Scoală-te“, i-am spus, „și du-te de cumpără înghețată, pentru toți trei...“.

El nu s-a mișcat, părea că nu mă aude, dormea dus în redingota lui impecabilă, ținea în mâna stângă bastonul cu măciulie de argint.

„Degeaba“, a spus domnul Sima, „trei zile nu se mai trezește...“.

„Atunci să-l lăsăm să doarmă“, am spus și mă întrebam de ce vorbeam pe șoptite. „Va să zică, domnule Sima, locuiți împreună...“

„Da' de unde!“, mi-a explicat domnul Sima, „El e aici doar în treacăt, ca să mai prindă consistență...“.

„Dacă doarme“, am spus, de data asta cu glas tare, „poate că ar fi mai bine să tăcem“.

„Așa e“, a convenit domnul Sima. „Să stăm jos și să tăcem.“

Ne-am așezat fiecare pe câte un scaun și am tăcut destul de multă vreme.

* *Doi nevăzători britanici au reușit să traverseze Canalul Mânecii pe schiuri nautice.*

5. Fiindcă mă plictiseam veghindu-l pe cel ce dormea, am început să mă uit pe fereastră. De acolo, din odaia de sus, vedeam numai vârfurile copacilor, spre stânga un salcâm, mai în față și spre dreapta un nuc uriaș cu două brațe principale, la orizont un șir de plopi.

De la un timp vârfurile copacilor au început, pe nesimțite, să se clatine, fiecare altfel, vârful salcâmului tremura ușurel, balansul plopilor mai mult îl bănuiam, cerul părea lipit de ei, se clătina odată cu ei într-un fel de mișcare compactă, vârfurile nucului se înălțau indiferente, ca iarna, când își uită seva în adâncurile trunchiurilor.

Mă gândeam la scândura de jos pe care stătusem, poate vibra și ea. O sevă năvalnică năpădise lumea, fiorul ei atinse creanga cea mai de sus a nucului, se abătu asupra salcâmului... Pe partea liberă a cerului se opri o pasăre, știam că era moartă, eram chiar eu pe catafalcul verde, înspăimântător, stăteam în aer rotund și nemișcat, cu aripile strânse.

Câteva frunze s-au întins spre mine să mă mângâie, plopii s-au apropiat și, împreună cu ei, salcâmul. S-au lipit de mine, acoperindu-mă. Începuse să se întunece, dar distingeam perfect fiecare crenguță, fiecare frunză, fiecare nervură, vedeam până și petele roșietice-gălbui de pe cele câteva frunze ale nucului care uitaseră să pice de cu iarnă.

Pluteam în haloul acela, vârfurile arborilor cuprinseseră tot orizontul, mă simțeam bine, acolo, mă priveam cu duioșie, fără pic de regret. O melancolie lichidă, dulce-amară curgea prin mine...

Deodată totul s-a retras, am reintrat în mine, mă aflam pe scaunul din fața ferestrei, omul acela continua să doarmă tihnit, cu fața în sus, pe când alături, pe scaunul său, domnul Sima își desena cu arătătorul de la mâna dreaptă un cerc nevăzut și neîntrerupt, deasupra genunchiului drept.

Târziu, când am plecat, simțeam o puternică nevoie de a urina.

* *Culcat pe vârfurile ascuțite ale unor cuie înfipte într-o scândură, fachirul elvețian Mirna Bey (pe numele adevărat Augustin Fournier) a coborât ghețarul din Saas Fee, la peste 3 000 de metri altitudine. Îmbrăcat numai cu un slip din piele de leopard și purtând pe cap un turban, Mirna Bey a folosit drept săniuță scândura plină de cuie.*

6. Apropierea toamnei acoperise cerul cu sticlă strävezie. Totul părea strălucitor. Mă aflam pe stradă, lângă Piața Filantropiei, citeam un anunț scris cu cerneală pe o etichetă lipită de un stâlp. Cineva își pierduse câinele și oferea o bună recompensă aducătorului. Maria trecea pe partea cealaltă, umbla ca năucă, nu m-a văzut.

Am traversat strada, am ajuns-o din urmă, s-a oprit. Îi luceau ochii, poate din cauza cerului, dar tremura în rochia ei mototolită. Purta un ciorap alb și unul albastru.

„Maria", am spus, „unde umbli de atâtea zile? Ai tăi te caută, în disperare...".

„Mă duc acasă", mi-a răspuns.

Avea o voce egală, care părea că nu participă la sensul cuvintelor. O resemnare mâhnită îi acoperea fața. Pesemne că așa arătau cei care, în zorii Maratonului, așteptau venirea morții. Atâta doar că ei se pregăteau s-o întâmpine pieptănându-și cu grație pletele lungi...

„Bine faci", i-am spus, „pentru că există, oricum, o dragoste filială, cunosc și eu un caz, era una, Pero a lui Cimon, pe taică-său îl condamnaseră concetățenii la moarte prin înfometare, ea l-a salvat alăptându-l zilnic cu laptele ei incestuos...".

Mă așteptam ca gluma mea suficient de tâmpită s-o readucă pe Maria acolo unde ne aflam, dar ea părea că nu mă aude, stătea în fața mea ca un pustiu.

„Mă duc acasă“, a repetat. „Mă duc să mă mărit...“

Cuvintele îi ieșeau din gură ca niște cuțite aruncate în ea însăși, dar mă zgâriau și pe mine în traiectoria lor smintită. Revanșa îmi șoptea că nu eu hotărâsem întâlnirea aceasta, mă gândeam să nu mă mai gândesc, dar aș fi vrut s-o scot pe Maria din apele ei moarte.

„Să-ți spun o chestie“ (vorbeam repede, s-ar fi putut crede că eram voios), „acum vreo doi ani inventasem un joc, îi ziceam *orizontala*: puneam cap la cap câteva vieți, nu-mi trebuiau prea multe, și mă pomeneam, de pildă, lângă Raymundus Lullus, vorbeam cu el în limba catalană. După un timp, jocul m-a plictisit, era prea multă ciumă și holeră în el. Atunci m-am hotărât să-l schimb, să trec pe verticală și mi-am lăsat barbă. Când a ajuns destul de mare, am ras-o de pe jumătatea stângă a obrazului, împreună cu partea de mustață respectivă...“.

Maria tăcea, privea în gol, mohorâtă, părea o femeie-copil, dar sufletul îi mirosea a câine mort.

„Aveam planuri mari, fii atentă“, am continuat eu. „Așa, cu barbă numai pe o jumătate a feței, mă pregăteam pentru marea întâlnire de dragoste. Ții minte? Veneam și pe la tine, la atelier... Pe urmă, mi-am ras și jumătatea de barbă rămasă și m-am mutat pe-un coridor, pe Calea Moșilor colț cu bulevardul Domniței. Pe urmă, am plecat în mlaștini...“

„Cu domnul asistent universitar Ioachim mă mărit“, m-a întrerupt Maria. „O să plesnească mama de fericire...“

„Și Iason?“, am întrebat-o.

„Nu mai știu. Sper să fi crăpat și el...“

Vorbea în silă, abia își suporta cuvintele. Aveam senzația năucitoare a unuia care intră într-o cameră unde știe locul fiecărui lucrușor și, iată, găsește totul răvășit, dărâmat, acoperit de molozuri.

„Stai să vezi", am spus, „mai știu un caz cu un băiat simpatic, unul, Robescu. Ăsta spunea mereu «after you», îi plăcea lui așa. Dacă erai cu el și voiai să intri într-o cameră, se dădea frumos la o parte, spunea «after you» și te lăsa pe tine să intri primul. Dacă voia să fumeze, scotea pachetul, îți oferea o țigară, spunea «after you» și așa mai departe. Cred că venise pe lume numai ca să spună «after you» și să se ducă, fiindcă ne-a luat-o înainte la toți: s-a curățat, primul, la nouăsprezece ani...".

Îmi ascultam pălăvrăgeala. Vedeam întreaga încâlceală a ghemului pe care îl crezusem bine rostuit. Cunoșteam firul, ar fi trebuit să-l apuc de un capăt și să trag, dar nu se putea așa, dintr-odată. Mă temeam să nu sporesc blestemul încâlcelii.

„Mă sufocau", spunea Maria. „De mică mă sufocau..."

Pesemne însă că mi-a intuit neliniștea, s-a gândit să mă cruțe.

„De data asta ne-am născut greșit, dar nu-i nimic", a oftat ea. „Poate că data viitoare..."

Pe urmă s-a aplecat spre mine, aveam pe piept o insignă cu un șarpe.

„E frumoasă", a spus. „Mi-o dai și mie să mi-o pun un pic?"

„Ți-o dau de tot" (mă bucuram, mi se părea că își revine). „Mai am în buzunar una, cu o balanță. Le-am găsit pe stradă..."

A luat insigna, și-a prins-o de rochie.

„Am s-o păstrez ca amintire", a spus.

Își umflase pieptul firav, mângâia insigna. Mă uitam la ea: așa, plăpândă cum era, avea de dus o străveche și cumplită bătălie.

Atunci i-am pus, pe invers, întrebarea care se pune de obicei copiilor:

„Pe cine urăști tu mai mult? Pe mama sau pe tata?"

„Pe amândoi, la rând", a răspuns ea fără să ezite. „Pe fiecare, dar mai mult pe mama..."

Pe urmă am tăcut o clipă, înaintea despărțirii. Maria zâmbea ca din altă lume, mângâia insigna.

* *Unei gorile de sex feminin i s-a luat puiul născut în grădina zoologică din localitatea Columbus, deoarece nu voia să-l hrănească și îl ținea tot timpul cu capul în jos.*

7. Câteva zile mai târziu i-am spus Zenobiei că ar fi timpul să ne întoarcem în mlaștini.

„Aici am terminat, mai avem niște treburi pe acolo..."

Eram sigur că Zenobia înțelegea exact ce voiam să spun chiar dacă tăceam.

„Și când crezi că ar fi bine să plecăm?", m-a întrebat.

„Poate chiar mâine..."

Zâmbeam, îmi aminteam că o dată, mai demult, într-o zi de martie, stăteam pe culoarul unui vagon de clasa a treia, aș fi fumat, era înghesuială mare, nu-mi puteam mișca mâinile. Venisem devreme la gara aceea periferică, mai era un sfert de ceas până la plecarea trenului când ușa unui compartiment arhiplin s-a deschis brusc. În prag s-a ivit un tânăr înalt și slab, cumplit de palid. Îl însoțea o femeie măruntă, abia îi ajungea până la mijlocul pieptului, îl ținea de mână ca pe un orb sau ca pe un copil.

„Pardonați!", striga ea (voia să se exprime cât mai frumos), „Pardonați!..."

Ceilalți le făceau loc, cum puteau. Dacă se întâmpla ca vreunul să nu se dea la o parte din drum, femeia aceea mititică îl implora arătând cu mâna în sus, spre fața chinuită a bărbatului:

„Îi e rău... A mâncat o găleată de mucenici...".

Argumentul acesta convingător a ajutat-o să-și ducă bărbatul de-a lungul culoarului și să-l coboare între linii.

Acolo, chiar sub ferestrele vagonului în care mă aflam, bărbatul s-a lăsat moale pe vine, și-a tras pantalonii în jos... Avea o privire tristă, pierdută. Femeia stătea în picioare, lângă el, și repeta disperată:

„Pardonați!... Pardonați!...".

Ceilalți vădeau atâta înțelegere a omului de către om, încât m-au înduioșat, ca la cinema, când eroul moare, nevinovat, în brațele iubitei. Se făceau că nu-l văd, se uitau peste el, spre alte linii cu vagoane de marfă...

** În cadrul cercetărilor consacrate „maladiei lui Parkinson" s-au început incursiuni într-un domeniu până în prezent necunoscut, cel al regularizatorilor biochimici ai instinctelor și sentimentelor umane.*

8. Așa se face că a doua zi am părăsit orașul. Trenul pleca din aceeași gară periferică. De data asta, poate pentru că era la amiază, se găseau destule locuri libere, dar noi am rămas la fereastră ca să privim lanurile de porumb îngălbenite, apele nămoloase ale Sabarului, luncile albăstrii ale Argeșului și Neajlovul pierdut printre fantomatice mlaștini și întunecate păduri...

Când am coborât în gara aceea, valuri de liniște senină m-au năpădit din creștet spre tălpi, ca să se scurgă în pământ. Mă amețeau, era bine. Trenul s-a dus mai departe, la Dunăre, o clipă mi l-am închipuit afundându-se în apele fluviului, ca un hipopotam greoi, cu pielea încinsă de soare. Noi am trecut peste podul pustiu. Dincolo se întindeau până departe digul și marginea de stuf încă verde a mlaștinii.

Am mers un timp cu Zenobia, începutul de toamnă acoperise cu flori mov-ruginii goliciunea sălbatică a locului. Pe dig, pământul era negru și crăpat, ne-am fi putut crede pe craterul unui vulcan.

Când gara a rămas mult în urmă, iar în fața noastră, pe dreapta mlaștinii, s-a ivit pata roșcată a pădurii, i-am spus Zenobiei:

„Acum te las. Poate că o să întârzii. Tu du-te și așteaptă-mă...".

„Am să te aștept", a spus Zenobia și m-a sărutat pe obraz.

Un timp, i-am urmărit de-a lungul digului silueta subțire și singuratică. De câteva ori s-a oprit, și-a fluturat mâna.

„Să fii cuminte", mi-a strigat.

** Peste 350 000 de canadieni au luat parte la concursuri populare de alergări, de ciclism sau de fugă pe picioroange, în prima ediție a festivalurilor sportive anuale organizate în memoria lui Terry Fox, tânărul devenit celebru după ce, suferind de cancer și având piciorul drept amputat, a început „Maratonul Speranței".*

La întrecere au luat parte, printre alții, o fată oarbă din Ottawa și o bătrână de 73 de ani din Thunder Bay, Ontario.

9. Am coborât de pe dig, spre partea câmpiei, printre grămezi de buruieni și flori de câmp, vorbeam cu ele. Poate din cauza aerului meu încă citadin, îmi puneau piedică, mă trânteau. De câteva ori m-au zgâriat pe mâini și pe față.

O pasăre albastră mi-a cerut ceva, am scos din buzunar bucata de pâine și i-am întins-o pe palmă. A luat-o din zbor. Ar fi putut la fel de bine să-mi ia ochii.

Mergeam în zigzaguri anapoda, mă învârteam în loc, știam că, oricât aș fi rătăcit, aveam să ajung la timp. Mai sus, din gura pădurii, venea un drum, îl cunoșteam, n-aveam pic de încredere în el.

Apoi au năvălit oile, turme întregi. Cât vedeam cu ochii părea că pulberea pământului tresare, zvâcnește și behăie. O avalanșă tremurătoare aluneca pe mii de piciorușe.

Turmele n-aveau câini, le mânau cu strigăte niște păstori-militari, goi până la brâu și smoliți de soare, îmbrăcați în pantaloni de pânză gălbuie și aspră, târându-și anevoie bocancii prăfuiți, păstorii-militari mergeau strigând și învârtind în aer toicgele, ca pe niște baghete uriașe. Fiecare dintre ei scotea alte sunete, numai ale lui, cele mai ciudate sunete pe care le-am auzit vreodată. Simțeam totuși în ele un fel de sfială: se vedea bine că oile nu erau ale lor, ci ale Marelui Stăpân neiertător și invizibil, căruia nu se putea să-i scape nimic. Mânați și ei, aici, prin arșița dușmănoasă a câmpiei, păstorii-militari mergeau ca în delir, cu frunțile spre cer, fluierând, țipând, chiuind, gemând, mieunând, icnind, lătrând. Mergeau cu ochii în sus, halucinați, imitând păsările și vântul și frunzele. Puțin le păsa de orice în afară de oile cărora li se adresau cu o uluitoare lașitate. Pe unul dintre ei l-am auzit cum încerca să lingușească o namilă de berbec care își proptise botul în pământ la câțiva pași de mine:

„Hai mă, *Cerbule*!...", îi spunea.

Apoi o voce a răsunat de departe, acoperind vacarmul:

„Vacile, măăă!... Feriți, că le omoară...".

Atunci păstorii-militari s-au pornit să scoată alte sunete, alte strigăte, alte chiuituri, la fel de nemaipomenite. Iar oile, înțelegându-i la perfecție, s-au repezit de-o parte și de alta a pajiștii, lăsând loc liber.

Pe drumul dinspre pădure venea cireada calmă a vacilor, purtându-și domol ochii umezi și coarnele ucigătoare.

* *Constatând că oile suferă mai mult de umezeală decât de frig, un crescător din Noua Zeelandă și, după el, câțiva crescători din Marea Britanie le-au îmbrăcat în impermeabile confecționate din polietilenă.*

10. Am mai rămas un timp acolo, mă simțeam bine în păienjenișul moale al pajiștii, aș mai fi stat, dar cerul se făcuse pe nesimțite violet, iar peste linia colinei se arăta un nor urât, ca de păcură, și m-am gândit să-mi caut adăpost.

Știam pe aproape câteva sălcii bătrâne, găunoase, murdare, le mângâiasem altădată firele lungi, îmbâcsite de mâluri, care le atârnau pe trunchiuri ca niște plete, și am pornit spre ele.

Mergeam grăbit pentru că cerul se întuneca văzând cu ochii și auzeam, departe, ecoul înfundat al tunetelor. Apoi, brusc, în jurul meu au început să cadă trăsnetele.

Cădeau în rafale, unul după altul, ca dintr-o mitralieră gigantică perfect reglată, cădeau trosnind și bubuind, lumina lor mă orbea, cădeau în cerc precis, cu diametrul neschimbat, înconjurându-mă și urmărindu-mă pas cu pas, ca într-o joacă demențială. Mă aflam în centrul cercului care mergea odată cu mine și se oprea cu exactitate de câte ori mă poticneam.

Când am ajuns la sălcii, m-am repezit spre una dintre ele și m-am ghemuit acolo, printre crengi. Tirul s-a întețit, păstrându-mă la mijloc.

Stăteam cu fruntea lipită de trunchi, crengile mă înțepau, furnicile începuseră să-mi mișune pe față, vedeam prin pleoape exploziile roșii-negre, vibram la vuietul cerului, mi se părea că sosise clipa marelui sfârșit și așteptam, nu știu de ce, năvala apelor devastatoare.

Firește, nu-mi era frică, grandoarea catastrofică exclude panicile mărunte. Stăteam acolo, sub trăsnete, într-un sfârșit care nu era al meu, puteam să mor, nu depindea numai de mine, intrasem în măreția altor legi și ele nu mă făceau neputincios. Eram cum eram, stăteam cum stăteam, dar ce simțeam nu semăna deloc a moarte, îmi aminteam bine: odată, când murisem pentru un timp, mă năpădise o nemărginită melancolie plăcută și senină. Atunci, mă cufundam într-un fel de bunătate duioasă și resemnată, pluteam în zonele unui regret imens, nedureros, ci doar îndoliat. Acum, nimic din toate astea: stăteam ca o piatră sau ca o creangă sau ca o sălbăticiune, cu simțămintele unei pietre, ale unei crengi sau ale unei sălbăticiuni, într-o participare deplină și activă. Eram o părticică din nimic, gata să reintre în matcă fără să se piardă, firesc și fără urmă de tristețe.

Curând poate (nu mai știu), cercul de trăsnete m-a părăsit. Bubuiturile au răsunat tot mai departe, dincolo de colină. Apoi, s-au stins și a urmat o liniște cumplită.

** În nopțile ploioase, fără lună, din toamna fiecărui an, în satul indian Jatinga (Assam) se adună stoluri imense de păsări de diferite specii. Ele zboară spre orice sursă de lumină, oricât de puternică, zdrobindu-se de pământ sau plutind în cerc, cu mare viteză, timp îndelungat, până cad, moarte de oboseală. Interesant e faptul că ele sunt atrase numai de sursele situate la cel mult un kilometru de centrul satului.*

11. M-am oprit pe o colină, la poalele unei vii și ale unui lan de porumb uscat. La picioarele mele, sub panta abruptă, curgea alene râul. M-am întins la pământ, cunoșteam fiecare bolovan, fiecare copac. Mai jos, în mijlocul apei, se afla limita strictă a plimbărilor mele din primăvară cu barca aceea ponosită (simțeam parcă în tălpi lemnul putrezit sub pojghița de smoală). Acolo, pe un mic ostrov, mă întâlneam de obicei cu o capră albă cu bărbuță ciudat de lungă, avea ochii roșii, venea la mal să mă întâmpine, o întrebam: „Ce mai faci, domnișoară?“, câteodată îmi răspundea, behăind pe limba ei.

Acum ostrovul era pustiu, ierburile i se îngălbeniseră, pe când aici, de-a lungul pantei, buruienile încă verzi se mișcau în vânt.

Priveam peisajul: mai lipseau doar luntrea, pescarul mulțumit și câteva rățuște, eventual sălbatice, plus lebăda și vânătorul cu pușca și câinele fidel și moara, ca să mă simt ca într-o poezioară a dușmanului meu personal Johann Wolfgang Goethe (wurde im Jahre siebzehn-hundertneunundvierzig zu Frankfurt am Main geboren. Seine Eltern waren... și așa mai departe).

Atunci a venit spre mine un om urât, îmbrăcat cu o cămașă neagră de murdărie, despicată în spate de la brâu până aproape de ceafă și încălțat cu niște galoși de cauciuc. Omul târa după el un cărucior metalic ticsit de ierburi și de buruieni bine îndesate. Trăgea din greu, gâfâind, mergea pieziș pe pantă, mă temeam să nu se prăvălească.

Ajuns în dreptul meu, omul s-a oprit, m-a salutat, a proptit cu doi bulgări mai uscați roțile căruciorului și s-a așezat să fumeze o țigară.

„Parcă te-aș cunoaște de undeva", m-a iscodit el după ce a tras un fum, două.

„N-aș crede", i-am răspuns.

„Nu ți-am adus eu, dumitale, pe vară, niște lapte?", a reluat el.

„Nici vorbă", l-am asigurat eu.

„Atunci să știi că ți l-a adus nevasta", a insistat el.

„Da' de unde..."

„Păcat", a spus omul. „Aveam lapte de capră, care e cel mai bun, fiindcă vindecă și oftica..."

„Și acum nu mai ai?", m-am interesat eu, într-o doară.

„Nu mai am", mi-a răspuns.

Mă uitam spre ostrov. Capra albă apăruse de nu știu unde. Deși se afla destul de departe, o vedeam cum râde la mine săltându-și bărbuța.

„De ce nu mai ai lapte?", l-am întrebat pe Goethe acela. „Ți-a murit capra?"

„Cum să moară?" (Omul m-a privit bănuitor.) „Pe vară aveam patru, cu a bătrână, dar pe una din alea micile am dat-o din cauza nevestei, că prea se juca cu ele, nu mai avea timp de nimic, că ele se joacă... Nu-i vorbă, îmi e și mie mai ușor cu trei decât cu patru, la păscut, că ele nu mănâncă orice, la nimereală. Le duci de lanț și ele te trag ici, colo, aleg mâncarea după gust, pe urmă se joacă, le place... Când mă opream să răsuflu, alea micile se jucau cu mine, mă călcau în picioare, uite, pe-aici mă călcau, pe cap..."

Mă uitam spre ostrov. Capra albă se topise ca un fum. Mă gândeam că totuși n-avea unde să se ascundă în ierburile mărunte...

„Și te ții așa, după ele, tot timpul?", am întrebat, ca să mențin conversația.

„De ce să nu mă țin, că am trei putini cu brânză de la ele, și lapte am, și ouă, de toate, am tot ce-mi trebuie, n-are decât să vină iarna..."

„Ouăle tot de la ele le ai?"

„Cum adică de la ele?" (Omul m-a privit din nou, mirat și bănuitor.) „Ouăle sunt de la găini, asta știe oricine, dar de la ele am brânză și lapte, am de toate... De-asta le strâng și eu buruieni, că le mănâncă grozav. Le place..." Părea încântat. „Pe vară, le-am strâns o căpiță. A doua o dau gata până vin ele acasă..."

„Păi, unde sunt?"

„La țap, unde să fie? Le-am dus la țap, în altă comună, că acolo e și apă curată, de izvor. Înainte le duceam la altă gazdă, dar n-avea apă bună. Le țin la țap cât e nevoie. Pentru aia bătrână plătesc o sută optzeci de lei numărați, o mai și mulge omul, dar acum se alege cu puțin, cam un litru pe zi, tot e ceva... Pentru alea micile mai dau o sută..."

„Și țapul", m-am interesat eu, „e vrednic?".

„Este", mi-a spus. „Alea micile sunt de la el..."

„Știam și eu pe-aici o capră, una albă" (am arătat spre ostrov). „E a dumitale?"

„Cum să fie a mea?" Părea indignat. „Aia e alta, care a murit de trai rău. Era a lui Chitic, pârlitul dracului... Voia să ia în locul ei o iadă de la mine, din sămânța ăleia bătrâne, dar nu i-am dat-o, cum să i-o dau? Se ruga el de mine, zicea că-mi plătește oricât vreau pe ea, dar i-am spus:

mă, degeaba te rogi tu de mine, că nu ți-o dau s-o surghiunești tu acolo, pe ostrov, legată la țăruș, ca o mucenică. Oricâte parale ai scoate, nu ți-o dau pentru că la toamnă o tai, o fac pastramă și o mănânc cu nevasta..."

„Și când s-au întâmplat toate astea?", l-am întrebat.

„Pe vară", mi-a spus, „să fie două luni de-atunci, de când s-a prăpădit aia albă. Dar să știi că se mai arată la unii și-și plânge soarta... Mai rău e când se arată ca uliu, cu pene, că te ciocănește în cap până la sânge, nu știi ce zace în ea...".

„Uite-o!", am spus (râdea la mine, pe ostrov).

Omul s-a uitat, pe urmă s-a întors spre mine.

„N-o văd, ți se arată numai dumitale. Dacă e fără pene e de bine. Înseamnă că e vremea să te duci unde știi dumneata..."

După ce a spus toate astea, omul s-a ridicat alene, a aruncat mucul de țigară care se stinsese de mult între buzele lui vinete și subțiri, l-a strivit grijuliu cu talpa galoșului, și-a luat rămas bun de la mine și a plecat târând căruciorul prin universul lui caprin.

Intuind oarecum sensul exemplar al existenței sale, m-am mai întors o dată spre ostrovul pustiu. Pe urmă am pornit și eu, târât de lanțul caprelor mele, pe malul mlaștinii, spre casa acoperită cu iederă acum ruginie a domnului Sima.

* *La Centrul Cultural din Tenggarong, în apropiere de Samarinda (pe coasta răsăriteană a insulei Borneo), se află un ciudat animal, un soi de tigru, pasăre, capră și elefant, capturat în jungla din Borneo. Animalul are picioare de capră, dar cu gheare de pasăre, corp de tigru, aripi, trompă, coarne, și e înalt cam de un metru.*

12. Când am ajuns acolo, am bătut în poartă, știam că n-o să-mi răspundă nimeni. Apoi am sărit gardul. Sub pașii mei foșneau frunze uscate, nucile se înnegriseră, cădeau, călcam și peste ele.

Ușa era întredeschisă, dar n-am intrat. M-am dus pe veranda din fața casei, lângă o măsuță, m-am așezat pe o bancă șubredă. În jurul meu vedeam urme proaspete de locuire, ca și cum casa ar fi fost părăsită de puțină vreme, în mare grabă.

Veranda aceea de câțiva metri pătrați, înecată în liniște pustie, avea două laturi acoperite cu geamuri și două laturi libere, descoperite.

Stăteam pe bancă și mă gândeam la una și la alta, mașini ale vremii. Țineam în mână o carte de joc găsită la picioarele băncii, valetul de treflă, firește.

Mă gândeam, de pildă, la foarfeca turbată care mi-a mușcat într-o bună zi degetele, pe când voiam să-mi tai unghiile, la catarama curelei care mă izbea, făcându-mi vânătăi în fiecare dimineață când îmi scuturam de praf pantalonii, la afurisita de lamă care îmi zgâria bărbia de câte ori voiam să mă rad, la crenguța de prun care încercase, într-o seară, să-mi scoată ochii, la ciocanul care mă izbise cu dușmănie, înnegrindu-mi o unghie numai pentru că trecusem pe lângă el, și așa mai departe.

Sigur, asemenea lucruri i se pot întâmpla oricui și ele sunt ușor trecute cu vederea. Dar, când te lovești de cinci ori în aceeași zi de aceeași piatră pe care de fiecare dată o dai la o parte și când ți se învinețește degetul mare de la picior și te doare de-ți vine să urli, devii prudent, începi să te gândești, vrând-nevrând, că piatra, de pildă, zăcea acolo numai ca să-ți pândească trecerea...

Pe urmă, am pus valetul de treflă pe masă și nu m-am mai gândit la nimic.

** La Dalton (Massachusetts), zeci de mii de omizi au ocupat arborii unui cartier, după care au pătruns și în case. Mai multe apartamente au fost evacuate. Pentru distrugerea invadatoarelor au fost folosite jeturi puternice de apă, aspiratoare gigant etc. Se speră că în curând toate frunzele copacilor vor fi devorate de omizi, ceea ce va determina și moartea oaspetelor nepoftite.*

13. Atunci a venit bondarul. Și, cum zbura înveșmântat în minunatele lui dungi galbene-cafenii, s-a năpustit deodată, zbârnâind, în geamul peretelui dinspre apus al verandei. Se căznea disperat să treacă prin el. Se agăța cu ghearele, se învârtea în loc, cădea... Dincolo de geamul acela, pe orizontul aparent liber, plutea soarele înecat într-o lumină portocalie. Acolo ținea morțiș să ajungă bondarul. Și se izbea atât de tare, încât mi s-a făcut milă de el.

„Tu, bondarule“, i-am spus, „nu vezi că în fața ta e un geam și că din cauza lui drumul pe care îl crezi liber e numai o iluzie? Pentru că vezi prin el, nu poți să vezi. Simplitatea erorii te împiedică și te doboară la pământ. Așa pățim și noi: ne poticnim, orbiți de transparențe. Încearcă și tu mai la dreapta sau mai la stânga, pe unde ți se pare că n-ar fi nimic...“.

Dar el se zbătea furios, își apăra cu îndârjire traiectoria înverșunată, izbea cu aripile și cu piciorușele geamul, încerca să-l spargă, se încăpățâna să treacă dincolo, prin el.

Când a căzut amețit, pentru a nu știu câta oară, am vrut să-l ajut, să-l iau pe cartea de joc ca pe un făraș și să-l arunc pe una din laturile libere. Dar l-am căutat degeaba. Dispăruse. Găsise singur calea...

Am mai rămas, nu știu cât, pe bancă. Trecuse vremea erorilor. Soarele începea să coboare. Departe, lătrau niște câini. Doi oameni umblau printr-un copac stufos. Poate aveau o schelă acolo, făceau un turn, cine știe, dar eu, de pe verandă, nu-i vedeam decât pe ei și copacul. Pe ei, umblând prin copac.

Când au coborât, venise timpul să intru și eu în casă.

** Claude Papper semnalează cel puțin 500 000 de cazuri cunoscute de violență asupra persoanelor vârstnice, produse de proprii copii sau de nepoți ai victimelor.*

14. Am bătut la ușă, nu mi-a răspuns nimeni. Am intrat.

În încăperea de jos era atâta liniște, încât îmi auzeam respirația. În aer plutea mireasma dulceagă a florilor domnului Sima, de mult veștejite. Praful părăsirii se așternuse pretutindeni, pușca aia se afla la locul ei, prinsă în perete, m-am gândit o clipă s-o iau, dar am renunțat, nu-mi trebuia.

Am urcat scara. Lumina și întunericul nu mai existau, vreau să spun că totul se petrecea într-un ciudat crepuscul, vreau să spun că întunericul și lumina se contopiseră într-o iradiere de neînțeles și de nedescris.

În odaia de sus am dat cu ochii de Dragoș (îl vedeam prin pleoapele închise), dormea cu fața spre ușă, ghemuit pe o masă albastră, sub fereastra care dădea spre mlaștini.

Părea neschimbat, purta aceleași zdrențe străvechi. Doar în picioare, în locul opincilor, avea acum o pereche de bascheți.

M-am apropiat de el.

„Scoală-te“, i-am spus, „să stăm un pic de vorbă“.

El nu s-a clintit, dormea cu îndărătnicie. Dincolo de fereastră vârfurile trestiilor se balansau în vânt, câteva păsări răzlețe zburau pe deasupra lor la mică înălțime. Le-am numărat atent, erau nouă.

Am tras un scaun lângă masă și m-am așezat cu palmele pe genunchi, ca la veghe.

„Draaagoș“, am spus (vorbeam, nu știu de ce, pe nas; din gură îmi ieșea un fel de bocet trist și fonfăit), „unde ai lăsat copiiilul? L-ai dat de sufleeet?“.

El nu mi-a răspuns, dar eram sigur că mă auzea.

„Îți arde și ție de joaaacă?“, am continuat eu, „sau poate că nu te interesează și vrei să pălăvrăgim despre altcevaaa...“.

Pe urmă, mi-am rezemat fruntea de marginea mesei albastre, vopseaua era încă proaspătă, mi se lipea de păr, ochii mă usturau, deși îi țineam închiși.

„De ce nu-mi răspunzi?“, am întrebat. „Doar știi că sunt un copiiil, poate sunt chiar copilul ălaaa. Vrei să-mi întind mânaaa, să-ți șterg praful așternut peste gurăăă?...“

M-am ridicat, am dat scaunul la o parte.

„Tu, Dragoș“, am spus (acum nu mai boceam, îmi revenise vocea normală), „există undeva, nu mai știu unde, o balenă gigantică, umblă pe mări și pe oceane, poate că ea decide... Lipit de pântecul ei se ține masculul, micuț, cât un chibrit. El stă acolo nemișcat, cum stai tu acum, și nu funcționează decât atunci când ea simte nevoia să germineze. Pe urmă intră iar în nemișcarea lui. Iar tu, Dragoș, degeaba taci și te prefaci că dormi. Mă uit la tine, semeni leit cu ăla, atâta doar că tu ești incredibil de bătrân. Poate că dormi lipit de pântecul ei nevăzut sau înăuntru pântecului, cine știe?...".

Dragoș tăcea, lumina îmi înțepa ochii, mă amețea. Am făcut câțiva pași prin odaie, apoi m-am întors din nou lângă el.

„Bă, căcănare", i-am spus, ca să mă echilibrez, „de unde ai făcut rost de baschetii ăia împuțiți? Te pomenești că faci și sport acuma...".

Vorbeam singur, penibil de singur. Mă vedeam și mă auzeam și-mi venea să plâng. Era nespus de greu, poate că iar nu mă pregătisem îndeajuns. Impulsul lucid al revanșei îmi răscolea toată drojdia orgoliului amestecată cu îndoiala și cu neîncrederea în mine.

„Află, bătrâne", am spus (vorbeam tare, aproape zbieram) „află că, mai demult, făceam și eu sport și, fii atent, placam frumos, aveam și viteză, eram numai voință și forță, nu mă gândeam la nimic, o nebunie întreagă!... Împingeam la grămadă cu umerii și cu ceafa, disperat și fericit. Câteodată mă trezeam în afara grămezii, cu balonul în brațe, și alergam ca și cum ăsta ar fi fost unicul scop al vieții mele, ca și cum, dacă aș fi ajuns dincolo de buturi și aș fi culcat balonul acolo, s-ar fi săvârșit una din marile minuni ale lumii. Atunci totul în jurul meu dispărea, mi se părea că alerg de secole, pe un teren nemărginit. Ceilalți alergau și ei înnebuniți, să mă prindă din urmă, să mă dărâme. Aș fi putut să pasez balonul și atunci altul ar fi devenit ținta furiei lor, dar alergam înainte...".

Îmi auzeam glasul, îmi era rușine de mine.

„Și mai află, bătrâne, că o dată, pe când goneam așa, s-a ivit în fața mea un domn în vârstă pe care îl știu foarte bine fiindcă l-am mai văzut la o braserie unde stătea la masă cu un puști, mâncau amândoi înghețată, în orice caz, ceva cu frișcă (la plecare a aruncat cu un ban în mine; pe urmă l-am văzut la braț cu doamna Gerda, dar tu n-o cunoști pe doamna Gerda, e una care există, o prietenă de-a mea...). Și, pe deasupra, l-am întâlnit la domnul Sima, în depozit, se prefăcea că doarme, ca și tine... Atunci, pe teren, domnul acela mi-a făcut semn să mă opresc, m-a întrebat: «De ce alergi? Unde alergi?». «Tu, domnule», i-am răspuns, «nici nu bănuiești și, dacă ți-aș spune, nici nu m-ai crede...». De fapt, nu prea știam nici eu, dar îmi era egal, nu mă interesa..."

Dragoș continua să tacă. Lumina îmi pătrundea prin piele, încerca să mă pietrifice. M-am gândit o clipă la Zenobia, am văzut-o de parcă ar fi fost la câțiva pași de mine: stătea cuminte, cu mâinile în poală, la gura scorburii noastre, pe un maldăr de trestii uscate. Mă aștepta. „Ajută-mă", i-am strigat.

„Tu faci pe mortul și taci", i-am spus apoi lui Dragoș, „ai uitat că și tu ești copil...".

Atunci lumina sau poate întunericul a început să se schimbe. Vedeam prin pleoape cum totul în jurul meu se spațializa altfel. Fiecare obiect părea că există numai ca să realizeze distanța altuia. Sticlele de pe etajera roșie, clepsidra, statueta-bust intitulată Espérance, ciocanul aflat alături, pe pervazul ferestrei, tăblița argintie cu inscripția *Réservé* intrau pe rând în jocul acesta al distanțelor.

Pe urmă, dreptunghiul transparent s-a rotunjit și a început treptat să se lărgească, să devină tub. Stăteam la capătul tubului, lângă Dragoș, printre distanțe. Eram din nou liniștit. În fața mea se întindea, ca un ochean uriaș, tubul, pe marginile căruia se desena ceva ca un cerc negru, deși fără culoare. De fapt, nu era nimic acolo. Iar înăuntru cercului plutea o lumină albăstrie și blândă, nu știu cum să spun, o iradiere în care totul părea albăstriu, până departe, la nesfârșit. De acolo venea un vuiet, ca răsuflarea unei balene gigantice. Și tot acolo, pe un maldăr de trestii uscate, ședea Zenobia, mă aștepta, dar eu știam că ea se afla dincoace, la capătul acesta, care poate că era capătul celălalt, și nu voiam să alunec încă în albăstriul tubului. „Sunt cuminte", i-am spus și am zâmbit amândoi.

Simțeam cum abisul fără sfârșit al tubului încerca să mă aspire, dar izbuteam să rezist. Lângă fruntea mea, Dragoș dormea neclintit și moale. Vedeam cum genele i se lungeau și fâlfâiau în undele luminoase.

„Poate că ne vedem pentru ultima oară", i-am spus, „poate că nici nu exiști, dar tot mai am timp să-ți spun un cuvânt, unul singur, ultimul...".

I-am spus cuvântul, n-am să-l repet, poate că nu-l mai știu, i l-am suflat în nări. El a tresărit, s-a uitat o clipă la mine cu un singur ochi, părea indiferent, poate că nici nu exista. Am scâncit atunci, ca pruncul când își simte scutecele ude, și am spus:

„Acum trebuie să plec, e târziu și Zenobia mă așteaptă, cine știe de când mă așteaptă...".

Pe urmă am plecat, soarele mai arunca o ultimă văpaie roșiatică. În drum nu m-am întâlnit cu nimeni. Mergeam pe dig ferindu-mă de goluri, ca să nu-mi scrântesc gleznele. Erau niște bolovani pe acolo, negri, prietenoși, mă priveau ca pe un frate. Păreau că se bucură știindu-mă iar printre ei.

În fața scorburii, pe un maldăr de trestii uscate, Zenobia ședea cuminte, cu mâinile în poală. Îi albise părul așteptându-mă...

(1980-1985)

Cuprins

În colecția TOP 10+

au apărut:

171. Émile Zola, *Greșeala abatelui Mouret*
172. Lucian Dan Teodorovici, *Matei Brunul*
173. Haruki Murakami, *După cutremur*
174. Tracy Chevalier, *Simetria de temut*
175. Shusaku Endo, *Samuraiul*
176. Iris Murdoch, *Oameni buni și oameni de bine*
177. Cătălin Dorian Florescu, *Jacob se hotărăște să iubească*
178. Elif Shafak, *Cele patruzeci de legi ale iubirii*
179. Henry James, *Daisy Miller • O coardă prea întinsă*
180. Haruki Murakami, *Cronica păsării-arc*
181. Aldous Huxley, *Punct contrapunct*
182. Florin Lăzărescu, *Trimisul nostru special*
183. Jeffrey Eugenides, *Sinuciderea fecioarelor*
184. José Saramago, *Călătoria elefantului*
185. Chinua Achebe, *O lume se destramă*
186. John Fowles, *Mantisa*
187. Marin Mălaicu-Hondrari, *Apropierea*
188. Shan Sa, *Jucătoarea de go*
189. Venedikt Erofeev, *Moscova-Petușki*
190. Kingsley Amis, *Jim cel norocos*
191. Magda Cârneci, *FEM*
192. Mihail Bulgakov, *Maestrul și Margareta*
193. José Saramago, *Eseu despre luciditate*
194. Dan Lungu, *În iad toate becurile sunt arse*
195. Edith Wharton, *Vârsta inocenței*
196. Margaret Atwood, *Ochi-de-pisică*
197. Irving Stone, *Comoara grecilor*
198. Dora Pavel, *Agata murind*
199. Evgheni Zamiatin, *Noi*
200. Gellu Naum, *Zenobia*

în pregătire:

Vasili Grossman, *Panta rhei*
Jeffrey Eugenides, *Middlesex*

www.polirom.ro

Coperta: Carmen Parii
Tehnoredactor: Vasilica Zevoi

Bun de tipar: aprilie 2014. Apărut: 2014
Editura Polirom, B-dul Carol I nr. 4 • P.O. BOX 266
700505, Iași, Tel. & Fax: (0232) 21.41.00; (0232) 21.41.11;
(0232) 21.74.40 (difuzare); E-mail: office@polirom.ro
București, Splaiul Unirii nr. 6, bl. B3A, sc. 1, et. 1,
sector 4, 040031, O.P. 53 • C.P. 15-728
Tel.: (021) 313.89.78; E-mail: office.bucuresti@polirom.ro

Tiparul executat la GANESHA PUBLISHING HOUSE – București
tel.: 021 423.20.58, tel./fax: 021 424.98.13,
e-mail: contact@ganesa.ro, web: ganesa.ro

Contravaloarea timbrului literar se depune în contul
Uniunii Scriitorilor din România
Nr. RO44RNCB5101000001710001 BCR UNIREA